Die Straßen von Wiesbaden

Stephan Reinbacher, geboren 1964, ist in Hamburg aufgewachsen und lebt seit knapp fünfzehn Jahren in der Nähe von Wiesbaden. Nach Jura- und Psychologiestudium, Jobs als Autowäscher, Vorleser und Songwriter landete er beim Fernsehen: Seit mehr als fünfundzwanzig Jahren arbeitet er als Autor für TV-Magazine, seit gut zwanzig Jahren auch als Kameramann. Seine Kurzgeschichten wurden mehrfach mit Preisen ausgezeichnet. Sein erster Roman »Die Schatten von Wiesbaden« ist der Siegertitel im Krimiwettbewerb mit dem Wiesbadener Kurier.

STEPHAN REINBACHER

Die Straßen von Wiesbaden

KRIMINALROMAN

emons:

Bibliografische Information der Deutschen Nationalbibliothek
Die Deutsche Nationalbibliothek verzeichnet diese Publikation in der Deutschen Nationalbibliografie; detaillierte bibliografische Daten sind im Internet über http://dnb.d-nb.de abrufbar.

FSC
www.fsc.org
MIX
Papier aus verantwortungsvollen Quellen
FSC® C083411

Umschlagmotiv: fotolia.com/robertdering
Umschlaggestaltung: Tobias Doetsch
Gestaltung Innenteil: César Satz & Grafik GmbH, Köln
Lektorat: Dr. Marion Heister
Druck und Bindung: CPI – Clausen & Bosse, Leck
Printed in Germany 2017
ISBN 978-3-7408-0072-7
Originalausgabe

Für Babs

Prolog

Nichts mehr außer Urlaub. Sie streckte die Arme, so hoch sie konnte. Mit den Handflächen drückte sie sanft von innen gegen das Dach des Wohnwagens. Ein warmes Gefühl der Zufriedenheit strömte durch ihre Adern, durch ihren ganzen Körper. Er hatte sein Versprechen wahr gemacht. Das hier war wirklich das Paradies. Keine Störungen. Keine Unruhe. Keine Unregelmäßigkeiten. Und das Wichtigste: Die Tür war fest verschlossen. Sie hatte es gerade noch einmal überprüft, den kleinen silbernen Riegel nach links und nach rechts geschoben. Aber die Tür hatte sich nicht bewegt. Hier war sie in Sicherheit. Sicher, geborgen und geschützt vor dem Bösen, das sie sonst überall bedrohte. Hier und nur hier war alles wie in einem friedlichen Zuhause.

Beinahe. Sie ließ die Arme sinken. Das Sofa. Auf dem Sofa lagen noch Krümel. Hastig fegte sie die Reste der Butterkekse zusammen, die sie auf der braun bezogenen Klappcouch entdeckt hatte. War es jetzt endlich perfekt? Würde er einverstanden sein? Sie sehnte sich nach seinem Lob. Sie sehnte sich nach seinen sanften braunen Augen, der weichen, tiefen Stimme. Am meisten aber sehnte sie sich nach seinen Händen.

Er war der Erste und der Einzige, der sie seit langer Zeit hatte berühren dürfen. Sie hätte nie geglaubt, dass es für sie so wichtig sein könnte, einen anderen Menschen zu spüren. Sie erinnerte sich an das erste Mal, als wären seither nur Minuten vergangen. Sie war mit Nino, dem Schäferhundmischling, am Wäschbach entlang spazieren gewesen. Abends, als dort fast niemand unterwegs war.

Sie hatte die Hunde aus dem Tierheim immer erst abends ausgeführt, um Begegnungen mit anderen Menschen nach Möglichkeit auf das absolut Unvermeidbare zu beschränken.

Aber dann war er gekommen. Wie hatte er es geschafft, zu ihr durchzudringen? Sie konnte es nicht erklären. Vielleicht war es seine Stimme gewesen. Vielleicht auch sein Lächeln.

Er war der Erste und der Einzige. Er hatte sie erreicht. Er hatte mit ihr gesprochen, ihr zugehört und schließlich sogar ihre Hand in seine geschoben. Alles hatte sich so richtig angefühlt. So einfach, so vertraut.

Warum war er eigentlich noch nicht wieder da? Für so lange Zeit war er noch nie fortgegangen. Sie spürte, dass ihr Magen knurrte. Die Kekse waren ihre letzte Mahlzeit vor dem Schlafengehen gewesen. Über Nacht war es kühl geworden in ihrem Versteck. Sie ging zu der winzigen Küchenzeile, öffnete den Unterschrank und drehte den Hahn der Propangasflasche auf. Es zischte. Sie drückte auf den Zündknopf der Heizung, die mit einem kurzen Fauchen ansprang. Angenehme Wärme breitete sich aus.

Auch der Kühlschrank wurde mit Propangas betrieben, aber den konnte sie getrost ausgeschaltet lassen. Er war seit gestern Mittag vollkommen leer. Schließlich nahm sie ein Glas vom Regal und ließ Wasser aus dem Hahn hineinlaufen. Die kühle Flüssigkeit füllte ihren Magen und unterdrückte für einen Moment das Hungergefühl. Natürlich würde er schon bald wiederkommen. Sie drehte sich um. Gleich gegenüber der Küchenzeile befanden sich Dusche und Toilette. Prüfend betrachtete sie ihr Gesicht im Spiegel. Die Schatten unter den Augen missfielen ihr. Sie waren dunkelrotlila und fielen wegen ihrer sonst sehr hellen Haut stark auf. Sie versuchte ein Lächeln. Schon besser. Bei seiner Rückkehr musste sie daran denken, ihn sofort anzulächeln.

1

Elisa Lowe wollte den Toten nicht sehen. Aber Wegschauen war einfach unmöglich.

»Können wir nicht einfach gehen?« Sie spürte, dass sie gegen einen aufkommenden Brechreiz ankämpfen musste.

Silviu Thoma klang genervt: »Na, du bist vielleicht lustig. Das ist mein *Job*. Und du weißt es.«

»Du hast nicht gesagt, dass …«

»Ich hab überhaupt nicht gewusst, worum es geht. Das hast du doch auch gehört. Es hieß: ›Dringender Einsatz in der Hollerbornstraße‹. Von Leiche war gar keine Rede.«

Ein unangenehmer Nieselregen fiel aus dem wolkenverhangenen Wiesbadener Himmel. Er schien jede Farbe aus der Stadt zu waschen. Die Schaulustigen, die in gebührendem Abstand ihre Hälse reckten, wirkten ebenso grau wie der Bürgersteig, auf dem sie sich versammelt hatten. Ausgestreckte Arme reckten Smartphones in die Höhe. Warum taten diese Menschen das? Wollten sie die Polizeiaktion bei Facebook posten? Elisa kam die Szenerie vor wie ein schlechter Traum. Alles schwarzweiß, wie in einem Uralt-Film. Bis auf die riesige Blutlache, die sich vom Kopf des Toten ausgehend über den Gehweg verbreitet hatte. Die Blutlache war grell rot.

Silviu hob gerade seine Kamera an, als sich ein Polizist näherte und die Augen zu einem kritischen Blick zusammenkniff.

»Herr Thoma, auch wenn Sie unsere geschätzte Kollegin Lowe dabeihaben, so geht das nicht. Drehen dürfen Sie nur von hinter der Absperrung. Wenn Sie sich ein Stück bewegen würden, bitte? Hallo! Ich meine: sofort.«

»Wie bitte?«, murmelte Silviu und filmte einfach weiter.

»Wir sollen hinter die Absperrung. Ist doch klar.« Elisa zupfte Silviu am Ärmel.

»Sie dürfen bleiben, Kollegin.« Der Polizist blickte jetzt Elisa an. »Ich weiß zwar nicht, was Sie als Phantombildzeichnerin am Tatort zu suchen haben, aber mir ist bekannt, dass Sie zum LKA gehören. Und natürlich ...«, er machte eine bedeutungsvolle Pause, »natürlich stelle ich mich der Arbeit meiner übergeordneten Behörde nicht in den Weg. Sicher haben Sie gute Gründe, hier zu sein.«

Er verlieh dem letzten Satz eine Betonung, die wohl sarkastisch klingen sollte. Dabei legte er den Kopf schief und schob kurz die Unterlippe vor. Dann fuhr er mit schnarrender Stimme fort: »Aber Ihr ... äh, dieser Paparazzo, der muss jetzt weg hier. Und ein bisschen flotti.«

»Ist ja schon gut.«

Silviu wich demonstrativ langsam zurück, ohne dabei den Sucher der Kamera vom Auge zu nehmen.

»Etwas schneller, bitte, ja?« Der Uniformierte hob das weißrote Flatterband an und schob Silviu darunter hindurch.

»Ist das denn immer noch nicht genug?«, zischte Elisa, als sie vor der Absperrung angekommen waren und Silviu weiter Bilder von dem Toten machte, um den sich jetzt drei Männer von der Spurensicherung scharten.

»Psst, der Ton läuft mit«, antwortete er.

Elisa verdrehte die Augen. Immerhin schaffte sie es jetzt, ihren Blick von der Leiche abzuwenden.

Als sie sich nach hinten umsah, sprach sie ein älterer Herr mit Brille und Glatze an: »Sie komme gerad von doo. Sind Sie von der Polizei? Foaschba, net?«

Was fand der Mann jetzt furchtbar? Die Tat? Oder dass jemand wie sie bei der Polizei arbeitete?

»Foaschba. Un so brutal. Iwwäall Blut. Un wer macht das wieder weg?«

»Furchtbar – ja, klar.« Elisa stöhnte und wich schnell ein Stück zur Seite. Natürlich: Hauptsache, die Spuren sind schnell weg, und alles sieht wieder sauber aus, dachte sie und kniff die Lippen zusammen. Im Kurier hatte sie gelesen, dass sich siebenundsiebzig Prozent der Bürger in Wiesbaden an erster Stelle mehr Sauberkeit in ihrer Stadt wünschten. Allerdings hatte sie erhebliche Zweifel an dieser Statistik. Sie zum Beispiel hatte niemand befragt.

Der ältere Herr redete noch immer auf sie ein. Er schien nicht zu merken, dass sie ganz und gar keine Lust auf eine Runde Gaffer-Smalltalk hatte. Sie warf ihm einen genervten Blick zu und hoffte, ihn damit zum Schweigen zu bringen. Aber er sprach ungerührt weiter.

»Des musste ja emool so komme.« Er deutete auf das Schulgebäude hinter dem Leichenfundort.

»Wie bitte?«

»Na, wege dene Leut. War doch klar.«

Sie ahnte, was folgen würde. Eine wütende Falte erschien auf ihrer Stirn. »Also, mit solchen Verdächtigungen wäre ich mal lieber ganz vorsichtig«, begann sie. »Das hier sind Menschen wie …« Da wurden plötzlich in der Nähe des Fundorts Stimmen laut.

»Sie dürfen doch Ihre Aussage gleich machen. Beruhigen Sie sich bitte. Kommen Sie, wir gehen dort hinüber.«

»Ich kann mir nicht alles merken. Aber ich habe den Hund gesehen. Ich weiß es doch. Nein, eigentlich weiß ich nicht. Doch: Der Pitbull, das weiß ich. Ich will nicht warten. Ich will Ihnen jetzt …«

Elisa verstand den Rest des Satzes nicht, aber ihr fiel auf, dass die Stimme desjenigen, der da sprach, einerseits recht laut war und andererseits seltsam tonlos klang. Auf eigenartige Weise maschinell. Als würde ein Computer Wort für Wort aneinanderreihen, ohne die Bedeutung zu verstehen.

Der Mann befand sich rund zehn Meter von ihr entfernt. Er war groß und korpulent, trug eine graue Wollmütze auf dem Kopf und gestikulierte heftig. Drei Polizisten umringten ihn. Offenbar versuchten sie, ihn zu beruhigen. Elisa ergriff die Gelegenheit, den Glatzkopf stehen zu lassen, und ging auf die Gruppe zu.

Als sie ankam, war der Mann mit der Wollmütze verstummt. Er stand mit gesenktem Kopf neben den Beamten und sagte gar nichts mehr.

»Also, was haben Sie beobachtet?«, fragte Polizeihauptkommissar Engeholm. Elisa kannte ihn als sehr gewissenhaft, aber auch leicht reizbar und ungeduldig.

Engeholm fragte noch einmal. »Was war mit dem Pitbull? Sie wollten doch unbedingt eine Aussage machen. Jetzt können Sie reden. Bitte sehr.«

»Ich muss Brot holen«, erklärte der Mann plötzlich. Er sprach inzwischen viel leiser als zuvor, aber noch immer vollkommen ohne Betonung der einzelnen Wörter.

»Sicher.« Engeholm nickte. »Sie waren also Brot holen, und dann haben Sie etwas gesehen. Was war das?«

Auf einmal brüllte der Mann: »Nein! Nein, nein, nein! Ich habe kein Brot geholt. Ich *muss* es noch holen. Verstehen Sie das denn nicht?«

Engeholm verdrehte die Augen und wandte sich zur Seite, um seine Kollegen anzusprechen. »Ich glaube, der ist ein Fall für Haina.« Er schien nicht damit zu rechnen, dass der Mann verstand, was er meinte. Der aber reagierte sofort.

»Ich geh nicht wieder in die Klapse!«, rief er. »Auf gar keinen Fall.«

Er drehte sich um und rannte plötzlich mit erstaunlicher Geschwindigkeit in Richtung auf die Wohnblocks in der Eschbornstraße davon. Einen Moment lang standen die Beamten wie versteinert. Dann jagten sie ihm nach.

Silviu sprang an Elisa vorbei, die Kamera schon wieder im Anschlag.

»Mann, musst du das denn auch noch alles drehen?«, rief sie ihm nach. »Das gibt doch nur wieder Ärger.«

Doch Silviu reagierte nicht. Elisa sah nur noch, wie er mitten in dem Pulk der Polizisten verschwand. Die Gruppe rannte jetzt gemeinsam hinter dem flüchtenden Mann her.

Elisa ballte eine Faust. Das hatte sie sich ganz anders vorgestellt. Sie und Silviu hatten am frühen Abend das kleine Theater in der Adelheidstraße besuchen wollen. Sie hatten sich extra pünktlich getroffen, weil es dort keine reservierten Plätze gab.

Es war seit Wochen das erste Mal, dass sie es geschafft hatten, einen Termin zu finden, an dem sie beide Zeit hatten. Und Elisa hatte sich wirklich darauf gefreut.

Dann war der Anruf gekommen, und Silviu hatte gemeint: »Ich drehe das nur schnell, und dann sind wir immer noch pünktlich in der Vorstellung.«

Elisa hatte heftig protestiert, aber *rein zufällig* hatte Silviu seine Kamera im Kofferraum dabei. Und der Ort, um den es ging, war nicht weit weg von Elisas Wohnung im Rheingauviertel – es würde bestimmt nur ein paar Minuten dauern. Schließlich hatte sie schweren Herzens eingewilligt mitzukommen, um – wenn er endlich fertig wäre – wenigstens gleich weiter zum Theater fahren zu können.

Elisa schaute auf die Uhr. Von wegen »nur ein paar Minuten«. Die Vorstellung konnte sie auf jeden Fall vergessen. Sie zog einen Zettel aus ihrer Jackentasche, schrieb »bin zu Hause« darauf, malte ein Gesicht mit heruntergezogenen Mundwinkeln daneben und klemmte das Blatt hinter den Scheibenwischer von Silvius C4. Sie überlegte kurz, ob sie nicht doch warten sollte. Dann aber siegte ihre Verärgerung. Es war nicht sehr weit bis zu ihrer Wohnung in der Rüdesheimer Straße. Und wenn sie schlechte Laune hatte, war Laufen sowieso regelmäßig das Erste, was ihr einfiel.

Die Verärgerung ließ sie von Anfang an ein hohes Tempo wählen. Sie rannte gerade durch den Loreleiring, als sie von rechts lautes Rufen hörte. Sie stoppte kurz und schaute in die Seitenstraße hinein. Eine Menschengruppe hielt direkt auf sie zu. Außer dem Rufen war jetzt auch schon ein heftiges Schnaufen zu vernehmen. Das durfte nicht wahr sein. Sie hatte nur nach Hause laufen wollen – und jetzt traf sie ausgerechnet auf den fliehenden Mann mit der Wollmütze und seine Verfolger. Offenbar hatte er die Polizisten ein paarmal im Kreis hinter sich herrennen lassen, sonst wären sie längst über alle Berge gewesen.

Der korpulente Mann keuchte. Sein Gesicht leuchtete knallrot und schweißnass. Die Beamten waren ihm schon bis auf etwa fünf Meter nahe gekommen. Silviu befand sich ein Stück hinter ihnen, weil er mit der Kamera auf der Schulter langsamer war als die anderen. Der Mann mit der Wollmütze rannte direkt auf den stark befahrenen Ring zu. Und er schaute weder nach links noch nach rechts. Seine Züge waren verzerrt, der Mund aufgerissen. Elisa glaubte schon, das Bremsenkreischen und das entsetzliche Geräusch eines auf Kühlerhaube und Scheibe aufschlagenden Körpers zu hören. Ausgerechnet jetzt näherten sich gleich drei schwere Lastwagen, die es niemals schaffen würden, rechtzeitig anzuhalten, sollte der Fliehende sein Tempo und seine Richtung beibehalten.

Elisa reagierte instinktiv und ohne nachzudenken. Mit einem Hechtsprung warf sie sich dem Mann hinterher und schnappte mit aller Kraft nach seinen Beinen. Sie erwischte das rechte. Der Mann strauchelte, riss sie noch einen knappen Meter mit und schlug dann kurz vor der Bordsteinkante der Länge nach hin. Nur einen Meter weiter, und er wäre mit Sicherheit überfahren worden. Augenblicklich waren die Polizisten da. Handschellen klickten.

»Danke, Frau Lowe.« PHK Engeholm hob den Arm und tippte sich an eine imaginäre Mütze. »Das war wirklich sehr gut. Ich wusste gar nicht, dass Sie so sportlich sind.« Und zu dem Festgenommenen sagte er mit ernster Stimme: »Mensch, Sie hätten tot sein können. Sie können doch nicht einfach auf die Straße rennen. Was haben Sie sich denn dabei gedacht? Warum laufen Sie überhaupt vor uns weg?«

Der Mann aber sprach kein Wort mehr. Er hatte die Augen geschlossen und hielt den Kopf gesenkt. Sein rechter Jackenärmel war zerrissen. Offenbar war er mit dieser Seite zuerst auf den Bürgersteig gekracht. Ein feines rotes Rinnsal sickerte durch den Stoff.

»Tut mir leid«, sagte Elisa. »Aber – ich konnte Sie doch nicht auf die Straße rennen lassen.«

»Das muss Ihnen ganz und gar nicht leidtun«, mischte Engeholm sich ein. »Nun kommen Sie mal, mein Freund.« Er räusperte sich. »So, wie Sie sich gerade benommen haben, frage ich mich, ob wir Sie als Zeugen oder als Beschuldigten belehren sollten.«

Für einen kurzen Moment sah der Mann auf, und sein Blick traf Elisas. Sie schauderte. Zwei heftige Gefühle schienen sie aus seinen Augen fast anzuspringen. Das eine war Angst, das andere aber der blanke Hass.

2

»Oh, die Heldin kommt.« Polizeioberkommissar Ludger Bechstein hielt Elisa demonstrativ die Bürotür auf. Der ironische Unterton in seiner Stimme war nicht zu überhören.

»Was redest du denn da? Und überhaupt: Man sagt ›Guten Morgen‹, oder?«

Bechstein wedelte mit der Morgenzeitung und las in süffisantem Tonfall die Schlagzeile vor: »›Hier rettet die hübsche Zeichnerin vom LKA einem Verdächtigen das Leben.‹ Na, wenn das nichts ist. Vor allem *hübsch*. Sehr wichtig für eine Retterin. Lebenswichtig. Haha.« Bechstein strich sich durch seine ölig glänzenden Haare und stänkerte weiter. »Du hast ja offenbar wirklich Super-Beziehungen zur Boulevardpresse. Aber das weiß hier ja jeder – du und dieser Thoma …«

Elisa spürte, wie sie rot anlief. »Silviu hat damit gar nichts zu tun.«

»Nein. Natürlich nicht. Wie sollte man denn auf so was kommen.«

Bechstein setzte sich, ohne um Erlaubnis zu fragen, auf Elisas Schreibtischkante. Sie hätte ihm am liebsten eine gescheuert. Aber er war schon in Fahrt und machte einfach weiter: »Also jetzt mal ehrlich, Elisa. Dass du eine Beziehung zu so einem Kamera-Heini unterhältst, das ist natürlich deine Privatsache. Aber solche Berichte«, er wedelte mit der Zeitung durch die Luft, als wollte er die Fotos und Buchstaben herausschütteln, »solche Berichte sind gar nicht gut für das Ansehen unserer Behörde.«

Elisa biss heftig die Zähne zusammen. Sie war sicher, dass es etwas ganz anderes war, was Bechstein nicht gut fand. Nämlich, dass sie mit Silviu befreundet war, statt auf Bechsteins eigene, unübersehbare Anmachversuche einzugehen.

Er plusterte sich auf. »Elisa, du solltest da wirklich drauf achten. Was wir gar nicht gebrauchen können, ist, dass unsere

Mitarbeiter in der Boulevardpresse auftauchen. Ich bin sicher, dass die Behördenleitung da ganz meiner Meinung ist.«

»Wieso das denn?«, fragte Elisa genervt. Am liebsten hätte sie fortgesetzt: Soll die Zeitung vielleicht lieber über deine schwache Aufklärungsquote berichten? Aber sie verkniff sich diese Bemerkung. Stattdessen sagte sie nur: »Ludger, geh einfach in dein Büro und mach deine Arbeit. Ich habe zu tun, in Ordnung?«

Ludger Bechstein schüttelte noch zweimal vielsagend den Kopf und warf die Zeitung demonstrativ in das Körbchen für den Posteingang. Dann verließ er endlich den Raum.

Elisa griff nach der Zeitung und wollte sie eigentlich direkt in den Papierkorb feuern. Dann warf sie aber doch einen Blick darauf – und blieb natürlich an dem Artikel über ihr Eingreifen bei der Flucht des seltsamen Mannes mit der Mütze hängen. Der Reporter lobte Elisas Mut. Sie fühlte sich geschmeichelt. Und auch das Foto von ihr war gar nicht schlecht. Als es an der Tür klopfte, versteckte sie die Zeitung schnell unter der Schreibtischmatte.

»Herein.«

»Guten Morgen, Frau Lowe.«

Sie blickte erstaunt auf. Dass Polizeipräsident Jürgen Bender persönlich in ihrem Büro erschien, kam selten vor. Hoffentlich hatte Ludger nicht doch recht gehabt, und es gab jetzt eine Standpauke wegen des Artikels.

»Was kann ich für Sie tun?«, fragte sie. Ihre Stimme klang plötzlich belegt. Sie räusperte sich.

»Sie könnten etwas zeichnen, bitte. Ein Phantombild.«

»Ach so.« Sie zog die Mundwinkel leicht nach unten. Fast hätte sie begonnen zu lachen. Was sollte das denn? Zeichnen war ihr Job. Darum musste der PP sie ja wohl kaum extra bitten. »Und deshalb kommen Sie her? Um mir zu sagen, dass ich meine Arbeit machen soll?«

»Ehem, nun ja.« Bender schloss die Tür hinter sich. »Ich weiß nicht genau, wie … Also, Sie haben ja schon vor Kurzem bewiesen, dass Sie nicht nur zeichnen können, sondern auch als Ermittlerin … sozusagen …«

Elisa erinnerte sich bestens. Vor allem auch daran, wie wenig begeistert Bender gewesen war, als sie auf eigene Faust ermittelt hatte. Er hatte ihr sogar den Dienstausweis abnehmen lassen und sie in Vertretung ihrer Chefin kurzerhand aus dem LKA ausgesperrt.

»Ich glaube, ich verstehe nicht so ganz, worauf Sie hinauswollen«, erklärte sie deshalb.

»Es geht um den Toten aus der Hollerbornstraße«, sagte Bender.

»Ja und?«

»Sie haben den Verdächtigen doch selbst erlebt. Aus unmittelbarer Nähe.«

»Welchen Verdächtigen? Meinen Sie den Zeugen, der fast vor ein Auto gelaufen wäre? Weil er vor der Polizei weggerannt ist?«

»Wir halten ihn für dringend tatverdächtig.«

»Hat er denn gestanden?«

»Nein. Das ist es ja.«

»Wie, ›das ist es ja‹?«

»Er spricht nicht mit uns. Er sagt kein Wort. Wie vernagelt. Egal, wer ihn fragt, er sitzt immer nur am Tisch und starrt vor sich hin. Aber wir glauben, wenn Sie vielleicht versuchen könnten, diesen *Pitbull* zu zeichnen, von dem er vor Ort gesprochen hat, dann kann uns das helfen.«

»Warum soll ich einen Pitbull zeichnen? – Ich mache doch keine Tier-Phantombilder.«

»Also, ehrlich gesagt geht es gar nicht so sehr um das Zeichnen. Nur – wenn Sie etwas nach seinen Anweisungen erstellen, etwas, das er gesehen zu haben behauptet, dann redet er möglicherweise mit Ihnen. Und dann verrät er sich vielleicht auch.«

Elisa brauchte einen Moment, um zu verstehen, was Bender da andeutete. Ihre Stimme bekam einen ärgerlichen Klang. »Hab ich mich verhört? Ich soll *so tun*, als ob ich ein Phantombild mache, ihn in Wahrheit aber in die Mangel nehmen? Also reinlegen, damit er sich irgendwie verrät?«

»So hart würde ich es nicht formulieren. Sie machen einfach Ihre Arbeit. So wie immer. Und dabei zeichnen Sie eben nicht nur gut und sorgfältig, sondern es wäre schön, wenn Sie vor allem aufmerksam zuhören, was der Mann sagt – und vielleicht im entscheidenden Moment auch nachfragen.«

Elisa stand auf und lehnte sich an ihre Schreibtischkante. Sie sah den Polizeipräsidenten skeptisch an. »Also, mir kommt das vor wie ein falsches Spiel. Das ist doch irgendwie ein getarntes Verhör. Ist das überhaupt erlaubt? Ich meine, muss man ihn nicht belehren, dass er als Beschuldigter gar nichts zu sagen braucht?«

»Das haben wir natürlich längst gemacht. Aber es geht doch darum, dass wir ganz dringend weiterkommen müssen in dem Fall. Sie wissen ja, wo die Leiche gefunden wurde?«

»Vor der Schule, klar.«

»Sie wissen doch auch, dass diese Schule als Notunterkunft für Flüchtlinge genutzt wird. Und wenn wir da nicht bald tragfähige Ergebnisse präsentieren, dann kann das gewaltige Schwierigkeiten hervorrufen. Wir stehen echt unter Druck.«

»Und in so einem Fall gelten dann keine Regeln mehr?«

»Doch – natürlich gelten die Regeln. Wie gesagt, wir haben ihn auch ordnungsgemäß über seine Rechte belehrt. Aber wenn er jetzt mit Ihnen an einem Phantombild arbeitet ... Ach verdammt, Elisa, das ist so etwas wie unsere letzte Chance im Moment. Wenn nicht bald was gegen ihn vorliegt, dann müssen wir ihn laufen lassen. Das können Sie doch auch nicht wollen.«

Elisa fiel der Mann wieder ein, der sie am Leichenfundort angesprochen hatte. *Des musste ja emool so komme. Bei dene Leut.*

Sie konnte sich sehr gut vorstellen, was passieren würde, wenn die Polizei den Fall nicht bald aufklärte. Andererseits waren Verhöre wirklich nicht ihre Aufgabe. Und schon gar keine Verhöre mit zweifelhaften Methoden. Elisa schluckte. Sie richtete den Blick zur Decke ihres Büros, als ob dort die Antwort stünde.

Schließlich nickte sie fast unmerklich und sagte leise: »Okay.«

»Also – Sie sind dabei?«

»Nicht gern, aber ich mache es.«

Bender ging auf Elisa zu und gab ihr die Hand. »Ich bin Ihnen zu Dank verpflichtet.« Er sprach jetzt sehr leise. »Eins noch. Von dem, was ich gerade gesagt habe, bitte nichts an die Presse. Und auch zu sonst niemandem. Sicherheitshalber. Unser Gespräch hat einfach nicht stattgefunden. Ich lasse Ihnen den Mann in einer knappen halben Stunde bringen.«

Bender verließ Elisas Büro, ohne sich noch einmal umzudrehen. Sie zog den Zeitungsartikel unter der Schreibtischmatte heraus und steckte ihn in ihre Handtasche. »Hübsche Zeichnerin« – wäre schön, wenn so etwas auch mal wieder jemand privat zu ihr sagen würde. Ein bestimmter Jemand vor allem. Sie griff nach der bunten Glaskugel auf ihrem Schreibtisch. Sie war mit verschiedenfarbigem Sand gefüllt, in der Mitte lag eine große Muschel. Silviu hatte sie ihr kurz nach ihrem ersten und bislang einzigen gemeinsamen Urlaub geschenkt. Damals hatte sie so vieles für möglich gehalten.

Sie legte die Kugel wieder an ihren Platz, lehnte sich in ihrem Schreibtischstuhl zurück und wartete auf den Mann mit der Wollmütze.

Ein junger Beamter brachte ihn kurz darauf zu Elisa ins Büro. Der Polizist gab ihr ein Blatt mit den Personalien des Verdächtigen. Er hieß Lukas Franke, war dreiundfünfzig Jahre alt und arbeitslos. Oder »Arbeit suchend«, wie das im Behördendeutsch richtig hieß. Franke starrte intensiv auf den Boden, als suche er dort etwas.

»Hallo.« Elisa versuchte ein Lächeln.

Der Mann antwortete nicht.

Sie wandte sich an den Uniformierten: »Sie können dann ruhig gehen.«

Der Polizist schüttelte den Kopf. »Ich soll aber hierbleiben. Aufpassen, dass nicht …«

»Ich arbeite nicht unter Bewachung. Nun machen Sie schon. Wenn wir fertig sind, rufe ich an.«

»Ich habe aber die Anweisung, dabei zu bleiben.«

»Von wem?«

»Von oben.«

Elisa verdrehte die Augen. »Dann richten Sie ›dem da oben‹ aus, dass ich mit dem Zeugen allein sein möchte.«

Zum ersten Mal bemerkte sie eine Reaktion im Gesicht von Lukas Franke. Sie hatte den Eindruck, dass er sich freute.

Der Polizist dagegen machte ein besorgtes Gesicht. »Ich glaube nicht, dass ich einfach so gehen kann.«

Elisa nahm den Telefonhörer ab. Als man sie zum Polizeipräsidenten durchgestellt hatte, kam sie sofort zur Sache: »Ich kann das nur machen, wenn ich arbeiten darf wie immer.«

»Wie immer?« Bender schien sie nicht gleich zu verstehen.

»So wie mit jedem Zeugen. Ohne …« Sie hätte fast »Wachhund« gesagt, besann sich aber eines Besseren. »Allein, meine ich. Das ist wohl gerade diesmal auch besonders …«, sie stockte einen Moment, »… *sachdienlich.* Oder was meinen Sie?«

Sie konnte spüren, wie Bender am anderen Ende der Leitung nachdachte.

»Okay«, sagte er schließlich, »geben Sie mir mal den Beamten, der gerade mitgekommen ist.«

Elisa reichte den Hörer weiter. Der Uniformierte sagte ein paarmal »Ja« und »Natürlich«, dabei nickte er. Schließlich gab er das Telefon an Elisa zurück. Sie verabschiedete sich von Bender und legte auf.

»Also, dann gehe ich mal«, erklärte der Polizist mit hochgezogenen Augenbrauen. »Viel Erfolg noch.«

»Danke.« Elisa lächelte, obwohl ihr auf einmal etwas mulmig wurde. Wenn der Mann vielleicht doch gefährlich war? Die Polizei hielt ihn für einen Mörder.

Sie sah zu Lukas Franke, der noch immer kein einziges Wort gesprochen hatte, hinüber. Sein Blick war starr, das Gesicht reglos. Seine Miene verriet absolut nichts.

Die Tür schloss sich hinter dem Beamten. Sie waren allein.

3

»Also, Herr Franke, ich bin Elisa Lowe. Sie kennen mich ja schon. Aber Sie wissen wahrscheinlich nicht, dass ich Phantombildzeichnerin bin.«

Der Mann hatte dieselbe graue Wollmütze auf dem Kopf wie bei ihrem ersten Zusammentreffen. Jetzt flackerte sein Blick, und die Lippen zitterten leicht.

»Es wäre schön, wenn Sie mir beschreiben könnten, was Sie gesehen haben.«

Plötzlich sprach er. »Das … muss … man … doch … nicht … zeichnen. Das … weiß … doch … jeder.«

»Was weiß jeder?«

»Wie … der … Pitbull … aussieht.«

Diesmal sprach er nicht nur tonlos und seltsam mechanisch, wie es Elisa schon am Leichenfundort aufgefallen war, Lukas Franke machte jetzt zusätzlich noch lange Pausen zwischen den Wörtern. Und das Warten auf jedes neue Wort fühlte sich an wie die Zeit vor dem Bahnübergang in Schierstein: die Schranke unten, doch weit und breit kein Zug in Sicht.

Elisa fiel auf, dass sie zu ungeduldig wurde. Ihr Tonfall klang entschieden zu drängend. »Wenn Sie den Pitbull gesehen haben, haben Sie dann auch den Mann beobachtet, dem er gehört?«

»Was? … Wen? … Beobachtet?«

Elisa atmete tief durch. Sie musste unbedingt erheblich ruhiger werden, Vertrauen aufbauen, überhaupt: nicht so viel fragen. Vor allem in einem freundlicheren Ton. Und besser war es sowieso, einfach zuzuhören. Nur dafür müsste der einsilbige Langsamsprecher erst einmal ein bisschen auftauen.

»Wie geht es Ihnen denn eigentlich inzwischen?«, fragte sie.

»Nicht … gut.«

»Warum nicht?« Sie versuchte zu lächeln und merkte selbst, dass sie sich dabei verkrampfte.

Lukas Franke gab keine Antwort, sondern starrte nur auf seine Fußspitzen.

»Setzen Sie sich bitte vor diesen Bildschirm. Sie können dann genau sehen, was ich mache.«

Elisa öffnete das Programm mit den Grundformen männlicher Schädel und deutete mit der linken Hand auf den Schreibtischstuhl vor dem Zeugenmonitor. Franke setzte sich.

»War es ein Mann oder eine Frau?«

»Wer?«

»Der mit dem Pitbull.«

Oh Mann, ich drehe gleich durch.

»Weiß ... nicht.«

Elisa lehnte sich zurück. Was war nur los mit diesem Mann? Andererseits – noch vor gar nicht so langer Zeit hatte sie selbst in einer Vernehmung gesessen. Hatte sie sich da eigentlich besser angestellt?

»Wir machen das mal anders. Erzählen Sie mir doch einfach von dem Tag. Was haben Sie gemacht? Was haben Sie gesehen?«

»Mein ... Kopf ... ist ...« Lukas Franke stützte seine Ellenbogen auf den Schreibtisch und massierte mit den Fingerknöcheln die Stirn. Er presste die Hände so fest gegen die Haut, dass weiße Druckspuren entstanden.

»Was ist mit Ihrem Kopf? Haben Sie Schmerzen?«

»So ... leer«, erklärte Franke.

»Haben Sie Schwierigkeiten, sich zu erinnern?«

»Ich ... erinnere ... mich. Aber nicht an das, was ich will.«

Er sprach weiterhin ohne Betonung, aber immerhin wurde er schneller.

»Woran erinnern Sie sich denn?«

»Ich will nicht wieder dahin.«

»Wohin?«

»Die Anstalt. Die Hölle.«

»Die Anstalt? Sie meinen die Psychiatrie?«

Elisa spürte, wie ihr Magen sich verkrampfte. Lukas Franke hätte kaum ein schlimmeres Thema ansprechen können. Wer konnte ihm verdenken, dass er nicht in die Psychiatrie wollte?

Kaum jemand hatte mehr Vorbehalte gegen diese Einrichtung als sie selbst. Elisas Freundin Mara lebte schon seit Monaten in einer geschlossenen Abteilung. Ein einziges Mal hatte Elisa sich überwunden, sie dort zu besuchen. Der Tag steckte in ihrem Gedächtnis wie ein Insektenstachel. Ein Stachel mit unbarmherzigen Widerhaken. Sie hatte kein Wort herausgebracht, als sie Mara dort gesehen hatte. Die Freundin war äußerlich ganz ruhig gewesen, sie hatte wenig erzählt. Aber auf Elisa hatte Mara gewirkt, als wäre sie ihrer Seele beraubt worden: leer, eine Hülle ohne Mensch, ein Wesen ohne Ich.

»Ich glaube, ich verstehe Sie«, sagte Elisa leise.

»Niemand versteht mich.«

»Vielleicht ja doch. Was war mit dem Pitbull? Sah sein Besitzer möglicherweise *so* aus?« Sie zog ein kantiges Männergesicht mit Stoppelfrisur aus dem Vorlagenordner auf die Programmbühne.

»Wer ist das?«, fragte Lukas Franke und starrte den Monitor an. Elisa schloss daraus, dass sie mit ihrem ersten Versuch falschlag.

»Oder so?«

Der nächste Mann hatte eine dunklere Hautfarbe und schwarze Locken.

»Kenne ich nicht.«

Frankes Blick wanderte zwischen dem Monitor und Elisa hin und her. Sah sie wieder die Angst in seinen Augen? Oder flackerte da etwas anderes? Elisa konzentrierte sich auf die Typenbibliothek.

Musste es überhaupt ein männlicher Täter gewesen sein? Sie beschloss, als Nächstes ein weibliches Gesicht zu zeigen. Doch Franke schaute gar nicht mehr auf den Monitor. Als Elisa von ihrem Grafiktablett aufsah, merkte sie, dass der Mann nur noch sie anstarrte.

»Sie …«

»Was ist?«

»Ich kenne Sie. Sie haben mich … Sie waren das doch.«

»Natürlich kennen wir uns. Sie wären um ein Haar auf die Straße gerannt. Ich habe Sie zurückgehalten.«

Plötzlich brüllte er: »Sie haben Schuld!«

Er sprang unvermittelt auf und warf sich auf Elisa. Ihr Bürostuhl stürzte um. Sie spürte einen dumpfen Schmerz am Hinterkopf, als sie auf dem Boden aufschlug. Sofort danach krachte etwas mit voller Wucht in ihr Gesicht. Verzweifelt versuchte sie, sich mit den Armen vor den Schlägen zu schützen. Doch Lukas Franke war stark. Er überwand ihre Abwehr nahezu mühelos. Der nächste Schlag traf ihre Nase, und ein stechender Schmerz ließ sie aufschreien. Kurz darauf sah sie die hübsche Glaskugel mit der Muschel direkt auf sich zurasen.

4

Der Hunger machte ihr mehr und mehr zu schaffen. Inzwischen hatte sie den Wohnwagen mindestens viermal nach etwas Essbarem abgesucht und nicht den kleinsten Rest gefunden. Schließlich legte sie sich auf die Couch und versuchte, in einen Traum zu fliehen. Zuerst gelang es ihr, sich auszumalen, wie er kommen und sie in die Arme schließen würde. Doch das nagende Gefühl in ihrem Bauch wirkte sich auch auf ihre Gedanken aus. Die Traumbilder, die ihr daraufhin erschienen, waren ganz und gar nicht die, die sie sich wünschte.

Sie sah ihre Mutter, wie sie das Kinderzimmer betrat. Perfekt frisiert und makellos gekleidet, in der Hand den ausziehbaren Fensterwischer. Aber sie kam nicht, um zu putzen. Das hätte sie sowieso nicht getan, denn schon seit Jahren leistete sie sich für solche Arbeiten eine polnische Haushaltshilfe. Der Wischerstiel krachte ohne Vorwarnung auf Verenas Rücken.

»Wenn du nicht einmal die ›Kloppse‹ schaffst, dann bist du wirklich zu gar nichts nütze.« Im Gesicht der Mutter tanzten rote Flecken.

Mit »Kloppse« war das Wiesbadener Astrid-Klopp-Gymnasium gemeint. Oder »Verenas letzte Chance«, wie die Mutter ihr von Anfang an erklärt hatte. Die abwertende Bezeichnung als »Kloppse« hatte sich gehalten, obwohl das private Gymnasium schon lange nicht mehr nur den unterbelichteten Nachwuchs reicher Leute auf Teufel komm raus zum Abitur paukte. Manche Bezeichnungen blieben einfach hängen. Auch wenn das Astrid-Klopp-Gymnasium den öffentlichen Schulen inzwischen sogar einiges voraushatte. Zum Beispiel ein angenehmes Lernklima, moderne Unterrichtsräume, kleine Klassen, engagierte Lehrer und eine funktionierende Ganztagsbetreuung.

Die gut dreieinhalbtausend Euro Schulgeld pro Jahr sorgten allerdings noch immer dafür, dass eine klare soziale Auswahl stattfand. Und diese Auswahl hatte Verena schon am ersten Tag zum Außenseiter gestempelt.

In ihrer No-Name-Jeans und der Bluse von C&A wurde sie von der angesagten Mädchenclique in ihrer Klasse mit kompletter Missachtung gestraft. Und sie selbst spürte, wie die Schüchternheit, die ihr schon immer im Weg gestanden hatte, sich zu einem Berg auftürmte, gegen den der Taunuskamm draußen vor der Stadt nichts als ein Ameisenhügel war.

»Verena, stell dich einfach mal vor«, hatte ihre Klassenlehrerin gesagt. Und ihr war außer ihrem Namen und dem Alter absolut nichts eingefallen.

»Du hast sicher Hobbys. Oder sonst etwas, was dich ausmacht?«

Etwas, was sie *ausmachte.* – Was hätte sie erzählen sollen? Dass sie oft stundenlang unter der Bettdecke lag und davon träumte, unsichtbar zu sein? Dass sie an einem Tagebuch schrieb, das in der Zukunft spielte und dessen erstes Kapitel mit den Worten begann: »Heute habe ich meine Mutter getötet«?

Oder vielleicht, dass sie vor ein paar Monaten damit angefangen hatte, sich kleine Schnitte in die Arme zu machen und zuzuschauen, wie das Blut ins Waschbecken tropfte?

Das alles wollte sie lieber nicht erzählen. Also schüttelte sie nur stumm den Kopf und verbarg ihr Gesicht hinter ihren strähnig herunterhängenden aschblonden Haaren.

Einige Schüler kicherten. Die Lehrerin sagte etwas, das wohl freundlich und ermutigend klingen sollte. Doch ihre Worte erreichten sie gar nicht richtig.

Nach drei Monaten auf der »Kloppse« gab es die erste Zwischenbeurteilung, und die fiel grauenhaft aus. Kein Wunder, denn Verena hatte im Unterricht praktisch kein Wort gesprochen. Die schriftlichen Prüfungen waren ebenfalls mangelhaft ausgegangen, weil sie aus Angst vor Fehlern alle Aufgaben unbeantwortet gelassen hatte, bei denen sie sich nicht vollkommen sicher gewesen war.

Da war er wieder: der wütende Blick ihrer Mutter. Die Schläge mit dem Wischerstiel. Kaum schloss sie die Augen, tauchten diese Bilder auf. Ebenso wie die Gefühle von Angst und Ohnmacht. Verärgert setzte sie sich hin und schlug mit der Faust auf die kleine Ablage neben dem Klappsofa.

»Das ist vorbei, vorbei, vorbei«, sagte sie laut zu sich selbst. »Er kommt gleich, bringt etwas zu essen mit und nimmt mich in die Arme.«

Sich das laut vorzusagen half. Sie spürte, wie sie sich entspannte. Sogar das Hungergefühl trat in den Hintergrund. War es nicht sowieso ganz gut, wenn sie ein paar Kilo abnahm? Sie tastete nach ihrem Bauch. Hörte sie nicht da draußen schon das Geräusch seiner Schritte?

5

»Elisa, warum um alles in der Welt haben Sie nur auf die Bewachung verzichtet? Wir hatten doch extra einen Beamten mitgeschickt.«

Sie hörte die Stimme wie durch Watte. Ihr Gesicht brannte, ihr war schwindlig, und sie brauchte einen Moment, um zu verstehen, dass sie in ihrem eigenen Büro war.

»Wo ist Franke?«, fragte sie, als sie etwas zu sich gekommen war.

»In der Zelle«, antwortete Jürgen Bender. »Insofern haben Sie Ihren Job gut gemacht. Mit dem Gewaltausbruch hier hat er sich ja selbst überführt. Aber Mensch, Elisa, das hätte auch schiefgehen können.«

Der Polizeipräsident neigte den Kopf zur Seite und sah sie mit einem Blick an, der wohl fürsorglich wirken sollte. Elisa meinte aber, etwas in seinem Gesicht zu entdecken, das eine leichte Unsicherheit verriet. Ein Zucken der Augenlider, das im Widerspruch zu seiner sonstigen Erscheinung stand. Wie immer war Bender akkurat gekleidet und frisiert.

Das dunkelblaue Jackett saß perfekt. Seine Haltung war aufrecht. Er versuchte, Selbstbewusstsein und Überlegenheit auszustrahlen.

»Was war denn hier überhaupt los?«, mischte sich Ludger Bechstein ein.

»Er hat …«, begann Elisa. Sie spürte, dass ihre Lippe geschwollen war und dass das Sprechen Schmerzen verursachte. Sie tastete nach ihrer Nase. Sie tat höllisch weh. Elisa fragte sich, ob sie wohl gebrochen war.

»Lassen Sie erst mal«, sagte Bender. »Der Arzt ist gleich da. Was hier im Einzelnen passiert ist, das geben Sie dann später zu Protokoll.«

Bechstein zog einen Flunsch. Ganz offensichtlich hätte er sehr gern Genaueres gewusst. Ein Poltern auf dem Flur kündigte die Sanitäter an. Der Arzt, der sich um Elisa kümmerte, mochte um die fünfzig Jahre alt sein. Er lächelte freundlich.

»Ich muss Ihnen jetzt leider an Ihre Nase fassen. Das wird ein bisschen unangenehm, aber …«

Elisa zuckte zusammen, denn ein scharfer Schmerz zog durch ihr Gesicht.

»Nicht gebrochen – Glück gehabt.« Der Doktor ließ die Nase wieder los und betrachtete stattdessen die Blutergüsse an Elisas Hals und die Beule auf der Stirn.

»Der hat ja ganz schön zugepackt. Hat er Sie noch irgendwo erwischt?«

»Ich glaube nicht.«

Der Arzt fuhr mit der Hand an Elisas Luftröhre entlang.

»Tut das weh? Haben Sie Beschwerden beim Atmen?«

»Nein.«

»Übelkeit, Schwindel?«

»Ich glaube nicht.«

»Dann können wir auch direkt wieder abfahren. Es sei denn, Sie möchten, dass ich Ihnen noch ein Schmerzmittel verschreibe. Dazu würde ich Ihnen eigentlich raten. Das mit der Nase kann nämlich sogar noch unangenehmer werden als jetzt.«

»Schon gut. Ich bin kein Fan von Schmerzmitteln. Aber können Sie mir in etwa sagen, wie lange das so wehtun wird?«

Der Arzt zuckte mit den Schultern.

»Prellungen können schmerzhafter sein als Brüche. Bis morgen früh dürfte es etwas besser sein. Wollen Sie wirklich nichts?«

»Nein, danke.«

»Wie Sie meinen. Dann gehen wir mal wieder.«

Bender sah nicht zufrieden aus. »So schnell? Ist das Teil dieser Sparmaßnahmen, von denen alle reden in Wiesbaden? Müssen Sie zwanzig Patienten pro Stunde schaffen?«

»Quatsch.« Der Arzt stöhnte und lehnte sich an die Tür. Er schien derartige Kommentare gut zu kennen. »Ich nehme mir immer genauso viel Zeit, wie ich brauche. Aber eben auch nicht mehr. Und nur weil man heutzutage jeden gern gleich in die Röhre schiebt, mache ich das noch lange nicht.«

Er wandte sich wieder an Elisa. »Also – na klar, Sie *könnten* natürlich eine unerkannte Hirnblutung haben. Oder eine Rippenquetschung. Oder vielleicht auch einen Anriss im Schneidezahn – das müsste dann ein Zahnarzt röntgen. Und wenn wir Sie *ganz, ganz* gründlich untersuchen, dann entdecken wir vielleicht sogar noch etwas vollkommen anderes. Polypen. Oder eine Hautkrebs-Vorstufe. Irgendetwas bestimmt. Wir entdecken immer etwas. Sie kennen den blöden Witz doch auch, oder: Es gibt keine gesunden Menschen, nur nicht ausreichend diagnostizierte Patienten. Aber mal im Ernst«, er machte eine kurze Pause, »Sie sehen zum Glück jung und gesund aus. Sie haben eine Prügelei hinter sich, aber sonst nichts. Wenn Ihnen heute oder morgen etwas komisch vorkommt, wenn Ihnen schwindlig wird, wenn Sie Doppelbilder sehen, dann gehen Sie zum Arzt. Aber sonst – wird einfach alles von selbst wieder gut. Die Natur macht das.«

Elisa gefiel die Einstellung des Doktors.

»Danke schön«, sagte sie. »Ich denke, Sie haben recht.«

»Können wir dann gehen, *Herr Präsident*?« Der Doktor neigte den Kopf zur Seite und sah Bender an.

»Gewiss doch, *Herr Doktor.*« Bender drehte sich zu Elisa um. »Und wenn Sie nicht mal ein Schmerzmittel brauchen, könnten Sie dann vielleicht gleich zur Vernehmung mitkommen, Frau Lowe?«

»Na klar.«

Dass Elisas Nase sich beim Weg die Treppe hinunter anfühlte, als wäre eine die Innenwände zerschneidende Rasierklinge eingebaut, behielt sie für sich.

Auch Benders Angebot, sie von einer Streife die fünfhundert Meter bis zum Präsidium fahren zu lassen, lehnte sie ab.

»Das Stück schaffe ich zu Fuß«, sagte sie. Und ärgerte sich gleich darauf, als sie bemerkte, dass jeder Schritt in ihrem zerschundenen Gesicht widerhallte wie ein weiterer Fausthieb von Lukas Franke.

Nun saß sie auf einem unbequemen Vernehmungsstuhl und fragte sich, wem der Chef wohl die Aufgabe übertragen hatte, sie zu verhören. Nach fünf Minuten erschienen zwei Personen im Büro.

Der eine war Polizeihauptkommissar Engeholm. Er nickte Elisa zu.

»Dann wollen wir mal.«

Der andere wirkte nicht wie ein Beamter. Es war ein korpulenter, weißhaariger Mann mit hellwach blitzenden blauen Augen und einem verschmitzten Grinsen im Gesicht.

»Vielleicht darf ich mich erst einmal vorstellen«, sagte er. Er hatte einen leichten Singsang im Tonfall. Elisa fand, dass seine Stimme angenehm klang.

»Ich bin Richard Gruenwald, Professor für Psychiatrie und Psychologie, und ich würde Ihre Vernehmung gern mit anhören, Frau Lowe. Wenn Sie nichts dagegen haben.«

»Nein – aber wieso …? Ich meine, ich hab was am Kopf abbekommen, das stimmt. Aber ich glaube nicht, dass mein Gehirn in Mitleidenschaft gezogen wurde.«

Der Weißhaarige lachte. Sein gewaltiger Bauch schaukelte dabei auf und ab. »Keine Angst, wir haben keine Zweifel an Ihrem Geisteszustand, Frau Lowe. Ich habe den Herrn Franke exploriert und eine vorläufige Diagnose über seine, sagen wir, psychische Verfassung gestellt. Mich interessiert, wie Sie ihn erlebt haben. Deshalb höre ich hier einfach mal zu und stelle vielleicht auch zwischendurch ein paar Fragen.«

Elisa berichtete über ihre Versuche, mit Lukas Franke über den angeblichen Besitzer des Pitbulls zu sprechen.

»Ob nun Pitbull oder was auch immer – glauben Sie, dass da überhaupt jemand mit einem Hund gewesen ist?«, fragte Engeholm schließlich.

Elisa schloss kurz die Augen und strich sich über ihre schmerzende Nase. »Ich weiß es absolut nicht«, sagte sie schließlich. »Keine Ahnung. Ich glaube eigentlich nicht, dass er lügt. Aber ich verstehe auch nicht, was er sagen will.«

Professor Gruenwald hatte die ganze Zeit kein Wort gesagt. Sein massiger Körper lag mehr im Stuhl, als dass er saß. Jetzt richtete er sich plötzlich auf und lächelte Elisa an. »Sie sagen, Sie haben nicht verstanden, was er sagen will. Glauben Sie denn, dass er *selbst* verstanden hat, was er Ihnen mitteilen wollte?«

»Wie meinen Sie das?«

»Vielleicht haben Sie schon mal einen Sänger gesehen – oder besser: gehört –, der in einer fremden Sprache singt, obwohl er sie gar nicht beherrscht. Wenn man genau aufpasst, kann man manchmal am Tonfall erkennen, dass der gar nicht weiß, was er da singt. Ich möchte von Ihnen wissen, ob Sie diesen Eindruck vielleicht auch bei Lukas Franke hatten.«

»Das könnte tatsächlich sein.« Elisa fiel der seltsam monotone Klang seiner Stimme ein. »Ich habe es allerdings eher so empfunden, als würde eine Maschine mit mir sprechen.«

»Ja.« Professor Gruenwald nickte. »Ja, so kann man das auch gut beschreiben.«

»Und was bedeutet das?«, fragte Elisa.

»Das will ich Ihnen gern erklären.« Der Blick des Professors wanderte zwischen Elisa und Hauptkommissar Engeholm hin und her. »Falls es die Vernehmung nicht zu sehr aufhält.«

Engeholm schüttelte den Kopf.

»Also, bei Menschen wie Ihnen und mir, bei den sogenannten ›Normalen‹, da sind Sprachzentrum und Bewusstsein ganz eng verknüpft.« Der Professor presste zur Erklärung die Innenflächen seiner Hände aneinander. »Sie merken das zum Beispiel, wenn Sie sagen sollen, wie Sie gerade gelaunt sind. Also gut drauf, fröhlich, angespannt, gestresst oder vielleicht sogar traurig. Versuchen Sie mal, dabei zu lügen – das ist ganz schwierig.«

Gruenwald machte eine Pause und sah seine Zuhörer prüfend an. Engeholm und Elisa nickten zum Zeichen, dass sie ihm bis dahin folgen konnten.

»Die Verkoppelung zwischen Bewusstsein, Emotionen und Sprachzentrum ist so stark, dass Sie sogar fröhlicher werden, wenn Sie nur möglichst stur behaupten, vergnügt zu sein. Wie gesagt – das funktioniert bei Ihnen und mir. Es gibt aber eine – übrigens sehr seltene – Hirnstoffwechselstörung, bei der diese Verbindung gestört ist.« Gruenwald trennte seine Hände wieder voneinander. »Wir glauben, dass sich diese Störung für die Betroffenen in etwa so anfühlt wie für uns, wenn wir im Halbschlaf sprechen.«

»Das kenne ich«, warf Engeholm ein. »Ich bin mal eingeschlafen, als ich meiner Tochter Schneewittchen vorgelesen habe. Und sie hat mir später erzählt, ich hätte völlig unzusammenhängendes Zeug geredet. Irgendetwas von Fingerabdrücken und Zwergen in der Badewanne.«

»Genau.« Gruenwald nickte begeistert. »So ist das – jedenfalls nach meiner vorläufigen Einschätzung – bei Lukas Franke. Es ist eine faszinierende Störung, die noch viele weitere Folgen hat. Großartige Krankheit – es sei denn, man hat sie.« Er schmunzelte. »Entschuldigung, man wird ein bisschen sarkastisch, wenn man lange so arbeitet.«

»Und was kann das für unseren Fall bedeuten? Kann Franke den Mann ermordet haben – und sich vielleicht gar nicht daran erinnern?«, fragte Engeholm.

»Das ist gut denkbar.« Gruenwald nickte bedächtig. »Vielleicht erinnert er sich auch, kann es aber nicht ausdrücken.«

»Interessant.« Kommissar Engeholm runzelte die Stirn. »Es bestehen jedenfalls keine Zweifel, dass Lukas Franke sich sehr verdächtig verhält. Können wir noch einmal auf die Situation in Ihrem Büro zurückkommen, Frau Lowe? Hat Franke vielleicht noch von irgendetwas ganz anderem gesprochen? Etwas, das Ihnen gar nicht wichtig erschienen ist, uns aber jetzt vielleicht weiterbringen könnte?«

Elisa lehnte sich zurück und grübelte. Sie hatte das Gefühl, da wäre noch etwas gewesen. Aber es wollte ihr einfach nicht einfallen. Sie ging das Zusammentreffen mit dem Mann noch einmal Schritt für Schritt durch.

»Er hat am Schluss gesagt, alles sei meine Schuld. Und dann hat er zugeschlagen.«

»Ja, klar. Weil Sie ihn auf der Straße überwältigt haben. Das habe ich auch schon notiert.«

Engeholm speicherte das Vernehmungsprotokoll auf seinem Computer ab, druckte es aus und ließ Elisa unterschreiben.

Er ging einmal im Büro auf und ab, setzte sich wieder und machte ein unschlüssiges Gesicht. Schließlich klopfte er mit der flachen Hand auf die Schreibtischplatte.

»Ich denke, dann können wir wohl nicht mehr festhalten im Moment. Danke Ihnen, Frau Lowe.« Er räusperte sich. »Wollen wir hoffen, dass das, was wir haben, dem Haftrichter erst einmal genügt. Aber ich bin sehr froh, dass Ihnen nichts Ernstes passiert zu sein scheint.«

»Bleibt er jetzt im Gefängnis?«, fragte Elisa.

»Wie gesagt: Ich hoffe, dass es dem Richter reicht. Aber Gefängnis wird es wahrscheinlich nicht. Eher die Unterbringung in der Psychiatrie. Ich glaube, es müsste genügen. Schon wegen des Angriffs auf Sie. Und früher oder später werden wir ihm den Mord an Tomas Strecker schon noch nachweisen können.«

»Tomas Strecker?«, fragte Elisa.

»So hieß das Opfer. Wussten Sie das noch nicht?« Engeholm zog einen schmalen Ordner hervor und reichte ihn Elisa. »Ist aber ziemlich wenig bekannt über diesen Mann. Völlig unauffällig.«

Elisa warf einen Blick in die Akte. Sie spürte den neugierigen Blick von Professor Gruenwald.

»Darf ich auch?«, fragte er.

Engeholm überlegte kurz. »Ich wüsste nicht, was dagegen sprechen könnte.«

Elisa und Gruenwald beugten sich gemeinsam über den Ordner. Elisa fiel auf, dass der Professor sehr angenehm roch. Er benutzte offenbar ein teures Herrenparfüm.

Auf der ersten Seite der Akte war ein Foto, das aus Streckers Personalausweis zu stammen schien. Es zeigte ein schmales Gesicht mit dunkelblonden Haaren. Der Mann blickte freundlich in die Kamera. Auffällig waren seine kräftig ausgeprägten Lippen. Sie ließen ihn weich und verletzlich wirken, fast ein bisschen weiblich.

Elisa blätterte um. Auf der nächsten Seite standen ein paar äußerst spärliche persönliche Angaben.

Letzter Wohnsitz: Am Schelmengraben. Ledig, Deutscher, fünfunddreißig Jahre. Beruf: unbekannt. Hartz-IV-Empfänger. Verwandte: keine. Nachbarn beschreiben ihn als sehr zurückhaltend. Offenbar kaum soziale Kontakte. Internet, Facebook und so weiter: keine Accounts gefunden.

»Was hat der denn wohl den ganzen Tag gemacht?«, fragte Elisa.

»Das möchte ich auch gern wissen.« Wieder blitzten Professor Gruenwalds Augen. Er sah Elisa direkt ins Gesicht. »Sie stellen ganz genau die Fragen, die mich auch faszinieren.« Er wandte sich an Engeholm, der immer noch neben seinem Schreibtisch stand. »Brauchen Sie die Frau Lowe hier noch, oder ...«, Gruenwald lächelte Elisa an, »... oder darf ich Sie vielleicht auf einen Kaffee in die Kantine einladen? Da könnten wir dann noch etwas plaudern.«

Elisa lächelte zurück, so gut es ihre lädierte Nase erlaubte. »Kaffee fände ich jetzt sogar sehr schön.«

Engeholm zuckte mit den Schultern. »Ich habe ja schon gesagt, dass wir wohl leider zurzeit nicht weiterkommen. Von mir aus sind wir fertig.«

»Ach, Entschuldigung.« Elisa hatte plötzlich eine Idee. »Darf ich mir die Mappe über diesen Strecker vielleicht kurz ausleihen?«

»Wozu das denn?« Engeholm schüttelte den Kopf. »Nein, die Akte sollte besser hierbleiben.« Er überlegte einen Moment. »Aber da vorn steht ein Kopierer. Und es sind ja nur ein paar Seiten. Also, wenn Sie unbedingt wollen.«

6

»Eigentlich können wir den Kaffee auch danach trinken.«

»Wie bitte?« Elisa sah Gruenwald erschrocken an. Sie saßen in seinem alten Mercedes 200 und rollten den Konrad-Adenauer-Ring entlang. Der Professor hatte vorgeschlagen, lieber in einem gemütlichen Café in Dotzheim weiterzureden, als sich im Mittagslärm der Polizeikantine heiser zu schreien.

Gruenwalds Bauch, der nur knapp hinter das Lenkrad passte, wogte erneut auf und ab, als er zu lachen begann.

»Na – danach. Den Kaffee. Das wäre doch schön. Nein, nicht, was Sie jetzt denken. Nach dem *Essen*, meine ich. Mögen Sie Pizza? Ich lade Sie ein.«

Der Professor war anscheinend ein Freund mehr oder weniger witziger Sprüche. Aber sie hatte tatsächlich Hunger.

»Etwas essen? – Ja gern.«

Sie waren inzwischen in der Dotzheimer Straße angekommen, und kurz darauf lenkte Gruenwald den Wagen in eine Parklücke in der Römergasse.

»Glück gehabt. Da drüben ist es schon.« Er hievte seinen Bauch aus dem Sitz. Für seine Körperfülle fand Elisa ihn erstaunlich beweglich. Auch sein Gang war trotz des Gewichts, das seine Beine tragen mussten, federnd und weich, die Haltung aufrecht.

Wie man sich täuschen kann, dachte sie kurz darauf, als Gruenwald sie zielsicher durch das »Milano« in den von einer Markise überdachten Hof führte. Sie hatte etwas Gediegen-Vornehmes mit gestärkten Servietten erwartet, und jetzt saßen sie auf Gartenstühlen vor einer Plastiktischdecke.

Der Professor schien ihre Gedanken zu erraten. »Sieht nicht so toll aus – schmeckt aber wirklich prima. Und in solchen Dingen weiß ich Bescheid. Wie man ja wohl auch sieht.« Er strich über seinen Bauch. »Nehmen Sie ›Salmone-Mozzarella‹, wenn Sie einen Tipp möchten.«

Elisa schmunzelte. Es gefiel ihr, dass Professor Gruenwald so gar nicht eitel wirkte. Das Schmunzeln allerdings bekam ihrer lädierten Nase überhaupt nicht. Mit einem stechenden Schmerz wurde sie an das Geschehen im Büro erinnert.

Sie griff gerade nach der Speisekarte, als ihr Handy klingelte. Silviu war dran, und er klang zerknirscht.

»Das mit dem Theater gestern tut mir echt leid.«

»Schon gut. Ich weiß ja, dass das dein Job ist.«

»Nein, ehrlich.« Er fügte noch weitere Entschuldigungen hinzu, aber Elisa hörte nicht richtig hin. Ihr schmerzendes Gesicht lenkte sie ab, und sie überlegte, ob sie nicht doch besser gleich nach Hause gehen sollte. Der Wirt erschien, begrüßte den Professor herzlich und fragte nach der Bestellung.

»Du, warte mal«, sagte Elisa zu Silviu und legte die Hand danach über das Handy. Sie blickte auf und merkte, dass der Wirt bei ihrem Anblick erschrak. Er sagte aber nichts. »Ich denke, ich nehme nur eine Suppe«, erklärte Elisa.

»Habe sehr schöne Minestrone.« Der Wirt beugte sich zu ihr hinunter und zeigte auf die entsprechende Zeile in der Speisekarte. »Oder Zwiebelsuppe mit Ciabatta formaggio, wenn Sie möchten.«

»Minestrone.« Elisa hielt das Telefon wieder ans Ohr.

»Wo bist du denn?«, fragte Silviu. »Das klingt nach Restaurant.«

»Stimmt. Ich bin beim Essen. Also – kurz davor. Professor Gruenwald hat mich eingeladen.«

»Professor Gruenwald, der Psychiater?«

»Du kennst ihn?«, fragte Elisa zurück.

»Klar. Ich hab mal ein Interview mit ihm gedreht. Der kann spannend erzählen.« Etwas in Silvius Stimme ärgerte Elisa. War er womöglich eifersüchtig?

»Er hat den Franke untersucht. Den, der gestern weggelaufen ist, weißt du?«, sagte sie.

»Klingt interessant. Echt.«

»Willst du auch kommen?«, fragte Elisa. »Wir sind in Dotzheim, in der Römergasse.«

»Eigentlich gern. Aber ich muss leider noch weg. Ich melde mich nachher.«

»Bis später.« Sie legte auf.

»Ihr Freund?«, fragte Gruenwald.

»Sie sind ja sehr direkt.«

»Nein, neugierig. Berufskrankheit, Entschuldigung.«

»Ist schon in Ordnung. Mein Freund, ja – ich weiß nicht so genau. Manchmal jedenfalls.«

Sie wechselte das Thema. »Wollen wir noch mal in die Akte Strecker schauen? Dafür haben wir uns ja eigentlich verabredet.«

Gruenwald lächelte. »Tun wir das. Wenngleich die hier normalerweise sehr schnell sind mit dem Essen. Wir könnten also auch später …«

Aber Elisa hatte bereits den Ordner auf den Tisch gelegt.

Sie blätterten die Unterlagen durch und landeten schließlich bei der Kopie eines handgeschriebenen Zettels. Es stand eine Reihe Namen darauf, dahinter Buchstaben in Klammern: Max (15.20), Diego (12.30), Floh (14.00), Jessie (17.00), Alfi (19.30).

»Können das Bekannte des Opfers sein?«, fragte Elisa.

»Also, für mich sieht es aus wie eine Art Merkzettel«, mutmaßte Gruenwald. »Hätte ich das geschrieben, hieße es: Um fünfzehn Uhr zwanzig Kuchen mit Max, um siebzehn Uhr Tee mit Jessie, um neunzehn Uhr dreißig Abendessen mit Alfi …«

Elisa lachte und verzog gleich danach das Gesicht.

»Tut noch weh, oder?« Gruenwald berührte sie vorsichtig an der Schulter. »Wenn Sie so gucken, leide ich direkt mit.«

»Schon gut. Aber das mit dem Merkzettel, das glaube ich auch. Nur – vielleicht ein bisschen seltsame Namen, nicht wahr?«

Sie unterbrachen ihr Gespräch, denn der Wirt erschien bereits mit Tellern, Besteck und einem kleinen Schälchen mit grünen Oliven. Gruenwald schob die Mappe zurück in die Tasche.

Das Essen schmeckte tatsächlich gut. Elisa zerdrückte gerade ein Stückchen Brokkoli aus ihrer Minestrone mit der Zunge, als sie eine Idee hatte.

»Hunde«, sagte sie und hätte sich fast verschluckt.

»Was?« Gruenwald richtete sich auf und stieß mit seinem voluminösen Bauch an die Tischkante. Sein Glas wackelte bedenklich, und Elisa musste kichern. Was sie sofort bereute, weil ihre Nase dabei erneut scheußlich schmerzte.

»Hunde«, wiederholte sie.

»Nein.« Gruenwald schüttelte den Kopf. »Die verarbeiten hier kein Hundefleisch. Da bin ich sicher. Außerdem essen Sie doch Gemüsesuppe, oder?«

»Ach Quatsch, ich meine doch nicht das Essen. Die Namen.«

»Welche Namen?« Der Professor war offensichtlich zu sehr mit seiner Pizza beschäftigt, um sofort zu schalten.

»Auf dem Zettel.«

Jetzt hatte Richard Gruenwald es endlich erfasst. Er legte Messer und Gabel zur Seite.

»Meine Güte, Sie sind wirklich helle.« Er strahlte Elisa mit seinen blitzenden Augen an. »Na klar, Hundenamen. Das glaube ich jetzt auch.«

»Aber was können die bedeuten?«, fragte Elisa.

Gruenwald tupfte sich mit der Serviette den Mund ab und legte sie neben den Teller.

»Warum schreibt man sich Hundenamen auf?«

»Keine Ahnung«, gab Elisa zu. »Würde ich nie tun.«

»Gehen wir es anders an.« Gruenwald schien großen Spaß an dem Ratespiel zu haben. »Warum schreibt man überhaupt etwas auf?«

»Weil man es nicht vergessen will?«, mutmaßte Elisa.

»Ja, meistens. Aber ich mache zum Beispiel auch Listen, wenn ich mich entscheiden muss. Etwa bei der Differenzialdiagnose: Da schreibe ich dann ›Alzheimer‹, ›Demenz‹, ›Simulant‹, ›Hirntumor‹ – verstehen Sie?«

»Na klar. Dann hieße das auf der Liste: Will ich lieber Max oder Diego oder Alfi … oder wie die hießen, ja?«

»Ja genau«, stimmte Gruenwald zu.

»Also wollte Strecker sich vielleicht einen Hund kaufen.«

»Vielleicht.« Gruenwald schob sein Besteck auf dem Teller hin und her. »Aber gibt man dem Hund den Namen nicht erst später?«

»Da haben Sie recht. Allerdings …« Elisa merkte, dass ihr das Kombinieren Spaß machte. Und gemeinsam mit Richard Gruenwald sogar besonders. »Wenn man einen Hund beim Züchter aussucht, dann hat er noch keinen Namen. Aber es kommt ja auch eine andere Möglichkeit in Frage.« Sie nahm den letzten Löffel ihrer Minestrone. »Im Tierheim. Wenn man im Tierheim einen Hund aussucht, dann hat er schon vorher seinen Namen.«

»Clever überlegt«, lobte Gruenwald. »Aber was um alles in der Welt hat der ermordete Tomas Strecker mit dem Tierheim zu tun?«

»Um das herauszufinden, müsste man hinfahren«, schlug Elisa vor.

»Da wäre es wohl besser, Sie würden diesen Vorschlag Ihren ermittelnden Kollegen machen, oder?«

»Ja …« Elisa zog das Wort in die Länge. »Wenn die das nicht als alberne Idee abtun.« Ihre Erfahrung sagte ihr, dass Vorschläge, die Arbeit machten, meistens schlecht ankamen. Erst recht, wenn es gewagte Vorschläge waren.

»Vielleicht sollte ich lieber einfach selbst …«

»Halten Sie denn die Tierheim-Spur wirklich für so vielversprechend?« Gruenwald sah plötzlich ein bisschen skeptisch aus.

»Weiß nicht«, begann Elisa. Aber dann fiel ihr plötzlich etwas ein. »Der Franke, der hat doch auch von einem Hund gesprochen. Von einem Pitbull. Also … das passt doch.«

Gruenwald stützte sein Gesicht in die Hände. »Und schon stecke ich mitten in einer Ermittlung mit der berühmten Elisa Lowe.«

Sie sah auf die Uhr. »Ich sollte längst wieder in meinem Büro sein.«

»Ich auch.« Richard Gruenwald lachte erneut so, dass sein Bauch bebte. »Und jetzt fahre ich stattdessen mit Ihnen ins Tierheim.«

»Echt? Sie kommen mit?«

»Ein Undercover-Einsatz mit Agent Lowe. Wie könnte ich mir das entgehen lassen?«

Elisa legte die Stirn in Falten. Dass sie selbst den unvernünftigen Drang verspürte, auf eigene Faust zu ermitteln, kannte sie ja bereits. Aber der Professor? Wieso interessierte er sich so für den Fall? Oder war es gar nicht der Fall, um den es Richard Gruenwald ging? Flirtete dieser Mann womöglich gerade mit ihr?

Gruenwald schob Besteck und Teller in die Mitte des Tisches. »War doch gut, das Essen, oder?« Er strahlte Elisa an. »Gehen wir der Sache auf den Grund. Suchen wir nach des Pudels Kern.«

Elisa lachte und fasste sich sofort danach wieder an die schmerzende Nase.

7

»Ich sollte Sie wohl lieber nicht mehr zum Lachen bringen, oder?«

Als ob er das überhaupt lassen könnte, dachte Elisa. Gruenwald war eindeutig ein Spaßvogel. Aber, wie ihr schien, ein netter.

»Doch, bleiben Sie dabei. Das wird schon besser mit meinem Gesicht. Und ich finde es wirklich gut, dass Sie als Professor … Wie soll ich es sagen …? Also, als Wissenschaftler mit so einem ernsten Beruf …«

»Sie meinen, dass ich gar nicht so ein verknöcherter Greis bin, wie man bei meinem Job meinen könnte?«

»Nein, aber …«

»Ich sage Ihnen was: Mein Job ist viel spannender, als sich das die meisten Leute vorstellen. Bei mir geht es um die Welt da drin.« Er beugte sich über den Tisch und tippte Elisa sanft auf die Stirn. »Was Sie da drin haben, das ist unglaublich aufregend. Und wenn Sie da oben, ich sag mal, nicht so ganz normal sind, dann ist es oft sogar noch viel aufregender.«

Ausgerechnet in diesem Augenblick tauchte Silviu am Tisch der beiden auf.

»Meinst du nicht doch, dass du zum Arzt gehen solltest?«, fragte er nach einem Blick auf Elisas geschwollenes Gesicht. Ihr linkes Auge war gerade dabei, eine seltsam gelblich-blaue Farbe anzunehmen. Und das inzwischen geronnene Blut an der Nase ließ sie aussehen wie Wladimir Klitschko nach einer schweren Niederlage.

»Hallo erst mal. Ich dachte, du hättest keine Zeit.« Sie berührte ihn kurz am Ellenbogen. »Ist aber schön, dass du doch kommen konntest.«

Silvius Miene hellte sich etwas auf. »Ich hab von Bernie gehört, was dir passiert ist. So ein Mistkerl, dieser Franke. Ist der denn völlig irre?«

»Das will Professor Gruenwald gerade herausfinden, glaube ich.«

»Beim Pizza-Essen mit dir?«

Der zweifelnde Unterton in Silvius Stimme war nicht zu überhören. Elisa überlegte, ihn zu fragen, ob er ernsthaft eifersüchtig war auf einen übergewichtigen Wissenschaftler, der noch dazu mindestens fünfzehn Jahre älter war als er. Aber sie behielt die Frage für sich. Stattdessen sagte sie: »Ich muss nicht zum Arzt. Da ist gleich ein Doktor ins LKA gekommen und hat mich untersucht. Er sagt, es wird zwar eine Weile wehtun, aber ich muss mir keine Sorgen machen.«

Silviu wandte sich an Gruenwald. »Was wissen Sie denn bislang über den Irren, der Elisa angegriffen hat?«

»Das lässt sich schwer mit einem Satz sagen. Wenn Sie einen Moment Zeit haben, setzen Sie sich doch auch.« Gruenwald neigte sich nach rechts und zog einen Stuhl vom Nachbartisch herüber. Bei der Aktion stieß sein Bauch erneut an die Tischkante, und die Gläser wackelten bedrohlich.

»Tut mir leid, ich habe nur kurz Zeit.« Silviu stützte sich mit den Händen auf dem Tisch ab. »Aber nach dem, was der Franke sich jetzt geleistet hat«, er sah zu Elisa hinüber, »da ist er vielleicht sogar selbst der Mörder – und nicht nur ein unbeteiligter Zeuge, oder?«

»Ich denke, die Polizei geht davon aus. Auch wenn das Geständnis noch fehlt.« Gruenwald deutete auf die leeren Teller auf dem Tisch. »Ist wirklich sehr anständig hier. Möchten Sie auch etwas essen?«

Er blickte zu Silviu auf, der immer noch neben dem Tisch stand, und machte eine einladende Handbewegung.

»Setz dich doch«, sagte jetzt auch Elisa.

»Nein, ich muss wirklich arbeiten. Ich bin nur hergekommen, weil ich von dem Angriff auf dich gehört habe. Und du meinst wirklich, dass du nicht besser noch einmal zum Arzt …?«

»Nein. Jetzt hör schon auf damit.« Elisa versuchte ein Lächeln, ohne dabei zu zeigen, wie höllisch weh das tat.

»Na gut.« Silviu klopfte mit den Knöcheln der rechten Hand

auf den Tisch. »Dann …«, er zögerte, »… dann viel Spaß noch. Sehen wir uns heute Abend?«

»Gern. Ruf an, ja?«

Silviu nickte und ging zur Tür. Er drehte sich nicht noch einmal um, bevor er das Lokal verließ. Und er ist *doch* eifersüchtig, dachte Elisa. Sie fand es gar nicht einmal schlecht.

»Und jetzt? Tierheim. Oder?«

Gruenwalds gute Laune war wieder da, kaum dass Silviu außer Sichtweite war.

»Kannten Sie sich eigentlich vorher? – Ich meine, Sie und Herr Thoma?«, fragte Elisa nach.

Der Professor zog die Augenbrauen ein kleines Stückchen hoch. »Flüchtig«, sagte er. Dann fügte er noch hinzu: »Ist ein guter Kameramann, glaube ich. Viel Bildgefühl.«

»Der beste.« Elisa nickte. »Na gut. Auf ins Tierheim.«

8

Der Parkplatz vor dem Tierheim war matschig. Sie hörten Hundegebell und eine schimpfende weibliche Stimme.

»Hoffentlich werden wir nicht gleich gebissen«, flachste Gruenwald.

Eine rothaarige Frau kam ihnen entgegen. Sie hatte Gummihandschuhe an und sah gestresst aus.

»Sie wollen jetzt nicht auch noch einen Hund abgeben, oder?«

»Nein.« Elisa schüttelte den Kopf.

»Im Gegenteil«, ergänzte Gruenwald. »Wir wollen keine Tiere abgeben. Wir suchen welche.«

»Unsere Besuchszeiten sind eigentlich nachmittags. Also falls Sie ein Tier aussuchen wollen … Ach, egal. Kommen Sie rein.«

Sie führte die beiden durch ein kleines, mit Papierstapeln und Ordnern vollgestopftes Büro in die Richtung, aus der das Gebell zu hören war.

»Wollen Sie überhaupt einen Hund? Oder interessieren Sie sich für Katzen?«

»Hund«, sagte Gruenwald, ohne auf Elisas erstauntes Gesicht zu achten. Aber vielleicht war es ja auch eine ganz lustige Idee, so zu tun, als wollten sie wirklich ein Tier aufnehmen.

»Schauen Sie mal hier.« Die Rothaarige zeigte auf den ersten Zwinger. »Die Jessie ist schon seit mehr als einem Jahr bei uns. Und sie ist so lieb. Aber sie ist halt schon elf Jahre alt. Da will sie keiner mehr.«

Jessie war ein Dackelmischling. Mittelgroß, mit ein paar kahlen Stellen im Fell. Sie schaute aus traurigen Augen durch die Gitterstäbe ihres Zwingers.

Elisa tat so, als müsste sie niesen. Dabei drehte sie sich um und zog den kleinen Zettel aus der Jackentasche, auf dem sie die Namen notiert hatte. »Jessie – siebzehn Uhr«. Bingo. Gleich ein Treffer.

»Geht denn wenigstens ab und an jemand mit ihr aus?«, fragte sie.

Die Rothaarige nickte. »Ja. Immer nachmittags kommt eine ältere Dame. In letzter Zeit allerdings nicht mehr jeden Tag.« Sie tätschelte der Hündin den Kopf. »Nicht wahr, meine Gute. Ich würde dich sofort nehmen. Aber ich hab schon drei zu Hause.« Sie wandte sich wieder Elisa und Gruenwald zu.

»Schauen Sie sich auch die Leika an oder den Max dort hinten.«

Max. Elisa musste gar nicht erst ihren Zettel herausholen. Sie wusste, dass auch dieser Name auf der Liste stand. Ganz offensichtlich waren sie hier richtig.

»Wollen Sie mit einem von denen schon mal Gassi gehen?«, schlug die Tierheimmitarbeiterin vor.

»Haben Sie auch jüngere Hunde?«, fragte Gruenwald.

»Ach nein«, stöhnte die Rothaarige. »Alle wollen immer nur Welpen. Nein, im Moment nicht. Aber kommen Sie doch noch weiter mit ...«

Sie zeigte ihnen einen Pudel, der nur noch drei Beine hatte, einen Colliemischling, der sofort versuchte, Elisas Schnürbänder aufzuziehen, und einen Schnauzer, der so traurig dreinblickte, dass Elisa fast gesagt hätte, sie würde ihn mitnehmen. Aber ein Hund passte überhaupt nicht zu ihrem Job. Und auch nicht zu der kleinen Wohnung in der Rüdesheimer Straße.

»Wir überlegen uns das. Wir müssen erst einmal nachdenken, in Ordnung?« Gruenwald lächelte die Rothaarige an.

»Ich würde mich freuen.« Die Frau lächelte zurück. »Sie beide machen einen guten Eindruck auf mich. Ich denke, ein Hund könnte sich wohlfühlen bei Ihnen.«

Elisa freute sich über das Lob, gleichzeitig tat es ihr leid, dass sie die Tierheimmitarbeiterin über ihre wahren Absichten getäuscht hatte. Sie überlegte kurz, gleich mit der Wahrheit herauszukommen, schwieg dann aber doch.

»Vielleicht jetzt den Kaffee?«, fragte Gruenwald, als sie wieder im Auto saßen.

»Warten Sie mal, bitte.« Elisa zog den schmalen Ordner mit den Unterlagen über das Mordopfer Tomas Strecker hervor.

»Max, fünfzehn Uhr zwanzig«, las sie laut und sah auf die Uhr. »Jetzt ist es drei. Wir könnten auch einfach abwarten.«

»Warten?« Der Professor sah plötzlich missmutig aus.

»Polizeiarbeit ist oft so.«

»Meine Arbeit auch. Aber Kaffee wäre mir jetzt lieber.« Er gähnte.

»Zwanzig Minuten, okay?« Elisa legte den Kopf schief. Gruenwald brummte: »Na gut, weil Sie es sind.«

Sie warteten sogar dreißig Minuten, aber es tat sich nichts. Gruenwald unterhielt Elisa mit Patientengeschichten. Er erzählte von dem Mann, der fest daran glaubte, Befehlshaber der römischen Armee zu sein und sich in der Klinik im Exil zu befinden. Und von einer jungen Frau, die alle Primzahlen bis weit über hunderttausend konnte, aber nicht in der Lage war, sich ihren eigenen Namen zu merken. Elisa war überrascht, wie faszinierend psychische Erkrankungen sein können. Aber als nach einer halben Stunde immer noch niemand zu sehen war, hatte auch sie keine Lust mehr zu warten.

»Könnten Sie mich vielleicht noch nach Hause bringen?«, fragte sie.

»Und was ist mit dem Kaffee?«

»Ein anderes Mal gern. Aber jetzt würde ich mich doch lieber einen Moment ausruhen.« Sie zeigte auf ihr lädiertes Gesicht. Die Nase hatte inzwischen eine dunkelblaue Farbe angenommen.

»Aber sicher. Entschuldigung. Erholen Sie sich.«

Vor dem Haus mit Elisas Wohnung stieg Gruenwald aus und hielt sogar die Tür für sie auf. Er gab ihr die Hand und deutete eine Verbeugung an.

»War sehr nett mit Ihnen. Ich hoffe, man sieht sich wieder.«

»Bestimmt.«

Sie sah Gruenwald nach, bis sein alter Mercedes hinter einem in zweiter Reihe parkenden Lieferwagen verschwunden war. Der Hochnebel hatte sich aufgelöst. Sogar ein paar

Sonnenstrahlen blitzten in den Fenstern der altmodischen Wintergärten.

Plötzlich hatte sie gar keine Lust mehr, nach oben in ihre Wohnung zu gehen. Sie blieb vor der Tür stehen und sah sich um. Eine Frau mit frisch gestylter Pudelfrisur kam vorbei und zog einen Vierbeiner hinter sich her, der ihr auffällig ähnlich sah. Mitten auf dem Bürgersteig setzte sich das elegante Tier und hinterließ etwas überhaupt nicht Elegantes. Die Frau blickte zur anderen Straßenseite, als ginge dort gerade der US-Präsident vorbei. Oder der Papst. Als der Pudel fertig war, marschierte sie ungerührt weiter.

Alle wünschen sich Sauberkeit, dachte Elisa. Besonders in Wiesbaden. Nur dafür bücken wollen sich die wenigsten.

»Hallo!« Elisa war auf einmal so wütend, dass sie jede Zurückhaltung vergaß.

Die Frau drehte sich um, ihr Hund auch.

»Hallo – ich wohne hier. Meinen Sie, *ich* soll das wegmachen, oder wie?«

Die Hundebesitzerin wirkte nur ganz kurz irritiert, dann drehte sie sich einfach wieder um. Sie sagte etwas zu ihrem Schätzchen an der Leine, das Elisa nicht verstehen konnte. Und schon war sie mit schnellen Schritten verschwunden.

»Find ich gut, dass Sie mal was gesagt haben – wenn es auch nichts nützt. Wie immer.« Die Besitzerin des kleinen Cafés von gegenüber hatte alles mit angesehen. »Ich bin so wütend über diese Hundeleute. Und immer direkt vor der Tür. Wenn ein Gast da reintritt und in meinen Laden kommt – das ist doch einfach widerlich. Man sollte gar keine Hunde halten dürfen in der Stadt.«

»Eigentlich mag ich Hunde«, entgegnete Elisa. »Ich bin heute nur irgendwie schnell genervt.«

Sie war noch nie in das Lokal der Frau gegangen, obwohl es so nah bei ihrer Wohnung lag. Der Grund dafür waren die Schilder, die die Wirtin vor ihrer Terrasse aufgestellt hatte: »Hier ist kein Abfallplatz«, »Bitte keine Fahrräder abstellen«, »Hier keine Kippen hinwerfen«.

Jetzt, einmal in Fahrt, hörte sie gar nicht mehr auf mit dem Schimpfen: »Alles werfen die Leute weg und lassen es liegen. Und die Kaugummis von den Kindern, die landen direkt hier unter den Tischen. Das ist doch nicht auszuhalten. Und die Stadt tut natürlich nichts. Außer ständig die Gebühren zu erhöhen ...«

Elisa fingerte ihre Schlüssel aus der Tasche und floh in den Hausflur. Hatte die Spießigkeit der Menschen in den letzten Jahren zugenommen? Oder war es doch berechtigter Ärger über die Rücksichtslosigkeit der anderen?

Sie ging die Treppe hinauf und freute sich über das Knarren der Dielen und den Geruch nach altem Holz. Es war die richtige Idee gewesen, erst einmal nach Hause zu fahren.

In der Wohnung setzte sie sich an den Küchentisch und betrachtete noch einmal die Kopien aus der Mappe mit den spärlichen Informationen über das Mordopfer. Der Mann auf dem Foto blickte sie aus seinen großen, sanften Augen an. Auf der Kopie waren sie grau. Elisa hatte sich gemerkt, dass sie in Wahrheit braun waren.

»Wer warst du, Tomas?«, fragte sie leise. *Und warum interessierst du mich eigentlich so?*

9

Die Gasflamme flackerte fünf Minuten lang, als wollte sie mit letzter Kraft gegen das Unvermeidliche ankämpfen, dann erlosch sie. Schon kurz darauf wurde es unangenehm kalt in dem schwach isolierten Wohnwagen.

Verena begann zu zittern. Anfangs half es, die Hände kräftig aneinanderzureiben. Sie ließ sich auf das Sofa fallen. Eine Träne lief heiß über ihre Wange. Warum kam er denn nicht? Warum tat er ihr das an? Was hatte sie falsch gemacht?

Im Geist ging sie die letzte Begegnung noch einmal durch. Er war gewesen wie immer. Sanft, freundlich, liebevoll. Er hatte leise gesprochen und gut zugehört, genauso, wie sie es von ihm gewohnt war. Wovon hatte sie ihm erzählt?

Sie hatte von ihrer Mutter gesprochen. Davon, wie sehr sie sich danach gesehnt hatte, von dieser Frau anerkannt und gelobt zu werden. Und wie sie immer wieder gescheitert war bei dem Versuch, es ihr recht zu machen. Konnte es sein, dass sie ihn damit gelangweilt hatte?

Für ihre Mutter war Verena ein Störfall gewesen. Ein missglücktes Element in ihrem perfekten System. Einem Familiensystem, in dem ein Doktortitel das Minimalziel war, in dem die Ehrenloge beim Pfingst-Reitturnier ebenso selbstverständlich war wie die Einladung zum Neujahrsempfang. Nur sie konnte man natürlich nicht mitnehmen zu so etwas. Sie, die sich nicht gescheit ausdrücken konnte. Die keine Modelmaße hatte. Die in ihrem Gehirn einfach keinen Platz fand, um sich die Hobbys der Mitglieder der Wiesbadener High Society zu merken und locker darüber zu plaudern.

Bei den wenigen Treffen, zu denen sie dann doch mitgegangen war, hatte man nach einer Weile stets nicht mehr mit ihr, sondern allenfalls über sie gesprochen. »Ein interessanter Fall« – »Versuchen Sie es doch mal bei Professor Sowieso in Ohio, der ist ganz stark bei ADHS, vielleicht kann er auch bei

Ihrer Tochter …« – »Also ich würde sie in eine Einrichtung geben«.

Die Sätze der wohlfrisierten, gut angezogenen Menschen hatten sie getroffen wie Pfeilspitzen.

Wo blieb er nur? Er, der Einzige, der sie je verstanden hatte. Der doch gesagt hatte, er wolle sie immer für sich behalten. Immer und ewig.

10

Elisa musste auf dem Stuhl am Küchentisch eingeschlafen sein. Sie schrak auf und sah auf die Uhr. Schon halb fünf. Die Mappe mit den Angaben über Tomas Strecker lag noch immer vor ihr. *Jessie – siebzehn Uhr.*

»Was soll's, ich probiere es eben noch mal«, sagte sie zu sich selbst und parkte eine Viertelstunde später ihren alten Golf vor dem Tierheim.

Wenn das jetzt auch wieder umsonst ist, gebe ich auf, dachte sie. Dabei tastete sie ihre immer noch schmerzende Nase ab. Es wäre ja auch nicht die schlechteste Idee, sich aus dem ganzen Fall ab sofort herauszuhalten. Bestimmt kam sowieso wieder keiner.

Doch pünktlich um fünf erschien eine ältere Dame mit kurz geschnittenem rötlichen Haar. Elisa richtete sich in ihrem Sitz auf. Die Frau war offenbar erwartet worden, denn die Tierheimmitarbeiterin ging ihr sofort entgegen. Sie hatte einen Dackelmischling an der Leine, der heftig schwanzwedelnd an der Besucherin hochsprang.

Die Besucherin nahm den Hund kurz auf den Arm, sagte etwas zu der Frau vom Tierheim, das Elisa nicht hören konnte, und marschierte dann mit dem Hund in Richtung Innenstadt los. Sie hatte einen schnellen Schritt. Elisa musste fast laufen, um ihr folgen zu können.

Sie hasteten am Eros-Center und dem Fast-Food-Laden vorbei.

Wenn Wiesbaden eine Zwiebel wäre, dachte Elisa, dann wäre das hier die äußere Haut mit den typischen hässlichen Flecken. So gar nicht der Flaniermeilenstil – dafür Bürgersteige mit heruntergekommenem Pflaster und Dreck im Rinnstein. Autohäuser zwischen schlammigen Wiesen, die als wilde Parkplätze benutzt wurden. Auch zum Gassigehen war es nicht die beste Gegend.

Erst als der Hund vor dem großen grauen Klotz mit der Aufschrift »Justizzentrum« sein Bein hob, konnte Elisa die Frau einholen.

»Hallo, darf ich Sie bitte etwas fragen?«

Statt anzuhalten, hastete die Dame nur schneller voran. Aber der Dackelmischling stemmte seine Beinchen fest in die entgegengesetzte Richtung und schnupperte ausgiebig an einer weggeworfenen Papiertüte vom Schnellrestaurant auf der gegenüberliegenden Straßenseite.

»Pfui, aus!«, rief die Frau und bückte sich, um den Hund hochzuheben.

Aber jetzt hatte Elisa sie endgültig eingeholt. Sie zog ihren Dienstausweis aus der Tasche. »Ich bin Elisa Lowe vom Landeskriminalamt. Haben Sie bitte keine Angst. Ich würde Sie nur gern etwas fragen.«

Die Frau blieb stehen und starrte Elisa an. Ihre Lider zitterten. Um den Mund herum wirkte sie, als würde sie gleich zu weinen anfangen.

»Was wollen Sie von mir?«

»Wirklich nur eine kurze Frage.« Elisa zog das Bild von Tomas Strecker aus der Jackentasche. Sie hatte es vorher vorsichtig aus der Akte gelöst und eingesteckt. »Kennen Sie diesen Mann?«

Die Dame hustete und hielt sich dabei die Hand vor den Mund. Ihr Blick streifte das Bild nur ganz kurz, dann kniff sie die Augen zusammen, als wäre sie von irgendetwas geblendet worden.

»Nein, keine Ahnung.«

»Wirklich nicht?«

»Nie gesehen.« Sie drehte sich zur Seite. »War's das?«

»Seit wann führen Sie denn Jessie schon aus?«, fragte Elisa.

»Woher wissen Sie ihren Namen?« Die Frau zog die Schultern so hoch, dass ihr Kopf dazwischen beinahe verschwand. Ihre Angst war unübersehbar.

»Von ihm.« Elisa deutete auf das Bild von Tomas Strecker.

»Sie haben ihn …?«

»Sie kennen ihn doch. Richtig?«

Die Frau antwortete nicht. Sie zog an der Leine und versuchte wegzugehen. Aber Elisa packte sie am Arm.

»Hören Sie, es geht um ein Verbrechen. Warum sprechen Sie denn nicht mit mir?«

Die rothaarige Dame war plötzlich kreidebleich im Gesicht. »Verbrechen?«, flüsterte sie. »Was hat er … also … also manchmal hab ich es mir ja gedacht …«

11

»Wie ist denn Ihr Name?« Elisa bemühte sich um einen freundlichen Gesichtsausdruck und einen Tonfall, der die ängstliche Dame ihr gegenüber nicht noch weiter verschrecken würde.

»Muss ich das beantworten?«

»Sie müssen mir gar nicht antworten, wenn Sie nicht möchten. Aber vielleicht kann ich Ihnen etwas ersparen.«

»Wie meinen Sie das?«

»Wenn Sie nicht mit mir sprechen mögen, dann muss ich das meinen Kollegen im Präsidium sagen. Die laden Sie dann förmlich vor, und Sie werden verhört. Ich persönlich fände es viel besser, wenn wir zwei uns einfach ganz normal unterhalten könnten.«

Die Frau kniff ihre Lippen zusammen. Sie schien nachzudenken.

»Monika Ebeling«, sagte sie schließlich. So leise, dass Elisa es kaum verstehen konnte.

»Frau Ebeling, so heißen Sie?«

»Ja.«

»Und woher kennen Sie Tomas Strecker?«

Monika Ebeling drehte sich nach rechts und links um, als fürchtete sie, belauscht zu werden.

»Wir haben uns hier in der Nähe getroffen. Am Anfang. Und dann auch mal im Café. Und bei mir zu Hause. Wissen Sie denn, wo er jetzt ist? Ich kann ihn nämlich nicht erreichen. Und ich wollte ihn schon länger fragen, wie das jetzt weitergeht. Auch das mit dem Geld.«

»Mit dem Geld?«

Elisa hatte das Gefühl, nicht richtig zu begreifen, was Monika Ebeling ihr gerade erzählte. Vielleicht lag es auch an dem Verkehrslärm von der Mainzer Straße oder daran, dass sie extrem leise sprach.

»Könnten Sie vielleicht mitkommen?« Elisa sah sich um.

Sie standen direkt vor dem Eingang zum Justizzentrum. »Die haben eine Kantine. Da drin redet es sich besser.«

»Und Jessie?« Monika Ebeling zeigte auf den Dackelmischling. »Darf die da denn mit rein?«

»Versuchen wir es einfach.«

Ob in der Kantine Hunde erlaubt waren, sollten sie jedoch nicht herausfinden. Denn die Glastür war um diese Zeit längst fest verschlossen.

»Geöffnet bis fünfzehn Uhr«, las Elisa. »Na, das passt ja prima zur Arbeitszeit unserer Verwaltungsbeamten.«

Zum ersten Mal lächelte Monika Ebeling. »Hätten wir uns denken können, oder?«

Sie setzten sich auf eine der Bänke vor der Tür zum Justizzentrum. Der ganze Platz war leer. Offenbar waren wirklich alle, die hier arbeiteten, längst nach Hause gegangen. Jessie schnupperte interessiert an Elisas Hosenbeinen. Sie kraulte den Hund hinter den Ohren.

»Was können Sie mir über Tomas Strecker erzählen?«, begann Elisa erneut.

»Warum interessiert Sie das eigentlich?«, fragte Monika Ebeling zurück. »Ist er ein Betrüger?«

»Wie kommen Sie darauf?«

»Ich habe ihm …« Sie stockte und senkte den Kopf. »Er war so nett. Und dann hat er mir erzählt, dass seine Mutter schwer krank sei. Und weil die Operation doch so teuer sei und von der Kasse nicht übernommen würde …«

»Sie haben ihm Geld geschenkt?« Elisa konnte ihr Erstaunen nicht verbergen. »Wie lange kannten Sie ihn denn schon?«

»Geliehen – nicht geschenkt. Ich kannte ihn noch nicht sehr lange, ehrlich gesagt. Das war ja vielleicht auch ein Fehler.«

»Wie viel denn?«

»Fünfzigtausend.« Monika Ebeling senkte den Blick.

In Elisas Kopf sauste es. »Fünfzigtausend Euro?« Sie konnte kaum fassen, was sie da hörte. Erstens, weil sie nicht gedacht hätte, dass die ältere Dame überhaupt so viel Geld hatte.

Zweitens, weil sie es einfach so verliehen hatte. Bevor sie aber weitere Fragen stellen konnte, tauchte wie aus dem Nichts ein Fotograf vor ihr auf.

»Hallo, Frau Lowe, wenn Sie kurz mal hier rüberschauen könnten?«

Elisa blickte irritiert auf.

»Und jetzt zeigen Sie doch bitte einmal mit der Hand auf Ihre verletzte Nase.«

Elisa sprang empört auf. »Ich verbitte mir das. Wo kommen Sie überhaupt her? Wer hat Sie geschickt?«

Das Blitzlicht der Kamera flammte mehrmals hintereinander auf.

»Ich widerspreche ausdrücklich diesen Aufnahmen. Wenn ich die irgendwo sehe …«

»Ich mache nur meinen Job.« Wieder blitzte die Kamera.

»Und für wen?«

»Bild-Zeitung. Und das war's auch schon. Vielen Dank, Frau Lowe.«

»Hören Sie, ich will nicht, dass Sie …« Aber der Fotograf war schon über alle Berge.

Monika Ebeling sah Elisa mitleidig an. »Wieso werden Sie denn von so einem verfolgt?«

»Wahrscheinlich wegen meiner Nase.« Elisa deutete auf die riesige blaue Schwellung. »Aber ich will nicht, dass das im Blatt steht. Wer zum Teufel war das?«

Sie zog ihr Handy aus der Tasche und wählte Silvius Nummer.

»Hast du mir den Bild-Fuzzi auf den Hals gehetzt?«, fragte sie, ohne vorher Hallo zu sagen.

»Was soll ich?« Silviu klang ehrlich überrascht.

»Irgendeiner muss der Zeitung gesteckt haben, dass ich heute Morgen verprügelt worden bin. Und jetzt hat mich so ein Typ mitten auf der Straße einfach fotografiert. Er sagte, er arbeite für die Bild.«

Sie hörte, wie Silviu am anderen Ende der Leitung heftig atmete. »So ein Arschloch. Den kauf ich mir«, schimpfte er.

»Also warst du das nicht?«

»Natürlich nicht. Manchmal frage ich mich, was du eigentlich von mir denkst, Elisa.« Er klang sehr wütend.

»Ja, das ...« *... frage ich mich auch*, wollte sie sagen, entschied sich aber, die Bemerkung lieber für sich zu behalten. »Entschuldigung, Silviu.«

Sie bekam keine Antwort mehr. Elisa nahm das Handy vom Ohr und schaute auf das Display. Die Verbindung war unterbrochen worden.

Ihre Nase begann gerade wieder, besonders heftig zu schmerzen. Schon morgen ein weiterer Bericht in der Zeitung – das würde der PP mit Sicherheit nicht gut finden.

»Wo waren wir stehen geblieben?«

»Bei dem Geld, das ich Herrn Strecker geliehen habe.«

»Richtig. Und danach haben Sie ihn nicht mehr getroffen?«

»Nein. Er ist einfach weg. Ist er ein Betrüger?«

»Ich habe keine Ahnung«, antwortete Elisa.

»Aber Sie sind doch von der Polizei. Hat er sich von noch mehr Menschen Geld geliehen?«

»Das weiß ich leider auch nicht.«

»Aber Sie haben ihn doch bestimmt verhört. Wissen Sie, wo er jetzt ist?«

»Frau Ebeling, ich fürchte, was das betrifft, habe ich sehr schlechte Nachrichten.«

»Wieso?«

Elisa merkte, dass sie noch immer das Foto in der Hand hielt. Sie sah kurz auf das Bild von Tomas Strecker, dann blickte sie Monika Ebeling in die Augen. »Tomas Strecker ist tot. Und nach allem, was wir wissen, ist er ermordet worden.«

Monika Ebeling wurde noch blasser. Mit der rechten Hand umklammerte sie eine Latte der Bank, auf der sie saß. »Ermordet? Aber von wem denn?«

»Das wissen wir noch nicht.«

»Und wann ist das passiert? Und wie?«

Elisa erzählte so viel von dem Fall, wie sie meinte, verantworten zu können. Sie erfuhr von Frau Ebeling noch, dass

Tomas Strecker eine sehr umgängliche Art gehabt hatte – und dass sie ihm voll und ganz vertraut hatte.

»Eigentlich glaube ich doch nicht, dass er ein Betrüger war«, sagte sie schließlich. »Wenn er ermordet worden ist, dann ist ja klar, dass er sich nicht mehr bei mir gemeldet hat. Ach, der arme Mann.«

»Sie haben ihn gemocht, oder?«

»Sehr«, flüsterte Monika Ebeling.

Elisa fiel auf, dass die Augen der Frau dabei schimmerten.

12

Die Schwäche füllte Verenas Körper aus wie kaltes Wasser einen trockenen Schwamm. Nur ihr Kopf war heiß wie im Fieber. Sie merkte, dass sie begann, das Gefühl für Ort und Zeit zu verlieren.

Zwischendurch versank sie in einer Art Schlaf und wurde dann wieder unsanft vom beißenden Hungerschmerz in ihrem Magen geweckt. Sie zitterte. In ihrem Hals kratzte es. Schließlich raffte sie sich auf und trank ein weiteres Glas Wasser.

Ich muss hier raus. Ich muss diese Tür aufbekommen. Sonst sterbe ich.

Sie wühlte in der Besteckschublade der kleinen Küchenzeile, bis sie ein Brotmesser fand. Die Klinge schob sie zwischen die Wohnwagentür und den Rahmen. Mehrmals rutschte sie ab. Ihre Konzentrationsfähigkeit hatte durch die lange Zeit des Hungerns gelitten. Endlich meinte sie, den Zapfen des Türschlosses zu spüren. Mit aller Kraft stieß sie das Messer nach vorn. Es klirrte. Dann brach die Klinge ab. Die eine Hälfte steckte im Türrahmen, die andere Hälfte hielt sie noch immer mit dem Griff in der Hand. Sie starrte auf die weiterhin verschlossene Tür. Tränen stiegen ihr in die Augen. Voller Wut schleuderte sie das abgebrochene Messer von sich. Es blieb mit dem Rest der Klinge in der Matratze ihres Bettsofas stecken. Voller Verzweiflung sah sie die in der Tür steckende andere Hälfte der Klinge an. So, als könnte sie sie mit der Kraft ihrer Gedanken dazu bringen, das Schloss doch noch zu öffnen. Sie trat mit dem Fuß gegen die Tür. Doch es blieb nicht einmal eine Delle zurück.

»Verdammt, was soll das?«, flüsterte sie.

13

Auf dem Weg nach Hause dämmerte es schon. Alle anderen Wiesbadener schienen einen besonders schönen Abend zu verbringen. Es war für Mitte Januar erstaunlich warm. Die Bürgersteige waren gut gefüllt, die Gesichter entspannt, viele lachten. An der Ecke warb ein »Café mit mediterranem Flair«.

»Liegt alles nur am Klimawandel«, murmelte Elisa. Sie wünschte sich plötzlich einen richtig kalten, typisch deutschen Nieselregen. Oder gleich einen Schneesturm. Der hätte viel besser zu ihrer Stimmung gepasst. Und diese große Menge an gut gelaunten Menschen würde endlich wieder in ihren Häusern verschwinden.

Als sie an der Ampel stoppen musste, zog eine Gruppe junger Leute an ihr vorbei, die offenbar Grund zum Feiern hatten. Alle waren schick herausgeputzt, zwei Mädchen schwenkten Sektflaschen. Was sie wohl begießen wollten? Für die Abiturprüfungen war es noch zu früh im Jahr. Vielleicht hatten sie einen Studienabschluss geschafft. Vielleicht hatten sie auch einfach nur Spaß am Leben. Muss schön sein, dachte Elisa bitter.

Elisa erinnerte sich an ihre eigene Abschlussfeier, als sie mit der Schule fertig gewesen war. Dieses Gefühl von »alles ist möglich« hatte sie lange nicht mehr gehabt. Worauf lief es denn schon hinaus: Morgens ins Büro und abends nach Hause, hin und wieder ein Treffen mit Silviu. Der letzte Urlaub? Fast schon vergessen.

Und dann auch noch die Sache mit Mara. Das Zusammentreffen mit dem Professor für Psychiatrie hatte sie schmerzhaft an ihre beste Freundin erinnert, die jetzt schon fast ein Jahr lang in der geschlossenen Anstalt eingesperrt war. Ich könnte hinfahren, sie endlich mal wieder besuchen, dachte Elisa und setzte den Blinker, um nach rechts ins Kurviertel abzubiegen. Doch dann verwarf sie die Idee sofort wieder.

Erst als sie in der Rüdesheimer Straße ankam, verbesserte sich ihre Laune immerhin ein bisschen. Sie fand sogar einen Parkplatz. Kurz vor der Haustür aber beschlich sie plötzlich das Gefühl, verfolgt zu werden. War da ein Rascheln im Gebüsch? Hörte sie nicht jemanden atmen?

Jetzt werd auf keinen Fall panisch, Elisa. Niemand ist hinter dir her. Warum auch?

Der Einzige, mit dem sie in letzter Zeit eine Auseinandersetzung gehabt hatte, war Lukas Franke gewesen. Und der saß sicher hinter Schloss und Riegel.

Und wenn nicht? Er kann doch geflohen sein. Oder er hat Freunde …

So ein Blödsinn. Sie drehte den Schlüssel im Schloss um und machte den ersten Schritt in den Hausflur hinein. Drinnen war es schon sehr dunkel. Als sie nach dem Lichtschalter tastete, spürte sie plötzlich, wie sich etwas Weiches ihrem Gesicht näherte. Ihre lädierte Nase meldete einen intensiven Geruch. Entsetzt schrie Elisa auf und schlug um sich.

Jetzt schrie auch eine Männerstimme. »Was soll das denn?«, rief Silviu. Er drückte auf den Lichtschalter und rieb sich die Wange. In der Hand hielt er eine langstielige Rose.

»Hast du mir die vor die Nase gehalten?«, fragte Elisa.

Silviu nickte. »Das war nett gemeint. Ich konnte doch nicht ahnen …«

»Hast du vergessen, dass ich schon zweimal entführt wurde? Und dass mir jedes Mal ein Tuch auf die Nase gedrückt worden ist?«

»Das habe ich natürlich nicht vergessen.« Silviu blickte betreten zu Boden. »Aber die Rose riecht doch ganz anders.«

»Trotzdem. Lass so was bitte, ja?«

»Darf ich denn mit raufkommen?«

Elisa überlegte kurz, dann nickte sie. »Aber nicht wundern. Ich bin nicht so richtig gut drauf heute Abend.«

»Na, vielleicht wird das besser, wenn ich dir sage, dass ich den Kollegen von der Bild überzeugen konnte, das Foto von dir nicht zu drucken, das er heute geschossen hat.«

»Echt?«

»Ja. Sie werden einfach schreiben, dass Franke im Verhör aggressiv geworden ist. Und dass die Polizei ihn jetzt für den Mörder aus der Hollerbornstraße hält.«

Sie setzten sich in Elisas kleine Küche. Silviu machte eine Flasche Rotwein auf.

Der Alkohol dämpfte den Schmerz in Elisas Gesicht. Sie atmete tief durch.

»Danke«, sagte sie. »Und auch für die Rose. Lieb von dir.«

Er sagte nichts, sondern lächelte sie nur an. Dann nahm er ihre Hand. »Wenn der Fall Hollerbornstraße jetzt geklärt ist – hast du dann vielleicht Zeit für ein Wochenende mit mir? Einfach mal Handy aus. Oder auch ein bisschen wegfahren?«

»Ich weiß nicht, warum«, entgegnete Elisa, »aber ich glaube einfach nicht, dass Lukas Franke der Mörder ist. Für mich ist der Fall nicht abgeschlossen.«

»Aber dass Franke richtig gefährlich werden kann, das hast du doch selbst gemerkt.«

»Trotzdem …« Sie stützte den Kopf in die Hände. Silviu rückte etwas näher zu ihr.

»Was ist los mit dir? Sind die Schmerzen so heftig?«

»Ach, das geht schon.« Elisa lehnte sich zurück. Sie hätte selbst gern gewusst, was eigentlich los war. »Kennst du das, wenn die Luft zum Atmen sich zäh anfühlt wie Tapetenkleister?« Sie versuchte zu lächeln, bekam aber nicht einmal ein Grinsen hin. »Und dazu noch das Gefühl, selbst nur Unheil angerichtet zu haben?«

»Das kenne ich durchaus«, antwortete Silviu. »Letzte Woche habe ich mit einem Typen vom Privatfernsehen gedreht. Der war so was von sarkastisch drauf. Dem war völlig egal, was sein dämlicher Beitrag bei den Menschen anrichtet. Hauptsache, Einschaltquote, verstehst du? Wir haben ein Interview aufgenommen mit einer aufgeblasenen angeblichen Terror-Expertin. Die hat mit todernster Miene behauptet, ein islamistischer Anschlag im Rhein-Main-Gebiet stünde unmittelbar bevor. Dabei hat die Frau null Ahnung. Aber statt da kritisch nachzufragen, hat der Reporter sie immer weiter angestachelt, die Sache noch schlimmer zu formulieren. Und dann musste ich für ihn ein paar künstlich dramatisierte Bilder drehen – als ob die Taliban schon über den Taunuskamm marschierten. Echt unterste Schublade.«

»Das ist ja dämlich. Aber so was glaubt doch sowieso keiner.«

»Ich fürchte schon. Und wenn es sich nur ein bisschen festsetzt im Kopf, ist das schlimm genug. Das treibt die Leute doch direkt in die Arme der rechtsextremen Schwachköpfe. Und ich hab daran Mitschuld. Das fühlt sich halt wirklich blöd an.«

Elisa starrte an die Decke. Die letzten Sätze von Silviu waren an ihr vorbeigezogen wie Vögel im Wind. Ihre Gedanken huschten unstet hin und her.

»Nur wegen mir sitzen jetzt schon zwei Menschen in der Psychiatrie«, sagte sie plötzlich.

»Wie meinst du das?«, fragte Silviu.

»Erst Mara und jetzt Franke.«

Silviu nahm einen großen Schluck Wein, bevor er wieder zu sprechen begann. Er strich Elisa sanft über den Handrücken.

»Ich verstehe, was du meinst. Aber deine Freundin Mara ist schwer traumatisiert. Was soll man machen, außer sie so gut es geht zu behandeln? Und wo, wenn nicht in der Psychiatrie? Sei lieber froh, dass dir nicht dasselbe passiert ist. Dass du es besser verkraftet hast. Ihr habt dasselbe durchgemacht. Ihr seid beide als Kind entführt worden. Ihr wart sieben.« Er drückte Elisas Hand etwas fester.

Sie ließ es sich gefallen.

»Das ist fast schon ein Wunder, dass du so … so normal bist. Obwohl du natürlich nicht normal bist. Also, ich meine, viel besser als … Oh Mann, der größte Redner bin ich irgendwie heute auch nicht.«

Elisa lachte. »Du bist süß.«

Silviu lehnte sich zurück und griff noch einmal zu seinem

Weinglas. »Und Franke – wieso um alles in der Welt gibst du dir da auch noch die Schuld? Der hat doch dich angegriffen und nicht umgekehrt.«

Elisa geriet in Versuchung, Silviu zu erzählen, wie es zu der Situation in ihrem Büro gekommen war und warum sie sich schuldig fühlte. Hätte sie sich nur nicht auf die Idee des Polizeipräsidenten eingelassen. Sie hatte ja gleich ein schlechtes Gefühl dabei gehabt. Ein Phantombild zeichnen – als Vorwand für eine Art Verhör. Sie war inzwischen ganz sicher, dass so etwas unzulässig war. Und dann war die Rechnung des PP auch noch aufgegangen.

Am Ende war herausgekommen, was sie am meisten hatte vermeiden wollen: Durch ihren Einsatz konnte die Polizei jetzt einen mutmaßlichen Täter präsentieren. Ob er es nun war oder nicht. Akten zu, Fall geklärt, Öffentlichkeit und Minister beruhigt. Sie fühlte sich ausgenutzt und hereingelegt. Aber Bender hatte ihr sehr deutlich gesagt, dass sie darüber nicht sprechen durfte. Vor allem nicht mit jemandem von der Presse. Sie schloss die Augen und dachte einen Moment lang nach.

»Ich glaube, ich bin nur müde. Müde und erschöpft.« Das war zwar nicht die ganze Wahrheit, aber immerhin auch nicht richtig gelogen.

»Das verstehe ich«, sagte Silviu. Er blickte nachdenklich auf sein Glas. »Wenn ich noch etwas davon trinke, kann ich nicht mehr nach Hause fahren. Wäre das schlimm?«

»Absolut nicht.« Elisa lächelte. »Wenn es dir nichts ausmacht, dass ich heute nicht mehr zur Stimmungskanone mutiere.«

Die Aussicht, Silviu über Nacht bei sich zu haben, verdrängte wenigstens einen Teil von Elisas trüben Gedanken.

Sie sprachen nicht mehr über den Fall Franke. Silviu erzählte von einem Einsatz im Krankenhaus, wo er mit versteckter Kamera Schwestern und Pfleger beobachtet hatte, die durch den Personalabbau so viele Überstunden machen mussten, dass einige kurz vor dem Zusammenbruch standen.

»Wenn die mit ihrer krassen Sparpolitik so weitermachen, werden irgendwann Patienten auf dem Flur sterben, während sie auf einen Arzt warten«, sagte Silviu. »Man kann nur hoffen, niemals krank zu werden.«

Eine Weile lang sagten beide nichts. Elisa spürte, dass sie es angenehm fand, mit Silviu zusammen zu sein, ohne zwanghaft irgendeinen Smalltalk führen zu müssen.

Plötzlich klingelte es an der Tür.

Elisa stand auf. Silviu folgte ihr. Sie schaute durch den Spion, konnte jedoch niemanden sehen.

Es war schon später als zehn Uhr abends.

»Erwartest du noch jemanden?«, fragte Silviu.

»Nein.«

»Dann lass einfach zu. Sicher ist sicher.«

»So ein Quatsch. Ich hab doch keine Angst.«

Elisa öffnete die Tür. Ein Scheinwerfer flammte auf und blendete sie, sodass sie die Personen im Flur kaum erkennen konnte. Jemand hielt ein Mikrofon in ihre Richtung.

»Frau Lowe, stimmt es, dass Sie fast das zweite Opfer des Mörders aus der Hollerbornstraße geworden wären?«

»Was ist denn das für ein ...«, begann Elisa, doch Silviu stellte sich vor sie.

»Verschwindet sofort aus dem Flur. Alle Aufnahmen hier drin sind illegal, und das wisst ihr genau. Ich zähle bis drei, dann habt ihr eine Anzeige am Hals. Das ist Hausfriedensbruch. Und Paragraf 201a kennt ihr vielleicht auch, oder?«

Elisa wich erschrocken in ihre Wohnung zurück. Doch der fremde Kameramann ging einfach hinterher.

»Du machst sofort den Abflug!«, tobte Silviu.

»Hast sie wohl exklusiv, oder was?«

Der Mann versuchte, Silviu zur Seite zu schieben.

Elisa sah, wie Silviu vor Wut rot anlief. Und dann ging auf einmal alles ganz schnell. Silviu holte aus, und seine Faust traf den Eindringling mit voller Wucht am Kinn. Der taumelte. Silviu griff nach der Kamera, zog etwas aus dem Gerät und trat danach noch mit dem Fuß in den Bauch des ungebetenen Gastes.

Mit einem Schmerzensschrei zog sich der Mann zurück.

Silviu stellte die Kamera in den Hausflur. Der Reporter, der das Mikrofon gehalten hatte, war längst abgehauen.

»Das ist Körperverletzung. Ich zeig dich an, du Arschloch.«

»Mach nur. Ich hab das hier. Zum Beweis, dass du unbefugt in einem geschützten Raum gedreht hast.« Silviu hielt die Speicherkarte hoch, die er aus der Kamera gezogen hatte.

»Das ist meine. Gib die sofort her.«

»Du bekommst sie morgen zurück. Aber ohne die Bilder, die du hier illegal gedreht hast. Und jetzt mach einfach, dass du wegkommst. Sonst fängst du gleich noch eine.«

Als Silviu erneut drohend die Faust hob, verließ der Eindringling endgültig die Wohnung. Er ließ die Tür offen stehen. Man konnte ihn noch eine Weile im Hausflur fluchen hören.

Elisa lehnte ihren Kopf an Silvius Schulter. »Hat sich lange keiner mehr für mich geprügelt. Danke.«

Silviu zog die Tür zu. »Sollte aber nicht zur Regel werden.«

14

Elisa starrte auf die Blätter auf ihrem Schreibtisch und merkte, wie ihre Gedanken abschweiften. Es wollte ihr einfach nicht gelingen, sich auf die Arbeit zu konzentrieren. Sie fühlte sich in so vielen Punkten unsicher: War Lukas Franke wirklich ein gefährlicher Mörder? Oder lag sie mit ihrem Gefühl richtig, dass die Polizei sich auf der falschen Fährte befand?

Wer war Tomas Strecker, und warum hatte Monika Ebeling ihm so viel Geld geliehen?

Und schließlich: War es richtig, dass sie die letzte Nacht mit Silviu verbracht hatte? War sie schon bereit für so viel Nähe?

Sie schloss die Augen und versuchte, Gedanken und Gefühle zu sortieren. Kurz darauf schrak sie hoch, weil es an der Tür klopfte. Ohne ihr »Herein« abzuwarten, trat Professor Gruenwald ins Zimmer.

»Guten Morgen, Elisa.« Er strahlte sie an. »Oder muss ich ›Frau Lowe‹ sagen? Aber so fabelhaft, wie Sie heute Morgen aussehen … Ihre Nase hat sich ja bestens erholt.«

»Hallo, Professor.«

Gruenwalds Kompliment und sein lustiger Singsang beim Sprechen lenkten Elisa von den Grübeleien ab, die sie gerade noch beschäftigt hatten.

»Was meine Nase angeht – drei Schichten Schminke verdecken so einiges.«

Richard Gruenwald kam ihr etwas näher und betrachtete die Nase. »Wenn Sie das mit Schminken so hinbekommen haben, alle Achtung. Tut es denn noch sehr weh?«

»Schon viel besser als gestern. Was führt Sie zu mir?«

»Ich musste sowieso ins LKA. Wegen eines Gutachtens. Und da dachte ich … Also, weil Sie gestern so plötzlich nach Hause wollten, da habe ich mir schon ein paar Sorgen gemacht, dass Sie vielleicht doch mehr abbekommen haben.«

»Nein, die lädierte Nase nervt noch ein bisschen. Aber eigentlich geht es schon wieder.«

»Das klingt ja ganz gut.« Gruenwald sah ihr forschend in die Augen. »Aber irgendetwas beschäftigt Sie gerade, oder?«

»Ja, allerdings.« Nicht zum ersten Mal staunte Elisa, wie aufmerksam er sie beobachtete und wie genau er zu wissen schien, was sie bewegte. Als könnte er Gedanken lesen. »Ich war noch einmal am Tierheim gestern. Dieser Tomas Strecker wird immer mysteriöser.«

Sie erzählte Gruenwald von ihrer Begegnung mit Monika Ebeling.

»Und die Frau hat ihm so viel Geld geliehen?« Der Professor wirkte erstaunt. »Wie hat er sie denn nur dazu gebracht?«

»Ich frage mich, ob Streckers Geschick, anderen Menschen ihr Geld abzunehmen, etwas mit seinem Tod zu tun haben könnte«, sagte Elisa nachdenklich.

Sie ging zum Fenster. Ein Windstoß ließ die Scheibe erzittern. Aus der Richtung, in der sie den Taunus vermutete, näherten sich dunkle Wolken. Es roch nach Schnee. Gruenwald stellte sich neben sie. Auch diesmal umgab ihn der außerordentlich angenehme, vermutlich teure Parfümgeruch. Ich muss ihn mal fragen, wo er einkaufen geht, dachte Elisa. Wahrscheinlich auf der Wilhelmstraße.

»Dieser Januar ist wirklich superwechselhaft. Gestern dachte ich, wir hätten schon Frühling. Und jetzt das«, sagte er.

»Was meinen Sie denn?«, fragte Elisa.

»Wozu? Zum Wetter?«

»Nein. Zu der Frage, ob vielleicht jemand Tomas Strecker aus Rache ermordet haben könnte.«

War Gruenwald doch nicht so ein brillanter Schnelldenker, wie sie gedacht hatte?

Der Professor sah aus dem Fenster und kniff die Augen zusammen. »Sie meinen, aus Rache dafür, dass er Frau Ebeling ihr Geld abgeschwatzt hat, hat sie ihn umgebracht?«

»Nein, nicht Frau Ebeling.« Elisa schüttelte den Kopf.

»Warum eigentlich nicht?«

»Das kann ich mir nicht vorstellen.«

»Wir können uns vieles nicht vorstellen«, Gruenwald wandte seinen Blick vom Fenster ab und drehte sich wieder zu Elisa um, »aber ich weiß schon, worauf Sie hinauswollen: Dieser Tomas Strecker könnte ja noch andere Leute über den Tisch gezogen haben. Und unter denen könnte auch der Mörder sein.«

»Genau.«

»Und was schlagen Sie vor? Haben Sie Ihre Theorie schon mit Ihren Kollegen besprochen?«

»Wir müssten versuchen, diese anderen Leute aufzuspüren«, sagte Elisa, ohne auf die Frage nach den Kollegen einzugehen. »Vielleicht sind es ja auch wieder Menschen, die Hunde ausgeführt haben. Schließlich standen doch noch ein paar Uhrzeiten auf der Liste.«

Plötzlich flammte ein Gedanke in ihrem Kopf auf, der so hell war wie das Blitzlicht des Fotografen von der Bild.

»Natürlich. Mein Gott, dass ich den Zusammenhang nicht begriffen habe. Das ist doch kaum zu glauben.«

»Was?«, fragte Gruenwald neugierig.

»Na, der Pitbull, von dem Franke erzählt hat. Der Pitbull des Mörders. Falls es ein Pitbull war. Ich glaube nicht, dass Lukas Franke sich so super mit Hunderassen auskennt. Ist doch völlig klar: Das war ein Mann mit Hund, der sich gerächt hat.«

Gruenwald machte ein nachdenkliches Gesicht. »Das klingt durchaus nachvollziehbar. Aber dann kommen ziemlich viele als Mörder in Frage, oder?«

»Man müsste wohl noch einmal ins Tierheim.«

Das Handy des Professors piepste. Er schaute kurz auf das Display und sagte: »Ja, vielleicht. Entschuldigung, ich muss los. Bis demnächst, ja? Machen Sie's gut.«

Sie sah dem Professor nach, als er ihr Büro verließ. Er schien es plötzlich sehr eilig zu haben. Elisa fuhr den Computer herunter und ging ebenfalls hinaus.

Der Parkplatz vor dem Tierheim war fast leer. Die Eingangstür stand offen. Die Frau, die Elisa und Gruenwald die Hunde gezeigt hatte, untersuchte gerade ein Kätzchen, dessen Fell struppig und zerbissen wirkte.

Als sie Elisa sah, lächelte sie. »Und – entschieden? Welchen Hund hätten Sie gern?«

»Ich muss mich entschuldigen«, begann Elisa. Sie räusperte sich. »Ich habe … ehem … ein bisschen geschwindelt neulich. Ich suche keinen Hund. Mein Name ist Elisa Lowe, und ich arbeite beim Landeskriminalamt.« Sie zog ihren Ausweis aus der Tasche.

Die Frau vom Tierheim kniff die Augen zusammen. »Ja – und?«

»Kann ich vielleicht eine Liste der Leute haben, die hier zum Hundeausführen kommen?«

Die Frau zog eine Augenbraue hoch. Ihr Blick wurde plötzlich kalt und unfreundlich. »Eine Liste?«

»Ja. Sie haben bestimmt Namen und Adressen von den …«

»Und dann haben Sie bestimmt einen Durchsuchungsbefehl. Oder wie?«

»Nein, ich wollte einfach ganz freundlich fragen …«

»Dann will ich Ihnen auch einfach mal *ganz freundlich* antworten.«

Die Frau setzte das Kätzchen in einen kleinen Transportkäfig und stülpte den Deckel darüber. Dann stemmte sie die Hände in die Hüfte. Von weiter hinten aus der Anlage war wütendes Gebell zu hören.

»Erst versuchen Sie, mich hereinzulegen, indem Sie mit diesem dicken Mann kommen und behaupten, Sie wollten einen Hund. Dann soll ich Ihnen mir nichts, dir nichts die Namen und Adressen der Menschen geben, die hier mit ehrlichen Absichten erscheinen. Und Sie haben noch nicht einmal einen Durchsuchungsbefehl. Vergessen Sie's. Außerdem hab ich wirklich mehr zu tun, als Hilfspolizistin zu spielen.«

»Ist ja schon gut.« Elisa merkte, wie Wut in ihr aufstieg. »Warum sind Sie denn auf einmal so wenig kooperativ?«

»Das geht Sie einen Scheiß an. Und jetzt verlassen Sie das Tierheim. Sie haben hier nichts zu suchen.«

Einer plötzlichen Eingebung folgend fragte Elisa: »Hatten Sie in letzter Zeit vielleicht mit einem Mann zu tun, der Tomas Strecker heißt?«

»Mit wem?« Elisa meinte, ein Zucken im Gesicht der Frau zu erkennen. »Tomas – wer?«

»Strecker. Tomas Strecker.«

»Nie gehört.« Sie drehte sich zur Seite.

Elisa versuchte, ihre rechte Hand daran zu hindern, nach ihrer noch immer schmerzenden Nase zu tasten. Sie würde sich nur das mühsam aufgetragene Make-up wieder herunterwischen.

»Sie sind ganz sicher, dass Sie Herrn Strecker nicht kennen?«

»Ja natürlich. Auf Wiedersehen.«

»Ich gehe ja schon. Und um den Durchsuchungsbeschluss werde ich mich kümmern.«

»Wie Sie wollen.«

Als Elisa wieder auf dem Parkplatz stand, hörte sie die Frau laut mit einem der Hunde schimpfen. Sie fuhr sich durch die Haare, und dann landete ihre Hand doch an der Nase.

»Mist!«, fluchte sie. Sie zog ihr Handy aus der Tasche, um nach einem Durchsuchungsbeschluss zu fragen. Doch im gleichen Moment begann das Gerät zu klingeln.

»Elisa, wo stecken Sie denn gerade?«, fragte Gruenwald. Ihr fiel auf, dass seine Stimme schon wieder klang, als würde er beim Sprechen lächeln. Augenblicklich wurde Elisas Laune besser.

»Wuff«, sagte sie.

»Wuff?« Gruenwald lachte. »Was heißt das denn?«

»Na, was schon?«

»Schon wieder im Tierheim?«

»Genau. Aber ich bin rausgeflogen. Der Empfangsterrier hat auf einmal Zähne gezeigt.«

»Lassen Sie mich raten. Sie haben der Tier-Tante gesagt, dass Sie gar keinen Hund wollen. Und dann ist sie zickig geworden.«

»Genau.«

»Hätte ich Ihnen prophezeien können.«

»Tja, ich war leider nicht … Moment mal …« Sie sah sich um. »Da kommt gerade jemand. Können Sie später noch einmal anrufen?«

»Aber sicher doch. Adieu, Elisa.«

Vor ihr marschierte gerade ein Paar in Richtung Tierheimtür. Da ihre Tarnung ja sowieso aufgeflogen war, beschloss Elisa, gleich mit offenen Karten zu spielen. Sie ging auf die beiden zu.

»Kennen Sie vielleicht diesen Mann?«, fragte sie und zeigte Streckers Foto.

Die beiden blieben stehen, als wären sie zu Salzsäulen erstarrt. Der Mann schien etwas sagen zu wollen. Sein Mund klappte auf, doch es kam kein Wort heraus. Die Frau presste ihre Lippen fest zusammen.

»Entschuldigung, ich wollte Sie nicht erschrecken. Ich bin Elisa Lowe vom LKA. Also – kennen Sie den Mann auf dem Foto?«

Der Mann fand zuerst die Sprache wieder. Auf einmal wirkte er richtig erleichtert. »Sagen Sie bloß, Sie haben den Mistkerl endlich geschnappt.«

15

»›Geschnappt‹ ist vielleicht nicht ganz die richtige Bezeichnung. Was hat Herr Strecker denn getan, dass Sie so wütend auf ihn sind?«

Elisa überlegte, ob es vielleicht klug sein könnte, erst einmal zu verschweigen, dass Strecker tot war. Der Mann nahm ihr die Entscheidung ab, indem er sofort weiterredete.

»Haben Sie das Geld schon sichergestellt? Seine Konten gesperrt?«

»Welches Geld?«

»Das von unserer Mutti.« Zum ersten Mal sprach die Frau. »Dieser gemeine Kerl.« Ihre Unterlippe zitterte. »Wenn er nicht längst alles verprasst hat.«

Elisa betrachtete das Paar. Beide mochten um die fünfzig sein, hatten auffällig helle Haut und dünnes, schütteres Haar, das an den Seiten begann, grau zu werden. Das Gesicht der Frau war hager, das des Mannes eher breit. Aber beide Gesichter waren ähnlich geformt. Das Kinn ragte wie eine halbierte Aprikose nach unten heraus. Sie könnten Verwandte sein, dachte Elisa, vielleicht Geschwister.

»Haben Sie Strecker nun gefasst oder nicht? Und was ist mit dem Geld?«, fragte der Mann ungeduldig.

»Gefasst – nein.« Elisa sah keinen Sinn mehr darin, den Tod von Tomas Strecker für sich zu behalten. »Er wurde ermordet.«

»Aha. Na ja. Und das Geld?«

Im Tonfall des Mannes war keine Spur von Trauer oder Mitleid auszumachen.

»Sie glauben, dass Strecker Ihre Mutter betrogen hat?«, fragte Elisa.

»Was heißt hier ›glauben‹?« Die Stimme des Mannes klang verbittert. »Fast hunderttausend sind futsch. Dabei hat sie ihr Leben lang gespart. Und natürlich sollte das einmal für ihre Kinder sein. Also für uns.«

»*Wir* haben uns doch um sie gekümmert«, fiel die Frau ihm ins Wort. »Und dann kommt dieser Kerl. Und um ein Haar hätte sie sogar noch ihr Testament geändert.«

»Vielleicht sollten wir uns in Ruhe über den Mann unterhalten«, schlug Elisa vor. »Das heißt, wenn Sie nicht vorher hier einen Termin haben.« Sie deutete auf das Tierheim.

»Ach was«, sagte der Mann. »Sehen wir so aus, als wollten wir mit einem von den lausigen Viechern Gassi gehen? Wir sind nur hier, weil wir gehofft haben, diesen Windhund von Strecker zu treffen. Schließlich hat er sich hier ja auch an unsere Mutti herangemacht. Aber wenn sie ihn jetzt ermordet haben …«

»Ja, dann.« Elisa sah die beiden an. Sie wurden ihr immer unsympathischer. »Vielleicht könnte ich auch mit Ihrer Mutter sprechen?«

»Sicher.« Die Frau nickte. »Wenn die Polizei sich endlich kümmert, soll sie jede Unterstützung haben. Fahren Sie uns hinterher?« Die Frau deutete auf ein blank poliertes japanisches Auto mit Rüdesheimer Kennzeichen. »Mutti wohnt in Oestrich. Sie ist bestimmt zu Hause.«

Jetzt wird es aber doch höchste Zeit, die Kollegen zu informieren, dachte Elisa. Sie griff nach ihrem Handy und suchte Engeholms Nummer heraus. Doch es meldete sich niemand. Sie legte das Handy auf den Beifahrersitz und beschloss, es später noch einmal zu versuchen.

Die Sonne stand hoch am Himmel. Ihre hellen Strahlen spiegelten sich im Rhein, der links von der Straße träge vor sich hin floss. Rechts leuchteten die Weinberge in frischem Grün. Eigentlich eine Schande, diese herrliche Gegend mit einer viel befahrenen Straße zu verschandeln, dachte Elisa. Der Wagen vor ihr blinkte. Sie bogen nach Oestrich ein, fuhren um eine scharfe Rechtskurve und hielten kurz danach vor einem schmucken Fachwerkhäuschen mit hellblauen Fensterläden.

Neben der Haustür hing ein Namensschild aus weißer Keramik mit einer Katze darauf. Unter der Katze stand in geschwungener Schrift: »Siering«.

Noch ehe einer der Besucher klingeln konnte, öffnete sich die Tür. Eine weißhaarige, schlanke Dame mit einer goldumrandeten Brille im Gesicht schaute erst das Paar, dann Elisa erstaunt an.

»Bruno, Dani – ihr wolltet doch erst heute Abend kommen.«

»Mutti, das ist – oh Entschuldigung, wie war noch Ihr Name?« Die Frau drehte sich zu Elisa um.

»Elisa Lowe, Landeskriminalamt.«

»Genau – Frau Lowe vom LKA. Und sie kann dir Neuigkeiten von deinem Tomas erzählen, von dem du immer so geschwärmt hast.« Bruno Sierings Tonfall klang hart und gehässig.

Elisa betrachtete ihn und seine Schwester noch einmal. Sie waren gepflegt gekleidet, gut frisiert und umgaben sich mit der Aura wohlsituierter Wiesbadener Mittelschichtbürger. Sie hielten sich aufrecht, zeigten beim Lächeln ihre perfekt gebleachten Zähne, und die Kleidung stammte aus der Boutique, nicht vom Discounter. Doch hinter dieser Fassade zeigte sich etwas Hässliches. Etwas, das weder vom teuren Make-up verdeckt noch unter dem gut sitzenden Anzug verborgen wurde.

Es ist die Gier, dachte Elisa, die da durchscheint. Die beiden sind missgünstig und gierig. Geldgierig.

Elisa schloss kurz die Augen, dann wandte sie sich an Adelheid Siering, die Mutter. Dabei versuchte sie, sich nur auf die ältere Dame zu konzentrieren.

»Frau Siering, es stimmt, ich bin vom LKA. Und ich würde gern so viel wie möglich über Tomas Strecker in Erfahrung bringen. Darf ich hereinkommen?«

»Ja natürlich.« Adelheid Siering ging voraus und führte ihre Besucher durch eine Tür, deren Rahmen die Form eines Weinfasses hatte. In das Holz war das Wort »Gaststube« eingeritzt.

»Hatten Sie früher eine Straußwirtschaft?«, fragte Elisa.

Die Augen der älteren Dame blitzten auf. »Ja. Noch bis vor fünf Jahren. Leider lohnt es sich nicht mehr. Und mein Mann kann ja auch nicht mehr …«

»Unser Vater lebt im ersten Stock«, fiel die Tochter ihr ins Wort. »Wenn man das noch ›leben‹ nennen will.«

Elisa sah sie fragend an.

»Demenz«, erklärte der Sohn. Er kniff kurz die Lippen zusammen. »Er weiß nicht einmal mehr, wer ich bin.«

»Tomas ist immer gut mit ihm ausgekommen.« Die Stimme von Adelheid Siering klang plötzlich weinerlich. »Aber ihr wollt ja nicht, dass er uns besucht. Ich weiß überhaupt nicht, warum ihr so gegen ihn seid.«

»Mutter, das ist jetzt egal. Tomas Strecker ist tot.« Bruno Siering verschränkte die Arme über der Brust. »Und das ist auch genau der Grund, warum Elisa Lowe vom Landeskriminalamt hier ist.«

Elisa atmete tief durch. Die kalte Art der Siering-Kinder hatte ihr von Anfang an zu schaffen gemacht. Aber jetzt konnte man das Verhalten der beiden einfach nur noch boshaft nennen. Sie legte Adelheid Siering vorsichtig eine Hand auf die Schulter.

»Es tut mir leid, Frau Siering. Herr Strecker wurde allem Anschein nach ermordet. Und ich möchte gern herausfinden, wer das getan hat. Und warum.«

»Na, da wird es sicher Tausende geben. Bei dem, was dieser feine Herr so angestellt hat.« Bruno Siering ließ sich auf eines der Chippendale-Sesselchen fallen, die seine Mutter in ihrem Wohnzimmer stehen hatte. Dass sie zitternd neben ihm stand, kümmerte ihn offensichtlich nicht. Elisa hatte endgültig genug.

»Herr Siering, Frau Siering, ich glaube, ich würde gern mit Ihrer Mutter unter vier Augen sprechen. Wenn das möglich wäre.« Sie hätte fast mit dem Fuß aufgestampft. »Bitte«, fügte sie noch hinzu. Aber es klang nicht höflich, sondern scharf.

»Wir wären aber lieber dabei«, erklärte Daniela Siering. »Oder gibt es irgendeine Vorschrift, die das verbietet?«

Elisa schluckte. Diese Leute waren wirklich unglaublich. Dann schaffte sie es aber erstaunlicherweise doch, sich so etwas wie ein freundliches Lächeln abzuringen.

»Natürlich gibt es da keine Vorschrift. Ich fände es nur

einfach besser, wenn wir erst einmal allein sprechen können. Und *danach* gern auch noch alle zusammen. Ich denke, es ist ja auch in Ihrem Interesse, dass wir den Fall so gut wie möglich aufklären.«

Dabei sah sie Bruno Siering in sein großflächiges Gesicht. Der schien verstanden zu haben.

»Komm, Dani, wir gehen so lange in die Küche.«

Die beiden schlossen die Tür hinter sich. Adelheid Siering zitterte noch immer. Aber ihr war anzumerken, dass sie sich ein wenig entspannte, nachdem ihre Kinder den Raum verlassen hatten. Sie setzte sich ganz vorn auf eine Sesselkante und überkreuzte die Beine. Aus der Rocktasche zog sie ein dünnes Taschentuch mit angenähter Spitze und putzte sich die Nase.

Dann sah sie Elisa direkt in die Augen und fragte: »Tomas Strecker ist wirklich ermordet worden? Sind Sie da ganz sicher? Nicht, dass es vielleicht eine Verwechslung ist. Ich meine, das kommt doch auch ab und an vor. Oder?«

Elisa zog das Foto aus ihrer Jackentasche. »Ist das der Mann, der sich bei Ihnen als Tomas Strecker vorgestellt hat?«

Die ältere Dame betrachtete das Bild nur kurz.

»Ja. Das ist er.«

»Dann gibt es leider keinen Zweifel.«

»Und wer hat ihn umgebracht?«

»Wenn wir das wüssten, wären wir froh, Frau Siering. Wie haben Sie ihn denn kennengelernt?«

»Als ich mit dem Hund … Also, ich führe ab und an Hunde aus dem Tierheim aus. Weil sie mir so leidtun. Die haben doch sonst keinen, wissen Sie? Und da habe ich den Tomas, den Herrn Strecker, meine ich, getroffen. Wir haben einfach so ein bisschen geredet.«

»Worüber haben Sie gesprochen?«

»Das weiß ich gar nicht mehr so genau. Über alles irgendwie. Über meinen Mann, dem es jeden Tag schlechter geht. Über Tiere und Menschen. Und die Welt. Und Gott.«

Eine Träne lief Adelheid Siering über die Wange.

»Wir sind alle katholisch, verstehen Sie? Ich habe den Pfarrer gefragt, warum Gott uns so viel Leid zumutet. Er wusste keine Antwort. Wir waren nicht jeden Sonntag in der Kirche. Aber mein Mann hat doch alles getan, was man tun muss. Er war in der Feuerwehr. Wir haben gespendet. Wir hatten ein gutes Leben zusammen … Er war immer so stolz. Wir hatten den schönsten Stand auf der Weinwoche in Wiesbaden. Und wir haben nie die Leute betrogen – das machen manche, wenn die Gäste nicht mehr so richtig rechnen können …«

Elisa merkte, dass Adelheid Siering abzuschweifen begann. »Und Herr Strecker«, versuchte sie, das Gespräch wieder dahin zurückzuführen, wo sie es gern haben wollte.

»Der Tomas hat mir einfach so gutgetan. Er kann so schön … Er *konnte* so gut zuhören. Und er hat auch meinen Mann irgendwie erreicht. Manchmal sogar besser, als ich das schaffe. Jedenfalls jetzt, seit es Georg immer schlechter geht.«

»Was hat denn Tomas Strecker gesagt, was er so von Beruf war?«

»Ach – er hat … er *hatte* so viele Pläne. Er wollte ein alternatives Tierheim aufbauen. In dem die Hunde nicht einfach so verwahrt werden. Und vielleicht sogar eine therapeutische Abteilung. Für Menschen, denen die Tiere eine Hilfe sein können.«

»Hat er Sie dafür auch um Geld gebeten?«

»Um Geld gebeten? – Nein. Nie. Im Gegenteil. Nachdem wir uns ein bisschen kannten, hat er mich sogar ins Theater eingeladen. Auf ganz teure Plätze.«

Elisa richtete sich erstaunt auf.

»Ja.« Die Augen von Adelheid Siering glitzerten. »Ins Staatstheater. Ich war so lange nicht im Theater. Das war wundervoll. Allein die Atmosphäre. Der weiche Teppichboden. Die vornehmen Sitze. Wir hatten Karten für die zehnte Reihe. Rechts im Parkett …«

»Er hat kein Geld von Ihnen bekommen?«

»Wieso fragen Sie das?«

»Sie haben eben gesagt, er habe Sie nie um Geld gebeten. Das hat mich gewundert, weil Ihre Kinder …«

»Ach die.« Adelheid Siering wedelte mit der rechten Hand, als wollte sie eine Fliege verscheuchen. »Die zählen doch jetzt schon ihr Erbe nach.«

Elisa war überrascht, wie deutlich die ältere Dame wurde, was ihre Kinder betraf. Aber sie war inzwischen auch sehr sicher, dass Bruno und Daniela Siering im Geist schon jeden Cent ihrer Eltern auf den eigenen Bankkonten sahen. »Haben Sie Tomas Strecker Geld gegeben? Entschuldigen Sie bitte, dass ich noch einmal frage.«

»Ja, habe ich. Darf man das nicht? Aber er hat mich nicht darum gebeten. Ich *wollte* das. Ich wollte gern mitmachen bei dem, was er vorhatte. Ich fand seine Ideen gut. Was wird jetzt eigentlich daraus?«

»Es tut mir leid. Darüber kann ich gar nichts sagen. Wir haben keine Angehörigen von Tomas Strecker gefunden. Und übrigens …«, Elisa zögerte kurz, »… auch kein Geld.«

Adelheid Siering riss ihre Augen erschrocken auf.

»Sie meinen aber doch nicht auch … also wie meine Kinder … Sie meinen doch nicht auch …« Sie schaffte es einfach nicht, den Satz zu Ende zu sprechen.

»Dass er ein Betrüger gewesen sein könnte?« Elisa sah die ältere Dame mitfühlend an. »Wie es im Moment scheint – vielleicht doch. Leider.«

Adelheid Siering lehnte sich zurück und schloss die Augen.

»Und was hat er gemacht – mit dem ganzen Geld?«

»Ganz ehrlich, Frau Siering, wir haben keine Ahnung.«

Plötzlich ging die Tür auf, und Bruno Siering erschien im Raum.

»Haben Sie nach uns gerufen?«

»Nein«, antwortete Elisa. »Aber Sie können jetzt trotzdem gern bleiben. Ich glaube, wir haben so ziemlich alles besprochen.«

»Und wer gibt uns jetzt unser Geld zurück?«

»Unser?« Die Stimme von Adelheid Siering klang schrill. »Das ist noch immer *mein* Geld. Und ich bin ganz sicher, dass Tomas es nicht einfach verbraucht hat. Aber ich sage dir was.«

Sie stand von ihrem Sessel auf und stellte sich einen halben Meter vor ihren Sohn. »Ich sage dir – wenn das Geld wieder auftaucht, dann mache ich damit genau das, was Tomas machen wollte. Ich lasse ein Haus für herrenlose Tiere bauen, in dem es ihnen richtig gut geht.«

»Mutti, das ist doch nicht dein Ernst.« Jetzt stand auch Daniela Siering mit im Wohnzimmer.

»Und ob, meine liebe Tochter.«

Bruno Siering verdrehte die Augen. »Wir müssen nicht darüber reden. Das Geld ist sowieso futsch. Gleich müsste übrigens unser Anwalt kommen. Vielleicht wäre es gut, wenn Sie mit dem auch mal reden, Frau Lowe?«

Es klingelte an der Tür. Adelheid Siering öffnete und begrüßte einen auffallend teuer gekleideten jungen Mann mit akkurat gescheiteltem schwarzem Haar.

Der Gast nickte höflich, während er den Sierings nacheinander die Hand gab. Dann wandte er sich Elisa zu.

»Ich bin Rechtsanwalt Julian Drieß. Sie müssen die berühmte Elisa Lowe sein?«

»Berühmt?« Elisa legte den Kopf schief.

Der Anwalt strahlte sie aus funkelnden blauen Augen an. »Mutige Retterin, brillante Ermittlerin, megatalentierte Zeichnerin – was man eben so hört und liest.«

Elisa war sich nicht sicher, ob sie sich geschmeichelt oder veralbert fühlen sollte. Doch der Anwalt schien seine Lobeshymne durchaus ernst zu meinen.

»Wissen Sie, ich habe ja eine ganze Menge Kontakte – berufsbedingt. Ich würde sagen, die halbe Stadt spricht von Ihnen. Ich freue mich wirklich sehr, Sie persönlich kennenzulernen.«

Elisa war nicht so sicher, ob sie sich über die Begegnung freute. Wie kam dieser Mann darauf zu behaupten, man würde in ganz Wiesbaden über sie sprechen? Sie war doch keine Prominente.

»Was kann ich beitragen?«, fragte Julian Drieß und legte seinen Aktenkoffer sanft auf den Couchtisch. »Ich hörte, Tomas Strecker wurde ermordet?«

»Von wem haben Sie das?«, fragte Elisa.

Der Anwalt deutete kurz in Richtung auf Bruno Siering. Als er Elisas kritischen Blick bemerkte, schüttelte er den Kopf. »Okay, okay, ich wusste es schon vorher. Aber nicht richtig offiziell.«

»Und was hatten Sie mit Strecker zu tun?«

»Ich selbst gar nichts. Aber meine Mandantschaft, also die Familie Siering … Einen Moment bitte.« Er drehte sich zu Bruno und Daniela Siering um. »Entbinden Sie mich gegenüber Frau Lowe von meiner anwaltlichen Schweigepflicht?«

»Ja sicher«, sagte Bruno Siering.

»Sie auch?« Drieß sah Adelheid Siering fragend an. Sie nickte.

»Also, Frau Siering wollte bei mir ein notariell beglaubigtes Testament aufsetzen, in dem sie Tomas Strecker zum Alleinerben einsetzt.«

»Aber Sie haben mir abgeraten.«

»Allerdings. Man sollte eine Entscheidung von dieser Tragweite niemals überstürzt treffen.«

»Ich hatte mir das durchaus gut überlegt.«

»Mutti, fang nicht wieder damit an.« Um Daniela Sierings Mund verstärkten sich zwei kräftig ausgeprägte Falten.

Sie sieht aus, als ob sie niemals lacht, aber sehr viel klagt, dachte Elisa.

Ganz anders dagegen der junge Anwalt: Julian Drieß beherrschte ein ausgesprochen sympathisches, jungenhaftes Lächeln, das er jetzt Elisa schenkte.

Dann wandte er sich wieder Adelheid Siering zu. »Ich habe Ihnen nicht endgültig abgeraten, Ihr Testament zugunsten von Herrn Strecker zu ändern. Ich habe Sie nur gebeten, etwas zu warten.«

»Stimmt.« Adelheid Siering nickte. »Und wie es aussieht, war das ja auch kein schlechter Tipp.«

»Kann ich denn sonst etwas für Sie tun?«

»Nein, wir dachten, die Dame vom LKA hätte vielleicht noch mehr Fragen«, sagte Bruno Siering. »Deshalb habe ich Sie angerufen.«

»Habe ich zurzeit nicht«, sagte Elisa.

»Wenn ich sonst nicht helfen kann, dann fahre ich mal wieder«, erklärte der Anwalt.

Elisa nutzte die Gelegenheit, sich ebenfalls zu verabschieden. »Ich melde mich sicher noch einmal. Oder meine Kollegen«, sagte sie und gab Adelheid Siering die Hand. Ihren beiden Kindern nickte sie nur kurz zu. Gemeinsam mit dem Anwalt verließ sie das Haus.

Auf dem Bürgersteig blieb Julian Drieß plötzlich stehen. »Und sonst haben Sie wirklich keine Fragen?«

»Im Moment nicht.«

»Dann würde ich gern etwas von Ihnen wissen.«

»Ja, bitte?«

»Frau Lowe – oder darf ich Elisa sagen?« Er wartete ihre Antwort nicht ab. »Elisa, haben Sie schon eine Einladung zum Ball des Sports?«

»Wie bitte?«

»Beim Ball des Sports. Sieht man Sie da?«

Elisa lachte. Als Phantombildzeichnerin gehörte sie gewiss nicht zu Wiesbadens High Society. Und zu den Spitzensportlern schon gar nicht.

»Nein, da war ich noch nie. Das ist doch auch nur für geladene Gäste, oder?«

»Dann wird es ja Zeit, dass Sie mal dabei sind.« Er fasste Elisa leicht am Arm und deutete eine Verbeugung an. »Hiermit lade ich Sie hochoffiziell zum diesjährigen Ball des Sports ein. Und unterstehen Sie sich, Nein zu sagen.«

16

»Du bist *wozu* eingeladen?« Silviu sah Elisa an, als wäre sie nicht mehr ganz bei Trost.

»Zum Ball des Sports. Ist doch toll, oder?«

»Weißt du, was die Karte für diesen Pinguinauflauf kostet?«

»Pinguinauflauf?«

»Na, all diese Frack- und Fliegenträger halt, die da rumlaufen. Also, weißt du, was die Karte kostet?«

»Wird über hundert sein. Aber der Anwalt sah nicht aus, als ob das viel ist für ihn.«

»Über hundert? – Du hast ja absolut keine Ahnung. EINTAUSENDSECHSHUNDERT Euro.«

Elisa riss die Augen auf.

»Echt, so viel – wow.«

»Ja. Und Normalsterbliche kriegen gar keine Karte. *Geladene Gäste.* Da kannst du mit den Dax-Vorständen Walzer tanzen. Der *Ball des Sports.*« In Silvius Stimme lag eine Mischung aus Verachtung und Neid. »Dahin verirren sich nur Promis und Superreiche.«

»Und woher weißt du das?«

»Ich war mal als Kameramann da. Aber ich hab mich total unwohl gefühlt zwischen all den Geldsäcken.«

»Ist das nicht ein bisschen zu kritisch, wie du das siehst? Da sollen ja auch tolle Sportler sein.«

Silviu blickte genervt an die Decke. »Mach, was du willst, Elisa.«

»Du würdest doch auch hingehen, wenn du eingeladen wärst, oder?«

»Vielleicht aus Neugier. Aber, wie gesagt, ich hatte ja schon das Vergnügen.«

Silviu lehnte mit der Hüfte an einem der Schreibtische in Elisas Büro. Ihr Telefon klingelte. Rechtsanwalt Drieß war am

Apparat. Als Elisa ihn begrüßte, verdrehte Silviu die Augen, winkte noch einmal kurz und verließ den Raum.

Der Anwalt fragte, ob Elisa vielleicht mit ihm zum Essen gehen würde, er hätte noch ein paar Dinge über Tomas Strecker herausgefunden, die sie interessieren könnten.

»Können Sie mir das nicht auch einfach so erzählen?«

Drieß lachte. »Ja. Aber ein Abend mit Ihnen wäre eine reizvolle Belohnung für die Infos. Ich habe mal auf gut Glück einen Tisch um zwanzig Uhr reserviert. Sie werden es nicht bereuen. Sagen Sie mir einfach, wo ich Sie abholen darf.«

Elisa überlegte. Konnte sie darauf eingehen? Wie Drieß sich ihr gegenüber gezeigt hatte, war es garantiert ein edles Restaurant, in das er sie eingeladen hatte. Und gewiss ein Erlebnis für jemanden, der sonst eher Pizza und Kantinenessen gewohnt war. Was Silviu dazu sagen würde, war ihr allerdings auch völlig klar.

Schließlich überzeugte sie sich mit der Begründung, dass es ja vielleicht auch der Aufklärung des Falles diente, und sagte zu. Der Anwalt versprach, sie um kurz vor acht Uhr zu Hause abzuholen.

Drieß fuhr Porsche Cabrio. Elisa hatte das Gefühl, hinter mehreren Gardinen in der Rüdesheimer Straße neugierige Augenpaare zu entdecken, als er ihr höflich die Wagentür aufhielt. Im Auto roch es nach Holz und Leder. Sehr angenehm. Der Motor fauchte, und man konnte jedes Steinchen spüren, das auf dem Asphalt lag, obwohl sie nur in gemäßigtem Tempo fuhren. Als sie am Kurpark vorbeikamen, zeigte Julian Drieß nach vorn, wo ein Hochhaus komplett eingerüstet worden war.

»Schön, dass das endlich abgerissen wird. Jahrzehntelang hat es eine unserer fabelhaftesten Blickachsen verschandelt.«

Elisa sah zu Drieß hinüber und zog eine Augenbraue hoch. »Manchmal frage ich mich, was wir für Sorgen haben. In Neapel würden sie wegen einer *Blickachse* noch nicht mal eine Müllkippe beseitigen. Wenn da überhaupt jemand weiß, was Blickachse bedeutet.«

»Hui – garstig heute Abend?« Drieß versuchte etwas, das wohl an einen Dackelblick erinnern sollte.

Elisa lachte. »Nein, nein. Sie haben ja durchaus recht. Das Hochhaus ist hässlich. Ich denke nur, vielleicht übersehen wir vor lauter Äußerlichkeiten manchmal die wirklichen Probleme.«

»Und die wären?«

»Zum Beispiel, dass wir alles immer so schnell oberflächlich sauber haben wollen und nicht in die Tiefe schauen? Dass die Polizei den Fall Strecker einfach abschließen will – Hauptsache, ein Verdächtiger ist gefunden?«

»Halt, halt – erst das Vergnügen, dann die Arbeit. Über den Fall reden wir nach dem Essen.«

Drieß parkte den Porsche und führte Elisa an einem freundlich lächelnden Empfangschef vorbei, der mit einer galanten Handbewegung andeutete, dass der Anwalt in dem Sternerestaurant kein Unbekannter war.

Elisa hatte von der »Ente« zwar schon gehört, dieses Lokal aber noch nie betreten. Für ein Abendessen so viel auszugeben wie für einen Kurzurlaub auf Mallorca, war ihr einfach die Sache nicht wert gewesen. Julian Drieß dagegen schien das völlig normal zu finden. Sie bekamen einen hübschen Platz auf der Empore. Und Elisa musste sich eingestehen, dass es Spaß machte, dem Treiben der Kellner zwischen den Tischen im Erdgeschoss zuzuschauen.

»Möchten Sie das Menü – oder vertrauen Sie meinem Geschmack?«, fragte Drieß.

Konnte das wahr sein? Wollte er wirklich für sie aussuchen? Aus welchem Jahrhundert stammte der denn?

»Ich denke …«, begann sie.

Er schien ihren Blick bemerkt zu haben.

»Entschuldigung. Ich will Ihnen nichts vorschreiben. Aber die Austern wären zum Anfangen wirklich eine sehr gute Wahl. Und dann vielleicht das Steinbuttkotelett? Das hatte ich letzte Woche, und es ist absolut phantastisch.«

Elisa war sich nicht ganz sicher, ob sie die vornehme Atmosphäre, die diskrete Eleganz des Lokals und die ausgesuchte

Höflichkeit der Bedienung affig oder angenehm fand. Zugeben musste sie schließlich aber, dass es fabelhaft schmeckte. Was man allerdings mit dem Geld für die fette Rechnung am Ende auch alles hätte machen können, darüber dachte sie besser nicht nach.

»So – aber jetzt«, sagte sie. »Was wissen Sie Neues über Tomas Strecker?«

»Er hatte einen zweiten Pass und einen zweiten Namen.« Drieß zog ein enorm großes Smartphone aus der Jackentasche, legte es auf den Tisch und rückte ein Stück näher zu Elisa, sodass beide das Display gut erkennen konnten. Als Erstes zeigte er ihr ein Bild eines amerikanischen Reisepasses, ausgestellt auf »Peter Goland, Minnesota«. Das Foto in dem Pass sah dem des Toten aus der Hollerbornstraße sehr ähnlich. Elisa betrachtete es ausführlich.

»Sie sind ganz sicher, dass das derselbe Mann ist?«

»Mit diesem Pass war unser Herr Strecker vor allem in der Spielbank gut bekannt. Und da hat er wohl auch das ganze Geld hingetragen.«

»Sie haben meine Frage nicht beantwortet: Warum sind Sie so sicher, dass Goland und Strecker eine Person sind? Sie könnten sich auch einfach ähnlich sehen.«

»Informantenschutz. Da muss ich leider schweigen.«

»Sehr schade.«

»Vorerst müssen Sie mir das einfach mal glauben.«

»Und das Geld hat er also in die Spielbank gebracht? Und alles verloren, nehme ich an?«

»Exakt. Als Tomas Strecker hatte er in der Spielbank übrigens schon seit Jahren Hausverbot. Weil man seine Spielsucht erkannt hat. Aber dass Peter Goland und Tomas Strecker ein und dieselbe Person sind, hat man, wie es scheint, leider nicht gemerkt.«

»Oder man wollte es nicht merken.«

»Glaube ich nicht. Die haben so viele Kunden. Da ist es wirklich schwer, alle Gesichter zu kennen. Und das Personal wechselt natürlich auch.«

»In der Spielbank kennen Sie sich also auch aus?«

»Muss man. Wenn man auf bestimmte Mandanten Wert legt. Und ja: Es macht mir auch Spaß.«

»Wie viel Geld hat Strecker – oder Goland – denn so verspielt in den letzten Jahren? Wissen Sie das?«

»Nicht genau. Aber vermutlich einen hohen sechsstelligen Betrag.«

»Sechsstellig. Da reicht das Geld unserer Hundefreunde aber nicht aus. Dann muss es weitere Opfer geben.«

»Auf jeden Fall. Und wenn er wirklich spielsüchtig war, dann ist er nicht nur in die eine Spielbank gegangen. Wir haben ja auch noch Bad Homburg. Und jede Menge Automaten, Wettbüros, das ganze Programm.«

»Wir müssten versuchen, die anderen Opfer zu finden«, sagte Elisa. »Dann kämen wir vielleicht näher heran an Tomas Strecker. Und an seinen Mörder.«

»Schauen Sie mal hier.« Drieß tippte auf das Display und rief die Seite eines Datingportals auf.

»Peter Goland – da ist er wieder. Schauen Sie mal, wie der sich darstellt.«

Elisa las: »Gepflegter Akademiker, finanziell unabhängig, sucht niveauvolle Sie zum gemeinsamen Entdecken der Welt und ihrer Möglichkeiten. Bitte nur ernst gemeinte Angebote.«

»Also war es so«, fasste sie zusammen, »als Tomas Strecker suchte er nach einsamen Hundefreunden, als Peter Goland nach heiratswilligen Damen aus gutem Hause. In beiden Fällen hatte er dasselbe Ziel: die Opfer einwickeln und ausnehmen. Kommen wir denn irgendwie an die Frauen heran, die sich auf seine Anzeige im Internet gemeldet haben?«

»Das ist sehr schwierig. Diese Datingportale nehmen den Datenschutz total ernst. In der Branche ist das ja auch überlebenswichtig.«

»Dann nützt uns das hier alles gar nichts.«

»Warten Sie ab.«

Im Gesicht von Julian Drieß lag ein selbstgefälliger Zug, der Elisa nicht gefiel. Sie kam sich ein bisschen vor wie bei einer inszenierten Show.

»Worauf soll ich warten?«

»Ich habe einen Freund aus Studienzeiten«, erklärte Drieß und lehnte sich zurück. »Der war mal in der Hackerszene. Oder ist es immer noch. Weiß nicht genau. Aber der könnte uns vielleicht helfen.«

Elisa wusste nicht, was sie von Julian Drieß halten sollte. Dieser Anwalt kannte offenbar überall jemanden, der ihm nützlich war. Wie eine Spinne mit einem großen, klebrigen Netz. Sie überlegte, ob er sie vielleicht nur deshalb zu dem teuren Abendessen eingeladen hatte, weil auch sie ihm ins Netz gehen sollte. Weil er eine Phantombildzeichnerin in der Sammlung seiner Informationsquellen gebrauchen konnte. Drieß ignorierte ihren nachdenklichen Blick.

»Kommen Sie mit mir nach draußen? Das hier ist nicht das Lokal, in dem ich gern am Tisch telefoniere.«

Das war ein echter Pluspunkt für das Sternerestaurant. Elisa hatte sich schon eine Weile gefragt, woran es liegen könnte, dass die Stimmung sich auf angenehme Weise von vielen anderen öffentlichen Orten unterschied. Tatsächlich hatte niemand während des Essens lautstark in sein Handy geblökt, wie es sonst fast überall üblich geworden war.

Vor der Tür angekommen, wählte Julian Drieß eine Nummer, sprach nur wenige Worte, legte wieder auf und ließ das Handy lässig in die Jackentasche gleiten.

»Keine Angst, das teure Stück einfach so locker wegzustecken?«, fragte Elisa.

»Man soll es nicht in die Hosentasche tun. Wegen der Strahlung. Vor allem nicht als Mann …« Drieß lachte. »Ich habe auch keine Angst, dass mich einer beklaut. Ich habe sowieso selten Angst. Vielleicht ist das mein Erfolgsgeheimnis.« Er blinzelte Elisa mit einem Auge zu. »Aber zurück zum Thema: Wir haben Glück, er ist gerade da und hat auch Zeit. Kommen Sie mit?«

»Wohin?«

»Na, zu meinem Kumpel, dem Hacker.«

»Das hab ich kapiert. Ich meine, ist es weit bis dahin?«

»Leider nein – auch wenn ich Ihnen gern mal zeigen würde, wie die kleine Schleuder da auf der Autobahn abgeht.« Drieß zeigte auf seinen Porsche. »Nur eine Viertelstunde durch die Stadt, und wir sind da. Also, was ist? Sind Sie dabei?«

Elisa kämpfte einen Moment lang mit sich. Sollte sie wirklich noch weiter mit diesem Rechtsanwalt durch die Stadt fahren? Immerhin gab es auch die Möglichkeit, das, was sie herausgefunden hatte, einfach an die ermittelnden Kollegen weiterzugeben.

Das wäre wohl auch das, was sie, wenn man die Vorschriften ernst nahm, in so einer Situation eigentlich tun sollte. Aber gleichzeitig spürte sie dieses Kribbeln, das sich immer meldete, wenn ein Fall auf eine interessante Wendung zusteuerte. Sie *wollte* einfach mehr wissen über Tomas Strecker.

Sie fragte sich noch für einen kurzen Augenblick, ob sie eine unterbewusste Neigung hatte, sich in schwierige Situationen zu begeben. Dann siegte ihre Neugier.

17

Sie fuhren durch die dunkle Stadt, und Elisa lehnte sich in dem tiefen Sitz neben Julian Drieß zurück.

Obwohl nicht viel Verkehr war, kamen sie nur langsam voran. Warum auch immer – alle Ampeln sprangen genau vor ihnen auf Rot um.

Sie warteten gerade an der Kreuzung Saalgasse, als Julian Drieß fragte: »Müssen wir eigentlich beim ›Sie‹ bleiben?«

»Warum fragen Sie?«

Elisa fand es lustig, dass Drieß durch ihre Gegenfrage verunsichert wirkte.

»Ich meine …« Die Ampel wurde grün, und er schwieg eine Weile, während er sich aufs Fahren konzentrierte.

»Ich meine«, setzte er schließlich fort, »weil der Erol sowieso jeden duzt.«

»Erol?«

»Der Hacker.«

»Ach so.«

Elisa ließ den Anwalt noch zwei Kreuzungen lang schmoren. Als er vor der Schwalbacher Straße wieder einmal halten musste, reichte sie ihm ihre rechte Hand.

»Also gut, sagen wir Du.«

»Super. Ich heiße Julian. Ach – weißt du natürlich schon.« Er deutete einen Handkuss an, und Elisa lachte.

»Nicht wundern übrigens, Elisa, der Erol wohnt wie Udo Lindenberg.«

»Wie bitte?«

»Der lebt im Hotel. Immer. Er hat keine Lust, sich um eine Wohnung zu kümmern. Deshalb ist er einfach dauerhaft ins Hotel gezogen. Ein schönes übrigens. Wie er das bezahlt, ist sein Geheimnis. Ich will das auch lieber gar nicht so genau wissen.«

Die Straße wirkte plötzlich viel dunkler. Rechts und links

wurde sie von Bäumen begrenzt. »Zum Kloster Klarenthal« stand auf einem Schild. Kurz darauf erreichten sie den Hotelparkplatz.

Julian Drieß winkte der Dame an der Rezeption. Sie schien ihn zu kennen, denn sie lächelte nur kurz und las dann weiter in ihrem Buch.

Erol wohnte in einer Suite, die aus zwei geräumigen Zimmern bestand. Von Fußboden und Möbeln war darin allerdings nicht mehr viel zu sehen. Überall türmten sich Zeitungsberge, Bücher, DVDs und Kartons. In der Mitte stand ein Tisch mit mehreren Bildschirmen. Den Platz dahinter durchzog ein ungeheurer Kabelsalat.

Elisa sog die Luft durch ihre noch immer lädierte Nase ein. Erstaunlicherweise roch es angenehm in dem Raum. Auf den ersten Blick hatte Erols Suite sie an eine Messie-Wohnung erinnert, und sie erwartete den darin üblichen Gestank von Essensresten und Schmutz. Doch bei Erol roch es fast gar nicht. Allenfalls ein kleines bisschen nach Tannenzapfen.

»Kommt rein«, tönte eine tiefe Stimme aus dem hinteren Zimmer der Suite. »Die Tür steht offen.«

Elisa und Julian standen etwas unschlüssig im Raum. Dann erschien Erol. Er war groß und leicht untersetzt, hatte blitzende blassblaue Augen hinter einer runden Brille und reichte Elisa eine große, warme Hand.

»Erol. Wer bist du?«

»Elisa.«

Der Mann hatte mittellange blonde Haare und trug eine Cargohose, die ihm trotz seiner Körperfülle zu weit war. Er wirkte auf Elisa wie ein Troll.

»Und was machst du so?«, fragte der Troll.

»Phantombilder zeichnen. Normalerweise. Jetzt gerade: etwas unschlüssig hier bei dir herumstehen und hoffen, dass du uns helfen kannst.«

»Sehr gut.« Erol nickte und drehte sich zu Julian um. »Und *wie* kann ich helfen?«

Julian Drieß zog sein überdimensioniertes Smartphone aus

der Tasche und rief noch einmal die Datingseite von Tomas Strecker alias Peter Goland auf.

»Wir wüssten gern, welche Damen sich auf diese Seite bei Goland gemeldet haben.«

Erol drückte auf Julians Smartphone und hatte Sekunden später dieselbe Seite auf einem seiner großen Bildschirme.

»Wow«, sagte Elisa.

»Das war leicht. Jetzt kommt das, was fast gar nichts mit Computern zu tun hat. Wir brauchen sein Passwort.«

»Und wie kommen wir da ran?«

»Ausprobieren. Die meisten Menschen sind bequem, oder sie haben Angst, ihr Passwort zu vergessen. Sie nehmen ihren eigenen Geburtstag in irgendeiner Variation oder die Postleitzahl, die Telefonnummer, den Namen des Haustiers …«

Erol rief eine Eingabemaske auf. »Ich habe ein kleines Programm geschrieben, das aus den Standarddaten eines Menschen die zehntausend wahrscheinlichsten Passwörter erstellt. Das klappt in neunzig Prozent aller Fälle. Also los: Wann hat Goland Geburtstag, wisst ihr, wo er gewohnt hat, hatte er ein Tier, eine Freundin? Wenn ihr mir die paar Infos gebt, dann haben wir's gleich.«

Julian und Elisa blickten betreten auf den Boden.

»Wir wissen leider …«, begann Elisa.

»… fast nichts«, beendete der Anwalt den Satz. »Gerade mal das Geburtsdatum, aber das war's schon. 4. Juli 1981.«

Erol tippte das Datum ein und startete sein Programm. Die Anmeldemaske des Datingportals erschien und verschwand in schneller Folge.

»Ich dachte immer, nach drei Falscheingaben wird man gesperrt«, sagte Elisa.

»Nicht, wenn man weiß, wie man die IP-Erkennung des Anbieters austrickst«, murmelte Erol, der, während das Programm lief, auf einer zweiten Tastatur Zahlen eintippte.

»Aber das wird so nichts. Tut mir leid. Ihr wisst einfach zu wenig von diesem Goland – oder Strecker oder wie auch immer. So kriege ich das Passwort nicht heraus.«

»Mist.« Der Anwalt verschränkte die Arme vor der Brust. »Wirklich nichts zu machen?«

Erol tippte noch immer auf seiner Tastatur herum, aber ihm war anzusehen, dass er nicht mehr mit einem Erfolg rechnete.

»Und wenn wir es altmodisch versuchen?«, schlug Elisa plötzlich vor.

Erol sah sie fragend an.

»Ich meine, wenn einer von euch einfach die Hotline anruft, sich als Goland vorstellt und sagt, er habe sein Passwort vergessen?«

Julian Drieß grinste. Erol hörte auf zu tippen und reichte dem Anwalt eines der schnurlosen Telefone, die auf seinem Schreibtisch lagen. »Das machst besser du.«

Drieß räusperte sich. Dann wählte er die Nummer.

»Hier Goland, Peter.« Er bemühte sich um einen leichten amerikanischen Akzent. »Ich habe eine Riesenproblem mit meine *password*.«

Am anderen Ende der Leitung war offenbar eine Dame. Ihre Stimme klang freundlich, aber Julians Gesichtsausdruck verriet, dass ihm nicht gelingen wollte, was er vorhatte.

Schließlich sagte er nur noch: »*Yes, alright*. Ja, vielen Dank, so können wir das natürlich machen.« Er drehte sich zu Elisa und Erol um. »Sie schickt ein neues Passwort an meine E-Mail-Adresse. Also, an die von Peter Goland natürlich.«

»Das nützt uns nichts«, stellte Erol trocken fest. »Oder kennt ihr das Passwort für seinen E-Mail-Account?«

»Ich hätte da noch eine Idee«, sagte Elisa. »Wie wäre es, wenn wir für Goland eine neue Adresse einrichten und Julian dann noch mal die Hotline anruft. Er könnte ja sagen, dass er alle seine Passwörter zusammen aufbewahrt hat und ihm der Zettel irgendwie verloren gegangen ist oder so. Und dass er deshalb eine neue Adresse anmelden musste.«

Erol stand auf, ging zu Elisa und griff nach ihrer rechten Hand. »Geniale Idee. Willst du bei mir einsteigen?«

Elisa lachte.

»Nein, ehrlich. So simpel und so gut.«

Erol richtete einen E-Mail-Account auf den Namen Peter Goland ein. Julian Drieß rief ein zweites Mal bei der Hotline an und erreichte dieselbe Dame wie zuvor. Sie schöpfte keinen Verdacht. Schon zehn Minuten später kam das Passwort für das Datingportal bei den dreien an. Gleich danach loggten sie sich ein. Es klappte problemlos.

»Unglaublich«, flüsterte Elisa.

»Du siehst, dass man sich nie sicher fühlen kann im Internet«, sagte der Anwalt.

»Wie ein großes offenes Buch«, stimmte Erol zu. »Aber dass das so einfach gehen würde, habe nicht mal ich gedacht. Respekt, Elisa. War eine wirklich gute Idee.«

Was ihnen dann aber auf dem Profil von Peter Goland begegnete, verschlug allen dreien die Sprache.

18

Etwas piepste. Träumte sie? War es eine Halluzination, hervorgerufen vom Hunger? Sie war inzwischen so schwach geworden, dass sie meistens nur auf dem Sofa im Wohnwagen lag und vor sich hin dämmerte. Doch das Geräusch hielt an. Mühsam richtete sie sich auf. Ihr war schwindelig, und fast versagten ihr die Beine den Dienst.

Das Piepsen kam vom oberen Ende des Sofas. Sie zerrte an der bunt geblümten Auflage. Schließlich gelang es ihr, ein Stück davon abzureißen. Es staubte. Das Piepsen wurde lauter. Sie wusste jetzt, dass sie auf der richtigen Spur war. Hastig, mit vor Erschöpfung zitternden Händen und Schweißperlen auf der Stirn zog sie immer heftiger an der Sofaauflage. Endlich konnte sie ein größeres Stück abreißen. Ein silbern glänzendes Gerät tauchte darunter auf. Es piepste weiter vor sich hin. Soweit sie es erkennen konnte, handelte es sich um einen schlichten Apparat mit einem kleinen Bildschirm in der Mitte. Es könnte so etwas wie ein digitaler Fotorahmen sein, dachte sie. Aber warum piepste es?

Sie suchte nach einem Knopf, um den Ton abzuschalten. Als sie ihn gefunden hatte, erschien auf einmal ein Bild. *Sein* Bild. Und er begann zu sprechen. Ihr Herz begann wie wild zu klopfen. Er hatte sie also doch nicht vergessen.

Mit der freundlichen, sanften Stimme, die sie so vermisst hatte, sagte er: »Meine Liebe. Wenn du dieses Gerät findest und dieses Video siehst, ist es Zeit für deine wichtigste Aufgabe. Ich weiß, dass ich mich auf dich verlassen kann. Bitte mach dich bereit. Ach ja – du wirst sicher großen Hunger haben. Bitte entschuldige, dass es dazu gekommen ist. Also: Bevor du dir weiter anhörst, was ich zu sagen habe, geh in den hinteren Teil des Wohnwagens. Dort, wo auf dem Teppich eine kleine Sonne aufgedruckt ist, findest du, wenn du ganz genau hinschaust, ein in den Boden eingelassenes Geheimfach. Zieh an der Schlaufe, die neben der Sonne im Teppich zu ertasten ist. So kannst du das Fach öffnen. Lass es dir schmecken. Stoppe jetzt das Video, und schau dir den Rest an, wenn du genug zu essen hattest. Nur eins noch vorher: Sei mir bitte nicht böse, weil ich so lange nicht bei dir war. Glaube mir, das ist nicht meine Schuld.«

19

Der persönliche Bereich von Peter Goland in dem Datingportal zeigte an, dass dieser Mann ein »Premium-Mitglied« war und bereits mehr als dreihundertvierzig »ernst zu nehmende« Kontakte aufwies.

Fast alle stammten aus Wiesbaden und Umgebung.

»Ich hätte niemals gedacht, dass es überhaupt so viele Singles gibt, die das Internet für die Partnersuche benutzen«, sagte Elisa.

So viele einsame Seelen, dachte sie und überlegte, ob ihr Bekannte einfielen, denen sie zutraute, sich in ein Datingportal einzuschreiben. Auf Anhieb wusste sie niemanden.

»Versuchen wir herauszufinden, mit wem sich dieser saubere Typ auch tatsächlich getroffen hat«, schlug Julian Drieß vor.

Erol öffnete den Chatverlauf.

»Kannst du mir die Liste vielleicht einfach ausdrucken?«, fragte Elisa. Plötzlich wollte sie das Hotelzimmer, den seltsamen Hacker und auch den smarten Anwalt einfach nur noch los sein. »Ich glaube wirklich, ich muss langsam nach Hause.«

»Klar.« Erol startete den Drucker.

Kurz darauf saß Elisa wieder neben Julian in dessen Porsche.

»Wie machen wir jetzt weiter, Elisa?«

»Wir?« Wie stellte Drieß sich das vor? *Was* stellte er sich eigentlich vor?

»Jetzt müsste doch jemand all diese Opfer befragen? Oder gibst du die Liste einfach der Polizei?«

»Ich bin richtig müde jetzt«, entgegnete Elisa. »Vielleicht sollte ich wirklich … Ich denke morgen früh darüber nach.«

Sie kamen in der Rüdesheimer Straße an. Julian stieg aus, ging um den Wagen und hielt Elisa die Tür auf.

»War ein spannender Abend mit dir. Ganz ehrlich«, sagte er. »Darf ich dich noch zur Tür begleiten?«

»Das schaffe ich allein. Danke für das Essen.« Sie gab ihm

die Hand. Für einen ganz kurzen Moment wirkte Julian Drieß enttäuscht. Doch er fing sich sofort wieder.

»Ich danke dir, Elisa. Und das mit dem Ball des Sports ist abgemacht – ja?«

Sie winkte nur und verschwand im Hauseingang.

20

Elisa schreckte aus einem unruhigen Schlaf hoch. Da war doch wieder ein Geräusch im Treppenhaus. Oder kam es von der Straße? Sie tastete nach der Nachttischlampe. Der Schalter klickte. Aber alles blieb dunkel.

»Stromausfall, auch das noch«, murmelte sie. Es hatte in letzter Zeit einige plötzliche Unwetter in Wiesbaden gegeben. Straßen hatten knietief unter Wasser gestanden. Sicher war dabei irgendetwas beschädigt worden, sodass es jetzt keinen Strom gab.

Sie überlegte, sich einfach wieder umzudrehen, um weiterzuschlafen. Dann tastete sie sich aber doch zum Fenster vor und schob den Vorhang zur Seite. Aus dem Haus gegenüber fiel Licht auf den Bürgersteig. Auch die Straßenlaternen brannten. Seltsam. Warum hatte nur sie keinen Strom? Sie ging vorsichtig zur Tür und drückte auf den Schalter für die Deckenbeleuchtung. Nichts geschah. Vielleicht war einfach die Sicherung rausgesprungen?

Sie hatte Mühe, sich in ihrem dunklen Flur zu orientieren. Plötzlich spürte sie, wie ihr Herz heftig pochte. War das eine Panikattacke? Jetzt wäre es schön, nicht allein zu sein, dachte sie. Endlich fiel ihr ein, dass sie im Küchenregal eine Taschenlampe aufbewahrte. Das Ding funktionierte sogar. Der gelbe Lichtkegel gab ihr etwas Sicherheit, ihr Herz beruhigte sich.

Neben dem Eingang hing der Sicherungskasten. Der Schalter der Hauptsicherung war umgeklappt. Sie legte ihn wieder um, und augenblicklich wurde es hell. Gleichzeitig begann ihr Telefon zu klingeln.

»Was soll das denn jetzt?«, stöhnte sie.

Der Apparat lag in der Küche. Elisa meldete sich, doch es war niemand in der Leitung. Andererseits war es auch nicht still. Sie hörte ihre eigene Stimme. Etwas verzerrt, wie ein Echo.

Noch dreimal fragte sie, ob jemand dran sei, und jedes Mal kam ihre Frage als Echo zurück. Schließlich legte sie genervt auf.

Elisa versuchte, sich selbst davon zu überzeugen, dass es der plötzliche Stromausfall war, der ihr Telefon durcheinandergebracht hatte. Sicher gab es für alles eine ganz plausible Erklärung.

Trotzdem hatte sie das dringende Bedürfnis, zur Tür zu gehen und zu prüfen, ob wirklich abgeschlossen war. Sie drückte die Klinke hinunter. Nichts tat sich. Natürlich war die Tür verschlossen – so wie jede Nacht. Ihr Hausschlüssel hing am Haken daneben. Sie nahm ihn ab und schob ihn von innen ins Schloss. Dann schüttelte sie sich.

»Verdammt noch mal, Elisa, werde nicht panisch. Alles ist gut.«

Sie ging zurück ins Bett und löschte das Licht. Aber einen richtig ruhigen Schlaf sollte sie in dieser Nacht nicht mehr finden.

21

Der nächste Morgen im Büro fühlte sich genauso an, wie es nach einer Nacht mit unruhigem Schlaf zu erwarten war. Ein gemeiner Kopfschmerz klopfte von unten an Elisas Schädeldecke. Ihr war abwechselnd zu warm und zu kalt, und in ihrem Hals kratzte es.

Sie drehte das Foto einer jungen Frau in den Händen und kniff die Augen zusammen. Welche Spuren mochten fünfzehn Lebensjahre in diesem Gesicht hinterlassen haben?

Es war ein Mädchen mit dünnem blonden Haar. Etwas pausbäckig, ein paar Pickel – die waren vermutlich inzwischen verschwunden.

Elisas Auftrag war, dieses Gesicht für ein Fahndungsplakat altern zu lassen. Sie legte das Bild in den Scanner und begann, es am Computer zu bearbeiten.

Sie hatte das Gefühl, die junge Frau müsste etwas schmaler geworden sein. Ein paar erste Falten um den Mund herum. Sie hatte kaum mit der Arbeit begonnen, als es an der Tür klopfte.

»Ent-entschuldige, bitte, E-Elisa.«

Bernd Wecker trat ein.

»Was kann ich für dich tun?« Elisa drehte sich zu ihm.

»Das ist mein Fall. Neues Kommis-Kommissariat«, sagte Wecker und deutete auf das Bild von dem Mädchen. Man sah ihm an, dass er stolz auf den neuen Posten war.

»Glückwunsch, Bernie.« Elisa hatte PHK Wecker nicht in allzu guter Erinnerung. Sie wusste von Silviu, dass er gelegentlich Informationen an die Presse verkauft hatte. Wecker schien ihre Gedanken erraten zu haben.

»Bin be-befördert worden. Schluss mit den zweifel-zweifelhaften Geschäften. Du weißt-weißt schon.«

»Na dann. Was kannst du mir denn über diese Frau hier erzählen, die ich zeichnen soll?«

Bernd Wecker reichte ihr einen Aktenband mit Namen, Anschrift, letztem Aufenthaltsort.

»Soweit ich weiß, ist sie mit sechzehn Jahren von zu Hause ab-abgehauen und wurde seitdem nicht mehr ge-gesehen. Wir haben den Fall turnusmäßig aus dem Archiv ge-geholt. Es gibt aber kei-keine heiße Spur. Wenn du mich fragst, dann lebt die ein-einfach irgendwo fröhlich in Italien. Oder vielleicht auch in Amerika. Wer weiß.«

»Was sagt denn die Familie?«

»Ganz bür-bürgerliche Verhältnisse. Sie haben natürlich nach ihr gesucht. Heu-Heute scheinen sie darüber hinweg zu sein. Ha-haben abgeschlossen mit der Sache.«

Elisa überlegte, ob ihre eigenen Eltern auch damit hätten abschließen können, wenn sie nach ihrer Entführung vor gut zwanzig Jahren nicht wieder aufgetaucht wäre. Sie konnte es sich nicht vorstellen.

Andererseits: Davon, dass eine Familie ewig leidet, kam natürlich auch kein Kind zurück.

»Kann ich die Eltern vielleicht auch mal hier haben?«, fragte Elisa. »Meistens werden Kinder ihren Eltern ähnlicher. Wenn ich weiß, wie viel dieses Mädchen von ihrer Mutter hat und wie viel von ihrem Vater, dann komme ich wahrscheinlich am besten an ihr heutiges Aussehen heran.«

»Or-organisiere ich für dich.« Bernd Wecker nickte. »Bis bald.« Er winkte noch kurz und verließ das Büro.

Doch Elisas Hoffnung, jetzt in Ruhe weiterarbeiten zu können, wurde enttäuscht.

POK Ludger Bechstein kam zur Tür herein. »Ach, du bist schon da. Das trifft sich.«

»Worum geht es?«, fragte Elisa. »Ich hab hier zu tun, wie du siehst.«

Ludger Bechstein bedachte Elisa mit einem kritischen Blick. »Heute mit dem linken Bein zuerst aufgestanden?«

Elisa holte Luft, um zu antworten, klappte dann den Mund aber einfach wieder zu.

»Tja, was ich dir sagen wollte, wird dich wahrscheinlich

auch nicht glücklich machen. Also …« Bechstein machte eine Pause und kratzte sich am Kopf. Eine Angewohnheit, die Elisa unangenehm fand.

»Ja, was denn nun?«, fragte sie.

»Der Mord in der Hollerbornstraße – da gibt es eine neue Entwicklung. Der PP will es dir selbst sagen.«

»Das trifft sich gut. Ich will ihm auch ein paar Dinge dazu sagen. Aber was für eine neue Entwicklung denn?«

»Bender erwartet dich in seinem Büro. In einer Stunde.«

Bechstein schien erleichtert, seinen Besuch bei Elisa hinter sich gebracht zu haben. Fast fluchtartig rauschte er davon.

Sie sah ihm nach und fragte sich, was es wohl sein mochte, das ihn so unruhig werden ließ.

In einer Stunde sollte sie bei Bender sein. Das würde nicht reichen, um mit der Bearbeitung des Mädchenbildes fertig zu werden.

Sie versuchte, das Tempo zu erhöhen: ein paar Fältchen unter die Augen, die Haut etwas trockener, die Haare länger, aber dünner.

Zumindest wirkte ihr Bild plausibel. Um es genauer zeichnen zu können, wollte sie sich aber auf jeden Fall die Eltern anschauen.

22

Polizeipräsident Jürgen Bender schien nicht viel besser geschlafen zu haben als Elisa. Oder er hatte am Abend zuvor ausgiebig gefeiert. Seine Haut wirkte fahl, unter den Augen hingen dunkle Schatten, und nicht einmal die grau melierten Haare waren so akkurat frisiert, wie Elisa es von ihm gewohnt war.

»Herr Bender, da bin ich. Und ich würde auch gern noch einmal über den Fall Strecker sprechen.«

»Die Sache Franke, meinen Sie?«

»Ja – das ist eben genau die Frage. Es könnte ja auch sein, dass Lukas Franke nicht der Mörder von Tomas Strecker ist.«

»Wie kommen Sie darauf?«

Der PP wirkte ungeduldig. Er öffnete den Mund, als wollte er etwas sagen, doch Elisa kam ihm zuvor.

»Es kommen sehr viel mehr Menschen als Mörder in Betracht.«

Sie gab dem PP eine Kurzfassung ihrer Ermittlungen. Dabei erwähnte sie vorsichtshalber nicht, wie sie an die Daten aus Streckers Account in dem Datingportal gekommen war. Schließlich sagte sie: »Wie es aussieht, war Strecker ein ausgesprochen geschickter Betrüger, und es gibt bestimmt sehr viele Menschen, die ein Motiv haben, sich an ihm zu rächen.«

Bender aber reagierte zu ihrer Überraschung äußerst unwirsch. »Warum machen Sie denn da schon wieder so viel auf eigene Faust? Oder haben Sie das mit der Ermittlungsgruppe abgestimmt?«

»Ich bin ja jetzt hier, um mich abzustimmen. Sie können auch gern jemanden aus der Ermittlungsgruppe dazurufen.«

»Das meine ich nicht.« Bender fuhr sich durch die Haare. Elisa hatte das Gefühl, dass seine Hand leicht zitterte. Was war los mit ihm? Er sprach weiter.

»Also – die Ermittlungsgruppe kann ich nicht rufen, denn ihre Arbeit ist beendet.«

»Beendet?«

Elisa riss erstaunt die Augen auf.

»Dafür gibt es einen einfachen Grund: Franke hat den Mord gestanden.«

»Wie bitte?«

Sie konnte kaum glauben, was sie da hörte.

»Ausgerechnet der soll jetzt plötzlich gestanden haben?«

»Jawohl. Und zwar in der Klinik, in der er behandelt wird. Und da wird er noch eine ganze Weile bleiben. Ist ja bei ihm auch sinnvoller, als ihn in den Knast zu schicken. Er ist halt einfach durchgedreht. Wie bei Ihnen im Büro. Er hat alles einem Arzt in der psychiatrischen Klinik anvertraut, und seitdem sagt er gar nichts mehr. Der Fall ist abgeschlossen.«

»Das wundert mich wirklich. Ich meine, wenn Sie überlegen, wie er am Anfang …«

»Hören Sie, Elisa. Ihre Arbeit an dem Fall war sehr wertvoll. Und Ihr persönlicher Einsatz«, er strich sich kurz durch das Gesicht, »… der war … Tut es eigentlich noch weh?«

»Nur manchmal.«

»Also, Elisa, es gibt reichlich Grund, Ihnen noch einmal für Ihren persönlichen Einsatz zu danken. Ich würde sogar sagen, ich spreche mal mit Ihrer Vorgesetzten, ob nicht eine Woche Sonderurlaub drin ist. Sie hätten sich schließlich auch einfach krankschreiben lassen können. Erholen Sie sich, spannen Sie aus …«

»Herr Bender, ich will mich nicht erholen. Ich verstehe nicht, warum Franke gestanden hat.«

»Mein Gott, seien Sie doch nicht so stur.«

Jürgen Bender knetete seine Hände. Elisa hatte den Eindruck, dass er nervös war. Nervös und unzufrieden. Gar nicht so, wie man sich nach einem erfolgreich abgeschlossenen Fall fühlen sollte.

»Ich würde Ihnen aber gern wenigstens noch die Liste mit all den Frauen geben, die Strecker in diesem Datingportal kennengelernt hat. Dem müsste man doch nachgehen, oder nicht?«

»Habe ich nicht schon deutlich genug gesagt, dass Sie nicht

einfach auf eigene Faust … Ach, egal.« Jürgen Bender streckte sich, steckte die Hände in die Hosentaschen und schien plötzlich seine gewohnte Sicherheit zurückgewonnen zu haben. Mit fester Stimme erklärte er: »Elisa, ich will nicht mit Ihnen streiten. Sie haben uns sehr geholfen. Aber es gibt keinen Grund, noch mehr Ressourcen an diesen Fall zu vergeuden. Die Sache ist abgeschlossen. Und das ist gut so.«

»Aber …«

Elisa kam sich plötzlich verloren vor.

»Franke hat gestanden. Okay? Zweimal sogar: einmal in der Psychiatrie, einmal hier im Revier. Gelesen, genehmigt, unterschrieben. Der Fall ist geklärt.«

Bender setzte sich an seinen Schreibtisch und zog demonstrativ einen Aktenband hervor. Elisa zuckte mit den Schultern. Frustriert kehrte sie an ihren Arbeitsplatz zurück.

Sie versuchte, Silviu zu erreichen. Vielleicht konnte der ihr erklären, was hinter dem eigenartigen Verhalten von Bender steckte. Doch es antwortete nur die Mailbox.

Gruenwald, dachte sie. Der kann so etwas bestimmt ohnehin besser verstehen.

Sie wählte seine Handynummer, und er antwortete sofort.

»Sie wollen also eine psychologische Verhaltensdeutung von mir. Interessant.« Elisa konnte sich das beim Lachen auf und ab wippende Gesicht des Professors gut vorstellen.

»Mögen Sie mich nicht vielleicht heute Nachmittag in meiner Klinik besuchen? Dann sprechen wir darüber.«

Sie verabredeten sich für fünfzehn Uhr. Als Gruenwald ihr sagte, wo sie die Klinik finden würde, spürte Elisa, wie sie nervös wurde.

Ihre Stimme zitterte, als sie sagte: »Genauer brauchen Sie es nicht zu beschreiben. Ich weiß schon, wo das ist.«

Sie war schon einmal dort gewesen. Ein einziges Mal nur. Und dieses eine Mal hatte sie so aufgewühlt, dass sie sich seither nicht wieder dorthin getraut hatte.

23

Sie fuhr durch das Kurviertel und musste sich mit aller Kraft zwingen, auf den Verkehr zu achten. Die Sonne schien und ließ den Tau auf den Wiesen glitzern wie Millionen Edelsteine. Die Tropfen bildeten einen Teppich, der aus Tausendundeiner Nacht hätte stammen können. Funkelnd lag er zwischen den prächtigen Bauten. Aber es war nicht die Schönheit der Stadt, die Elisa ablenkte und ihre Konzentration beeinträchtigte. In ihrem Kopf herrschte ein ganz anderer Gedanke vor. Ein trüber Gedanke: Mara.

Ihre Freundin Mara war vor zwanzig Jahren mit ihr gemeinsam entführt worden. Sie waren damals beide noch Kinder gewesen, sieben Jahre alt. Elisa hatte sich befreien können. Mara aber war in der Hand des Entführers geblieben und schließlich sogar von ihm abhängig geworden.

Vor einem Jahr erst waren Elisa und Mara sich wieder begegnet. Es war Elisa gelungen, den Entführer zu stellen und Mara aus seinen Fängen zu befreien. Doch Maras Seele hatte durch die lange Zeit an der Seite des Verbrechers so schweren Schaden genommen, dass sie in die Psychiatrie eingewiesen worden war. In ebendiese Psychiatrie, die Elisa jetzt besuchen wollte. Erst ein einziges Mal hatte sie sich überwunden, dorthin zu fahren. Damals wusste sie nicht, dass es die Klinik von Professor Gruenwald war.

Elisa dachte darüber nach, was sie erwartet hatte, damals – bei ihrer ersten Begegnung in der Klinik. Sie hatte auf etwas gehofft wie: »Ich bin schon fast wieder fit, bald komme ich raus.«

Sie hatte sich sogar darauf gefreut, dass Mara ihr vielleicht dankbar wäre dafür, dass sie dem Leben an der Seite eines sadistischen Straftäters ein Ende gesetzt hatte. Doch es war alles ganz anders gekommen. Mara hatte apathisch gewirkt, ihr Blick flackernd, ihre Hände unruhig. Sie hatte sich kaum auf das Gespräch konzentrieren können und sehr schnell gesagt, dass sie zurück auf ihr Zimmer wolle.

Der Besuch hatte Elisas Schuldgefühle in Bezug auf Mara verstärkt. Warum konnte sie ihr nicht helfen? Als Elisa die Bilder der Anstalt und der Patienten vor Augen hatte und ihr klar geworden war, dass sie wieder in dieselbe Klinik fahren würde, hatte sie eine Weile überlegt, einfach so zu tun, als sei Mara gar nicht da. Aber dann hatte sie beschlossen, sich noch einmal auf ein Treffen mit der Freundin einzulassen, und war doch zwei Stunden früher losgefahren.

Der Empfangsbereich des großen Altbaus erinnerte eher an ein Urlaubsresort als an ein Krankenhaus. Eine sorgfältig geschminkte Mitarbeiterin mit blondem Pferdeschwanz begrüßte Elisa.

»Herzlich willkommen. Was kann ich für Sie tun?«

»Mein Name ist Elisa Lowe. Ich bin mit Professor Gruenwald verabredet. Allerdings erst um drei.«

»Frau Lowe. Ja, Sie wurden mir schon angekündigt. Schön, dass Sie da sind.«

Die übertriebene Freundlichkeit ging Elisa auf die Nerven. Wieso sollte diese ihr völlig unbekannte Frau es schön finden, dass sie da war? Gelächelte Lügen sind auch Lügen.

»Soll ich nachschauen, ob der Professor jetzt schon Zeit hat?«

Die Empfangsdame nahm den Telefonhörer in die Hand.

»Nein, nein. Ich …« Elisa stockte. Die Frau sah sie erwartungsvoll an. »Ich würde die Zeit gern nutzen, um eine Freundin zu besuchen, die hier bei Ihnen in Behandlung ist. Mara Schneider.«

Der Ton der Empfangsdame wechselte schlagartig. Zwar bemühte sie sich noch immer um Freundlichkeit, aber jetzt lag etwas Schnippisches in ihrer Stimme.

»Dafür sind Sie aber nicht angemeldet, oder?«

»Nein – ich dachte nur …«

»Prinzipiell lassen wir keine Besuche ohne Voranmeldung

zu. Unsere Gäste sollen in ihrem Tagesablauf und ihrer individuellen Entwicklung nicht gestört werden.«

Wie seltsam das klang: Sie nannte die Patienten »Gäste«. Das war Elisa beim letzten Besuch noch gar nicht aufgefallen.

»Könnten Sie denn vielleicht eine Ausnahme machen? Ich meine, wo ich schon mal da bin?«

»Auf welcher Station ist denn Ihre Freundin?«

»Das weiß ich nicht.«

»Kein Problem, ich sehe gern für Sie nach, Frau Lowe. Wie war noch einmal der Name?«

Die Empfangsdame hatte wieder zu ihrer aufgesetzten Freundlichkeit zurückgefunden.

»Mara Schneider.«

Die Frau blätterte durch einige Papiere auf ihrem Schreibtisch, dann tippte sie etwas in den Computer ein. Der Bildschirm stand mit der Rückseite zu Elisa, sodass sie nichts erkennen konnte.

»Tut mir leid, Frau Lowe. Aber Frau Schneider hat heute sehr viele Termine und kann keinen Besuch empfangen. Darf ich vielleicht direkt ein anderes Datum für Sie vormerken?«

»Termine? Aber …« Elisa konnte sich nicht vorstellen, dass die Patientin einer psychiatrischen Klinik einen vollen Terminkalender hatte. Doch sie erkannte am Gesicht der Empfangsdame, dass eine Diskussion über dieses Thema zwecklos war.

»Ja, schade«, sagte sie deshalb einfach. »Nein, dann fragen Sie doch bitte kurz nach, ob Herr Gruenwald schon Zeit hat.«

Die Frau telefonierte, und schon eine Minute später erschien Richard Gruenwald breit lächelnd am Empfang.

»Das ist schön, dass Sie mich besuchen, Frau Lowe. Willkommen.« Er griff nach Elisas Hand. »Kommen Sie mit in mein Büro. Es ist recht hübsch dort oben.«

Sie gingen über eine geschwungene Treppe in den ersten Stock. In einem langen Flur begegneten sie einer Reinigungskolonne, die sehr sorgfältig, vor allem aber leise arbeitete. Gruenwald nickte den Leuten zu.

»Es ist eher wie in einem Hotel bei Ihnen. Gar nicht so, wie man sich eine Klinik vorstellt.«

»Das ist beabsichtigt. Die Leute sollen sich doch wohlfühlen.«

Elisa musste an Mara denken. Sie hatte nicht ausgesehen, als ob sie sich wohlfühlte.

»Aber allen gefällt es trotzdem nicht, oder?«

»Wie meinen Sie das?«

Elisa entschied sich, offen zu Gruenwald zu sein.

»Vor einer Weile habe ich hier jemanden besucht.«

»Mara Schneider, ich weiß.«

Sie sah erstaunt zu dem Professor hinüber.

»Nun, das ist *meine* Klinik hier. Ich muss doch Bescheid wissen über die Menschen, mit denen ich es zu tun habe.«

»Und was hat Mara heute zu tun, dass ich sie nicht sehen kann?«

»Wir machen für unsere Patienten ganz genau abgestimmte Behandlungspläne. Ich weiß nicht im Detail, was heute bei Frau Schneider auf dem Programm steht. Aber es ist mit Sicherheit eine ganze Menge.«

»Aha …«

Elisa merkte, dass sie zwar enttäuscht, gleichzeitig jedoch auch erleichtert war. Sie beschloss, erst einmal nicht weiter über Mara zu sprechen.

»Bitte sehr. Treten Sie ein.«

Sie waren vor einem Büro angekommen, an dessen Tür Gruenwalds Name mit der Unterzeile »Direktor, bitte in Zimmer 10 anmelden« stand.

Der Raum war beeindruckend. Vor allem der Blick über den noch immer vom Tau glitzernden Park gefiel Elisa.

»Hier residieren Sie also. Sehr nett.«

»Ja, es gefällt mir auch.« Gruenwald hatte sich auf seinen Schreibtischstuhl fallen gelassen und die Hände über dem Bauch gefaltet.

Elisa setzte sich ihm gegenüber. »Worüber möchten Sie gern mit mir reden?«

»Der Polizeipräsident sagt, Franke hat gestanden.«

»Davon habe ich gehört.«

»Nur gehört? Es hieß, er hätte zuerst bei Ihnen ...«

Gruenwald lachte. »Stimmt schon. Aber ich war selbst nicht dabei. Ein Kollege hier im Haus hat ihn exploriert. Er ist bekannt dafür, dass er sehr gründlich fragt. Und dann ... tja, dann hat Franke wohl alles gestanden.«

»Das hat mir Bender auch gesagt. Aber er wirkte gar nicht zufrieden. Im Gegenteil.«

Elisa versuchte, Gruenwald zu beschreiben, welchen Eindruck der Polizeipräsident auf sie gemacht hatte. Der Professor hörte ihr aufmerksam zu.

»Sie sind außergewöhnlich helle und wahrscheinlich auch sehr feinfühlig, richtig?« Gruenwald lächelte Elisa an. Sie freute sich über das Kompliment und wurde ein kleines bisschen rot. »Sie haben das bestimmt ganz richtig beobachtet, Frau Lowe.«

»Und was kann dahinterstecken?«

»Schwer zu sagen. Vielleicht einfach nur die Leere, in die man fällt, wenn eine Aufgabe plötzlich abgeschlossen ist.«

»Und wenn Bender nun auch meint, dass Franke gar nicht die Wahrheit gesagt hat?«

»Auch?«

»So wie ich.«

»Aha.« Gruenwald stand auf, ging zur Tür und rief nach seiner Sekretärin. »Bringen Sie mal zwei schöne Tassen Espresso«, sagte er. Dann nahm er sich einen zweiten Besucherstuhl, schob ihn zu Elisa und setzte sich direkt vor sie. »Sie können es nicht lassen, oder?« Er grinste.

»Wie meinen Sie das?«

»Ich weiß, dass Sie im letzten Jahr fast im Alleingang eine Entführung aufgeklärt haben. Und jetzt wittern Sie Ihren nächsten Fall, oder?«

Elisa zog die Stirn kraus.

»Schon gut, schon gut«, beschwichtigte Gruenwald ihren aufkeimenden Ärger. Die Sekretärin kam mit dem Espresso. Der Professor nahm das Tablett entgegen und reichte Elisa eine der beiden kleinen Tassen. Er trank einen Schluck, bevor er weitersprach. »Nehmen wir mal an, Sie haben recht. Franke hat ein falsches Geständnis abgelegt. Aber warum?«

»Das müssten Sie doch viel besser beurteilen können als ich.«

»Sie meinen, weil Franke eine psychische Störung hat?«

»So kann man es doch wohl nennen, oder?«

»Ja. Das stimmt. Er hat eine psychische Auffälligkeit. Aber bei Lukas Franke ist das so: In seinem Gehirn ist alles genauso vorhanden wie bei jedem von uns. Die Erinnerungen liegen alle vor, sorgfältig in Schubladen verstaut. Nur dass Franke zu einigen dieser Schubkästen der Schlüssel fehlt. Oder der Knopf, an dem man ziehen muss, damit die Schublade aufgeht. Wenigstens zeitweise.«

»Und bei seinem Geständnis hat er jetzt einen solchen Schlüssel wiedergefunden?«

Elisas Blick verriet, dass sie nicht richtig überzeugt war.

»So sieht es mein Kollege, der ihn exploriert hat«, sagte Gruenwald. Er schaute auf die Uhr. »Mögen Sie auch heute mit mir zu Mittag essen?«

Elisa überlegte kurz, lehnte dann aber mit der Ausrede ab, sie habe zu viel Arbeit, die auf sie warte.

»Na dann …« Gruenwald stand auf und gab ihr die Hand. »Kommen Sie bald mal wieder.«

Elisa nickte. Diesmal brachte der Professor sie zum Fahrstuhl. Sie standen schon in der Kabine, als er sich vor den Kopf schlug.

»Portemonnaie vergessen. Meine Güte.« Er lächelte Elisa an. »Sie finden allein raus, oder?«

Dann sprang er durch die sich gerade schließende Tür zurück auf den Flur.

»Kein Problem, bis demnächst«, rief Elisa.

Sie drückte auf den Knopf mit der Aufschrift »Erdgeschoss/Ausgang«, doch der Fahrstuhl hatte sich schon in Bewegung gesetzt, und zwar nach oben. Fast geräuschlos glitt die Kabine in die Höhe. Als die Türen sich wieder öffneten, stand Elisa in einem Gang, der sehr viel mehr an ein Krankenhaus erinnerte als der Flur mit Gruenwalds Büro. Der Boden war mit Linoleum ausgelegt, die Tapeten an den Wänden hatten deutliche Kratzspuren.

Elisa zögerte einen Augenblick, dann stieg sie aus und sah sich um. Außer dem Surren der Klimaanlage war kein Geräusch zu vernehmen.

Sie merkte, wie ihr Puls sich beschleunigte. Natürlich hatte sie kein Recht dazu, hier herumzuschnüffeln. Aber andererseits …

Sie ging den Flur entlang und spähte in die Zimmer, deren Türen offen standen. Die Räume waren schlicht, aber freundlich eingerichtet. Fast alle Fenster boten einen hübschen Blick, entweder auf das Kurviertel oder in ein kleines Waldstück. Aber die Station schien wie ausgestorben zu sein. Nirgends war ein Mensch zu sehen. Plötzlich hörte Elisa Schritte. Sie zuckte zusammen und wollte sich umdrehen, als schon eine Hand auf ihrer Schulter lag.

»Suchen Sie etwas?«, fragte eine männliche Stimme.

Elisa fuhr herum und sah in die Augen eines etwa Dreißigjährigen, der einen weißen Kittel trug.

»Ähm … ich … ja also – ja, ich suche … Lukas Franke.« Etwas Besseres fiel ihr nicht ein.

»Franke ist nicht mehr hier. Der ist doch jetzt auf A1.«

»Station A1?«

»Genau.«

»Und wie komme ich dahin?«

Der Mann im weißen Kittel lachte. »Da können Sie nicht einfach so reinspazieren. Hier übrigens eigentlich auch nicht. Sie fahren mit dem Aufzug runter, melden sich beim Empfang an, und dann dürfen Sie – oder Sie dürfen nicht. Je nachdem.«

»Je nachdem – was?«

»Sie sind neugierig.«

»Kann schon sein.«

»Also fragen Sie einfach am Empfang nach dem Franke, okay?«

Elisa biss sich verärgert auf die Unterlippe. Sie brauchte wenig Phantasie, um sich vorzustellen, was die Dame am Tresen sagen würde, wenn sie jetzt auch noch spontan Lukas Franke besuchen wollte.

»Na, dann eben nicht.«

Sie ging zurück Richtung Fahrstuhl.

»Warten Sie einen Moment.«

Der Mann holte sie kurz vor dem Fahrstuhl ein. Elisa drehte sich zu ihm um. Erst jetzt fiel ihr das Namensschildchen an seinem Kittel auf: Dr. Johannes Siebenfeld.

»Was wollten Sie eigentlich hier?«

»Ich wollte gar nicht hierher. Ich habe mich verfahren.«

»Mit dem Aufzug? Interessant.«

Dr. Siebenfeld lachte und zeigte dabei zwei Reihen sehr gepflegter weißer Zähne.

»Ehrlich.« Elisa zuckte kurz mit den Schultern. »Ich war zu Besuch bei Professor Gruenwald, und ich wollte runter zum Ausgang. Aber der Fahrstuhl hat mich hierhergebracht.«

»Und Gruenwald hat sie nicht zur Tür begleitet? Das sieht ihm aber gar nicht ähnlich.«

»Er hatte sein Portemonnaie vergessen.«

»Ja, manchmal ist der Chef ein bisschen schusselig.« Dr. Siebenfeld legte seinen Kopf leicht schief. »Aber eben haben Sie mir doch noch erzählt, Sie wollten Lukas Franke besuchen.«

»Auf die Idee bin ich eigentlich erst gekommen, als ich hier im Flur stand.«

»Kennen Sie den Franke?«

»›Kennen‹ ist zu viel gesagt. Ich …«, Elisa überlegte, wie sie es formulieren sollte, »… hatte mit ihm zu tun.«

»So. Und da wollten Sie gern noch einmal mit ihm sprechen.«

»Genau.«

Dr. Siebenfeld sah Elisa mit einem Blick an, der wohl verschwörerisch wirken sollte.

»Also, der Franke ist auf A1, und das ist genau eine Etage über uns. Und man braucht einen Schlüssel, damit der Aufzug da hält.«

Genau in diesem Moment öffnete sich die Fahrstuhltür. Siebenfeld zog einen Schlüsselbund aus der Hosentasche, steckte ihn in das Schloss unter den Etagenknöpfen und drückte dann die Taste mit der Aufschrift »A1«.

»Aber ich war's nicht, verstanden?«

Elisa nickte. »Na klar. Und danke.«

Der Aufzug setzte sich abermals geräuschlos in Bewegung. Sekunden später schoben sich die Türen auf, und Elisa stand im Flur von Station A1.

Hier gab es wieder Teppichboden statt Linoleum. Die Wände waren sonnengelb gestrichen, es hingen Bilder mit Wiesbadener Stadtansichten daran. Alles machte einen ausgesprochen einladenden, freundlichen Eindruck.

Mit einem leisen Surren schloss sich hinter ihr die Fahrstuhltür. Eher zufällig schaute Elisa sich noch einmal um. Wie in jeder Etage gab es neben dem Aufzug einen Knopf, mit dem man ihn rufen konnte. Doch irgendetwas war anders. Der Rufknopf sah ungewöhnlich aus. Sie merkte, wie ihr das Blut ins Gesicht stieg. Ihr wurde heiß. Und sie ärgerte sich.

Dieser Rufknopf hatte einen Schlitz. Er war mit einem Schloss gesichert. Nur wer den Schlüssel hatte, konnte die Station verlassen. Ein Rütteln an der Glastür, die ins Treppenhaus führte, bestätigte ihren Verdacht endgültig.

Ohne fremde Hilfe würde sie hier nicht wieder herauskommen.

24

Ihr Magen schmerzte. In dem Versteck, das er ihr in seinem Video verraten hatte, hatten mehrere Dosen mit eingelegtem Fisch gelegen, daneben in Plastik verpackte Brotscheiben. Sie hatte mit einem solchen Heißhunger gegessen, dass sie sich jetzt fühlte, als hätte jemand in ihrem Bauch einen Ballon aufgeblasen. Trotzdem war es ein unsagbar gutes Gefühl, keinen Hunger mehr zu haben. Sie ließ sich stöhnend auf das Sofa fallen und fuhr mit der Hand noch einmal in das Loch, in dem das Abspielgerät mit dem Video gelegen hatte. Vielleicht hatte er noch etwas anderes dort versteckt? Sie fühlte klebrigen Schaumstoff, aber nichts, das auf eine weitere Überraschung hindeutete. Auf dem Tisch lag das silberne Gerät. Sie stand auf und drückte auf den Abspielknopf. Wieder erschien sein Bild.

»Ich hoffe, das Essen war in Ordnung für dich. Für die Aufgabe, die ich jetzt für dich habe, wirst du Kraft brauchen. Bevor du dich daranmachst, bitte ich dich, mir jetzt genau in die Augen zu schauen und die Sätze, die ich sage, langsam und in Ruhe nachzusprechen. Wirst du das tun?«

Sie nickte, obwohl sie natürlich wusste, dass er sie nicht sehen konnte.

»Der erste Satz lautet: Wir zwei sind so verbunden, dass wir alles füreinander tun würden.«

Sie sprach ihm nach. Dabei spürte sie, wie ihr Herz klopfte.

»Der zweite Satz: Wer mir etwas antut, hat es auch dir angetan.«

Wieder sprach sie die Worte nach.

Schließlich sagte er: »Wenn man uns lässt, haben wir ungeahnte Kräfte. Und wer sich uns in den Weg stellt, der muss sterben.«

25

»Ich habe eine Dummheit gemacht, und es ist mir sehr peinlich«, begann Elisa das Telefonat mit Richard Gruenwald. Zum Glück war er gleich an sein Handy gegangen.

Der Professor ließ ein glucksendes Lachen hören.

»Frau Lowe, Frau Lowe – immer wieder Ihre Neugier. Ich weiß natürlich schon Bescheid. Der Kollege Siebenfeld hat Sie wohl für einen Spion gehalten. Auch wenn es bei uns gar nichts zu spionieren gibt. Na ja. Er konnte ja auch nicht wissen, dass er es mit Elisa Lowe vom LKA zu tun hat. Dann hätte er Sie nämlich einfach gleich zum Ausgang gebracht, was ich ja leider versäumt habe.«

»Wie gesagt, es tut mir wirklich leid …« Elisa fühlte sich nicht wohl in ihrer Haut. Zum Glück schien Gruenwald überhaupt nicht böse zu sein.

»Ist doch gar kein Problem. Ich mag Menschen, die sich etwas trauen. So wie Sie.«

Wieder lachte er. »Ich habe Siebenfeld gesagt, dass er Sie auf der Stelle befreien soll. Er holt Sie jetzt ab und bringt Sie zur Tür.«

Schon ging die Fahrstuhltür wieder auf, und Dr. Siebenfeld erschien.

»Da ist er schon. Vielen Dank, Professor.«

»Alles in Ordnung, Frau Lowe. Und auf bald, hoffentlich.«

Siebenfeld wirkte sehr viel weniger entspannt. Er blitzte Elisa aus zusammengekniffenen Augen an. Offenbar hatte er mehr Lob von Gruenwald dafür erwartet, dass er sie festgesetzt hatte.

»Der Chef muss einen Narren an Ihnen gefressen haben. Jeden anderen hätte er nicht einfach so gehen lassen, wenn er hier rumschnüffelt.«

Elisa zog es vor, diese Bemerkung nicht zu kommentieren.

»Wer sind Sie eigentlich?«

»Hat Professor Gruenwald Ihnen das nicht gesagt?«

»Würde ich sonst fragen?«

»Wenn er es Ihnen nicht gesagt hat, sage ich es auch nicht.«

Elisa war sehr froh darüber, dass der Fahrstuhl ausgesprochen zügig in Richtung Erdgeschoss fuhr.

Als sie draußen vor der Klinik stand, atmete sie tief durch. Obwohl die Luft noch kalt war, wärmten die Wintersonnenstrahlen schon ihre Haut. Der Kurpark war nur schwach besucht. Zwei Bettler hockten auf ihren Knien und streckten den Vorübergehenden Pappbecher entgegen. Sie starrten die Passanten an, doch die schauten nur stur geradeaus, als würden sie die beiden gar nicht bemerken.

Elisa dachte über Lukas Franke und Tomas Strecker alias Peter Goland nach. Gab es eine Beziehung zwischen den beiden? So viele Menschen hatten ein Motiv, sich an Strecker zu rächen. Aber Franke? Was hatte er mit diesem Mann überhaupt zu tun? Sie konnte sich keine Verbindung vorstellen.

Auf der großen Freitreppe vor der Spielbank setzte sie sich und zog ihr Handy aus der Tasche. Doch durch den Anruf im Präsidium erfuhr sie nur, dass Polizeipräsident Bender in einer Konferenz war, die bis zum Mittag dauern würde.

Elisa schloss die Augen und rief sich ihre erste Begegnung mit Lukas Franke in Erinnerung.

»Es war der Pitbull.«

So etwas, oder so etwas Ähnliches, hatte er doch gesagt. Ihr Versuch, nach seinen Angaben den Besitzer dieses Pitbulls zu zeichnen, war fehlgeschlagen. Gab es Pitbulls im Tierheim? Sie hatte nicht danach gefragt.

Elisa hatte nicht viel Lust, der unfreundlichen Tierheimfrau noch einmal zu begegnen. Andererseits war das vielleicht der einzige Weg, eine Verbindung zwischen Franke und Strecker herzustellen. Sie stand auf und stieß mit einem Mann zusammen, der mit schnellen Schritten ins Spielbankgebäude strebte.

»Hoppla.« Der Mann lachte.

Elisa erkannte ihn natürlich sofort. Es war Rechtsanwalt Julian Drieß.

»Wollen wir ein Spiel wagen?«, fragte er.

»Nein, danke – ich …« Elisa zögerte einen Moment. »Ich … bin gerade auf dem Weg ins Tierheim.«

»Ins Tierheim?« Drieß brauchte einen Moment, bis er begriff, worum es ging. »Wegen unseres Falles?«

»Im Grunde, ja.«

»Aber gibt es da nicht inzwischen ein Geständnis?«

»Du bist wie immer super informiert.« Elisa nickte. »Ja, es gibt ein Geständnis. Aber als Anwalt weißt du wahrscheinlich, dass Geständnisse auch falsch sein können. Öfter, als man denkt, übrigens. Erst recht bei psychisch kranken Tatverdächtigen.«

»Du meinst, wie im Fall Peggy?«

»Zum Beispiel.«

Drieß schaute nachdenklich in die Luft. »Ich bin aber nicht ganz sicher …«

»Eben. Ich bin auch nicht sicher«, unterbrach ihn Elisa. »Und deshalb will ich ja auch noch einmal im Tierheim nachfragen. Die Sache lässt mich einfach nicht los.«

Drieß sah auf die Uhr. »Eigentlich sollte ich zur Wochenkonferenz. Aber ich habe keine Lust und kann eine Ausrede gebrauchen. Hast du was dagegen, wenn ich ins Tierheim mitkomme? Und vielleicht ist ja auch wirklich etwas dran an deiner Theorie.«

»Theorie würde ich es noch nicht nennen.« Elisa zuckte mit den Schultern. »Eher so ein Gefühl. Und meinetwegen kannst du mich begleiten. Kein Problem.«

Sie gingen zur Tiefgarage, in der Julian seinen Porsche geparkt hatte. Auf dem Weg durch den Kurpark kamen sie wieder an den knienden Bettlern vorbei. Elisa gab jedem von ihnen einen Euro. Drieß bedachte sie mit einem kritischen Blick.

»Wahrscheinlich gehören sie zu einer Bande und liefern dein Geld nur bei einem Hintermann ab«, sagte er.

»Danke schön. Gott wird es Ihnen vergelten!«, rief einer der Bettler ihnen nach.

»Meinst du, die sind gar nicht arm?« Elisa sah sich im Kurpark um. Die zerlumpten Bettler standen im extremen Kontrast zu den gut gekleideten Wiesbadenern, die mit stolzen Schritten über die Wege flanierten.

»Doch, die sind sogar sehr arm. Ganz arme Teufel, die von irgendeinem feisten Arschloch gezwungen werden, den ganzen Tag auf Knien rumzusitzen und jeden Cent bei ihm abzuliefern, damit er sich ein schönes Leben machen kann.«

»Wieso meinst du?«

»Stand doch gerade in der Zeitung: Diese Gruppen gab es zuerst in Frankfurt. Aber seit da regelmäßig Vertreibungsaktionen vom Ordnungsamt laufen, machen sie sich eben auch hier breit.«

Elisa drehte sich noch einmal um. Die Bettler hockten weiter wie versteinert da und streckten ihre Becher aus.

Drieß bezahlte zwölf Euro an der Parkhauskasse.

»Das ist eigentlich auch eine organisierte Bande, die so viel Geld verlangt, nur damit man sein Auto abstellen kann«, flachste er.

»Mist, mein Parkschein ist längst abgelaufen.« Elisa hatte völlig vergessen, dass sie ja selbst mit dem Auto gekommen war und es vor Gruenwalds Klinik geparkt hatte. »Wir treffen uns am Tierheim, in Ordnung?«

Sie ließ Drieß stehen, hastete zurück zu ihrem Golf und war froh, noch kein Knöllchen hinterm Wischer zu finden.

Als sie auf den Tierheimparkplatz fuhr, war Julian Drieß schon da. Er lief auf ihren Golf zu und öffnete die Fahrertür von außen. Dabei deutete er eine Verbeugung an.

»Und warum genau wolltest du hier noch mal her?«

Sie erklärte ihm die Sache mit dem »Pitbull«.

»Pitbulls – ich weiß nicht, ob die welche haben. Ab und an vielleicht. Aber ich glaube, mit denen darf man gar nicht Gassi gehen. Die sind viel zu gefährlich.«

Elisa überlegte kurz.

»Kannst du vielleicht allein fragen? Wenn die Tierheimtante mich sieht, schmeißt sie uns sowieso gleich wieder raus.«

»Du meinst, ich soll fragen, ob ich mal einen Pitbull ausführen darf?«

»Ja, warum nicht?«

Der Anwalt schüttelte den Kopf und zog eine Grimasse, aber er ging zum Eingang. Elisa blieb hinter ihrem Auto stehen, um nicht gesehen zu werden. Doch schon eine Minute später war Drieß wieder bei ihr.

»Mein lieber Mann, die ist aber unfreundlich. Sie hat mir auf den Kopf zugesagt, dass ich nur rumschnüffeln will und mich verziehen solle. Sehr hart, die Dame.«

»Jetzt reicht es mir aber.«

Elisa spürte, wie sie wütend wurde. Ohne darauf zu achten, ob Julian noch einmal mitkam, marschierte sie zum Bürohäuschen des Tierheims.

»Hören Sie mal«, begann sie. »Ich lasse Sie jetzt einfach vorladen, und dann müssen Sie aussagen. Und den Durchsuchungsbeschluss, den kriege ich auch.«

Man konnte der Frau hinter dem Tresen ansehen, dass sie große Lust hatte, Elisa wieder hochkant rauszuschmeißen. Aber ihr schien auch klar zu sein, dass sie dann wirklich aufs Präsidium kommen müsste. Sie zog eine Augenbraue hoch, räusperte sich und sagte: »Also gut, was wollen Sie denn wissen?«

»Haben oder hatten Sie auch Pitbulls hier?«

»Nein, schon seit mehr als einem Jahr nicht mehr.«

Julian Drieß stand inzwischen hinter Elisa. »Gab es hier jemanden, der Pitbulls ausgeführt hat?«

»Nein, die durfte niemand ausführen, als wir sie noch hatten. Es kamen immer mal Leute, die das gern wollten. Aber das waren so Typen – denen hätte ich nicht mal einen Pinscher mitgegeben.«

»Verstehe«, sagte Elisa. Sie überlegte einen Moment. »Oder ist hier vielleicht jemand mit einem Hund ausgegangen, der so ähnlich aussah wie ein Pitbull?«

»Das glaube ich nicht.« Die Frau lehnte sich über den Tisch. »Aber es gibt etwas, das ich Ihnen vielleicht noch sagen sollte.«

»Ja bitte?«

»Sie haben mich doch nach diesem Mann gefragt. Auf dem Foto.«

»Tomas Strecker?«

»Keine Ahnung, ob er so heißt. Aber zuletzt ist er ganz oft zusammen mit einer älteren Dame hier erschienen.

»Adelheid Siering?«, fragte Elisa Lowe sofort.

»Nein – wie kommen Sie auf die?«

»Nur so eine Idee. Und mit wem ist Strecker unterwegs gewesen?«

»Frau Meinhardt heißt sie. Ich hab sogar gedacht, die und dieser junge Mann seien ein Paar. Na ja – er war ein bisschen zu jung für sie.« Sie formte ihre Lippen zu einem Kreis. »Aber es gibt ja alles Mögliche auf Gottes schöner Erde.«

»Können Sie uns denn die Adresse von Frau Meinhardt sagen?«, mischte sich Julian Drieß ein. Er schob sein Handy über den Tisch. »Tippen Sie sie einfach hier rein – und keiner erfährt, von wem wir das wissen.«

»Wer ist der denn eigentlich?«, fragte die Tierheimmitarbeiterin und zeigte mit der rechten Hand auf Julian Drieß. »Polizist, Privatdetektiv, Ihr Bodyguard?«

»Anwalt«, erklärte Elisa trocken. »Wissen Sie nun die Anschrift oder nicht?«

»Wie Sie meinen.« Sie tippte etwas in das Smartphone und schob es zurück über den Tisch. »Sonst noch Fragen?«

»Erst mal nicht.«

Julian Drieß und Elisa nickten der Frau nur kurz zu. Es war windig geworden. Zwischen den alten Bäumen rings um das Tierheim rauschte es.

»Arminiusweg«, sagte Drieß. »Nicht sehr weit von hier. Fahren wir hin?«

Sie ließen den Porsche stehen und nahmen Elisas Golf, um weniger aufzufallen. Als sie vor dem kleinen Häuschen von Erika Meinhardt ankamen, dämmerte es bereits. Im Obergeschoss brannte Licht. Elisa wünschte sich, Silviu wäre jetzt bei ihr. Er war geübt darin, fremde Menschen anzusprechen, und hatte dabei eine offene, angenehme Art. Julian Drieß in seinem teuren Maßanzug, vor allem aber mit dem stets etwas arrogant wirkenden Blick, würde die Sache womöglich vermasseln.

»Lass mich erst mal reden, ja?«, bat Elisa.

Drieß schien etwas antworten zu wollen, zog dann aber nur kurz eine Augenbraue hoch. »Wie du willst.«

Elisa drückte auf den Klingelknopf. Es dauerte einen Moment, dann ging ein weiteres Licht im Haus an. Schließlich wurde die Tür einen Spaltbreit geöffnet. Ein blasses Gesicht, umrahmt von grauem Haar, erschien.

»Was wollen Sie?«

»Elisa Lowe, Landeskriminalamt. Ich würde Sie gern etwas fragen.«

Das Gesicht schien noch etwas blasser zu werden. Die Frau trat nach draußen. Sie war klein, hager und mochte etwa sechzig Jahre alt sein.

»Warum kommt denn zu mir jemand vom LKA?«

Erika Meinhardt sprach leise und sah sich ängstlich um. In den Vorgärten der Nachbarhäuser war niemand zu sehen. Trotzdem hatte auch Elisa das deutliche Gefühl, beobachtet zu werden. Wiesbadener Voyeure sind besonders diskret, dachte sie. Während sich andernorts die Gaffer direkt vor ihren Gartenzaun stellten, um alles mitzubekommen, wurde hier im Geheimen spioniert.

»Gehen wir doch einfach rein«, schlug Elisa vor.

Erika Meinhardt nickte. Sie betraten ein aufgeräumtes kleines Wohnzimmer, in dem es nach frisch gebrühtem Kaffee roch.

»Möchten Sie eine Tasse?«, fragte die hagere Dame. Die Kaffeekanne zitterte leicht in ihrer Hand.

Elisa lehnte dankend ab.

»Ich würde Ihnen nur gern dieses Foto zeigen.« Sie zog das Bild von Tomas Strecker aus der Tasche.

Ein Ruck ging durch den Körper von Erika Meinhardt. Sie stellte die Kanne so abrupt ab, dass ein Schwall Kaffee auf den Tisch schwappte. Ihre Mundwinkel zuckten, und sie hatte offenbar Mühe, die Frage auszusprechen: »Ist … ihm … ist ihm etwas …«

Ihre Stimme erstarb. Eine Träne lief ihre rechte Wange hinunter. Mit der Hand strich sie vorsichtig über das Foto.

»Wenn Sie von der Polizei sind, heißt das dann …«

Elisa holte tief Luft und versuchte, so ruhig wie möglich zu klingen. Die kleine Frau tat ihr leid.

»Ja, leider. Tomas Strecker ist tot. Er wurde ermordet. Wir versuchen herauszufinden, wer das getan hat.«

»Entschuldigen Sie bitte«, schluchzte Erika Meinhardt. Sie verließ das Wohnzimmer.

Elisa blieb allein zurück. Sie hörte, wie sich die Frau im Flur mehrmals die Nase schnäuzte. Dann ging sie offenbar eine Weile gehetzt auf und ab. Ihre Absätze klapperten auf dem Parkett. Schließlich kehrte sie ins Wohnzimmer zurück.

»Entschuldigung. Ich bin etwas aufgewühlt. Bitte haben Sie Verständnis.« Sie schluckte. »Gibt es denn schon eine Spur von dem Täter?«

»Es gibt einen Verdächtigen«, erklärte Elisa. »Aber erzählen Sie mir doch bitte, in welcher Beziehung Sie zu Strecker standen.«

»Wer macht denn nur so etwas Schreckliches? Wer hat denn den Tommi … Nein, das darf einfach nicht wahr sein.«

»Sie mochten ihn sehr?«

»Der Tommi ist ein … war ein Schatz. Er konnte so gut zuhören. Das kann ja heute kaum noch jemand. Er wollte doch ein Haus kaufen. *Wir* wollten es kaufen. Zusammen.«

»Haben Sie ihm auch Geld gegeben?«, fragte plötzlich Julian Drieß aus dem Hintergrund.

Elisa hatte gar nicht bemerkt, dass er hereingekommen war. Sie funkelte ihn böse an. »Was machst du hier?«

»Die Tür stand offen, und du warst schon eine Weile drin. Weiß ich, was da passiert?«

Er drehte sich wieder zu Erika Meinhardt um. »Also: Hat er auch von Ihnen Geld genommen? Und wie viel?«

»Wieso fragen Sie das?«

»Weil er noch mehr ältere Menschen hereingelegt hat, der saubere Herr Strecker.«

»Was reden Sie da?« Erika Meinhardts Gesicht wurde plötzlich zornesrot. Sie zog ihre Schultern hoch und sah Julian Drieß giftig an. »In diesem Haus wird nicht schlecht über Tommi gesprochen. Er hat mir so viel erzählt. Ich kenne ihn. Ich weiß, dass er es ehrlich meint …«, sie schluchzte, »… gemeint hat. Oh mein Gott, wie kann das nur sein, dass er tot ist? Stimmt das überhaupt?«

Die hagere Dame sprang auf. Ihre Knie schlotterten. »Zeigen Sie erst mal Ihren Ausweis. Vielleicht sind Sie gar nicht von der Polizei.«

Elisa kramte in ihrer Jackentasche. Verdammt, sie hatte den Ausweis mal wieder zu Hause liegen lassen.

»Tut mir leid«, begann sie.

»Raus hier«, schrie Erika Meinhardt. »Machen Sie, dass Sie wegkommen.«

»Frau Meinhardt, bitte. Sie können ganz sicher sein, dass wir Sie nicht belügen«, versuchte Drieß, sie zu beruhigen. »Sie können auch gern beim Landeskriminalamt anrufen und sich nach Elisa Lowe erkundigen.«

»Nirgends werde ich anrufen.« Erika Meinhardts Augen rasten von links nach rechts. Sie sah aus, als stünde sie kurz vor einem Nervenzusammenbruch.

»Verschwinden Sie aus meinem Haus. Aber ganz schnell.«

Elisa stand auf.

»Wir gehen jetzt, Frau Meinhardt. Sie haben ja auch recht damit, nicht jedem Fremden zu glauben. Aber ich komme wieder. Und dann habe ich auch meinen Ausweis dabei. In Ordnung?«

Elisa und Julian Drieß verließen das Haus. Auf dem Gehweg blieben sie noch eine Weile unschlüssig stehen.

»Schade«, meinte Elisa. »Ich glaube, sie hätte uns noch eine ganze Menge erzählen können. Sie war wohl ziemlich nah dran an Tomas Strecker.«

»Möglich.« Julian Drieß wirkte etwas unruhig. Er strich mit der rechten Hand an seinem Kinn entlang.

Sie saßen schon wieder in Elisas Golf, als die Tür zu dem

kleinen Haus sich plötzlich noch einmal öffnete. Elisa kurbelte das Seitenfenster hinunter.

»Frau Lowe!«, rief Erika Meinhardt.

»Ja?«

»Bitte entschuldigen Sie, dass ich so misstrauisch war. Ich habe Ihr Bild doch in der Zeitung gesehen. Ich habe sie gerade noch einmal hervorgeholt. Wenn Sie mir nicht allzu böse sind, dann kommen Sie noch einmal rein, bitte.«

Elisa und Julian Drieß gingen erneut durch den Vorgarten.

»Aber ihn«, Erika Meinhardt deutete auf den Anwalt, »ihn kenne ich nicht. Ist er auch von der Polizei?«

»Nein, Herr Drieß ist Rechtsanwalt«, antwortete Elisa.

»Dann würde ich lieber mit Ihnen allein … also, wenn es Ihnen nichts ausmacht …«

Julian Drieß zog die Stirn kraus und öffnete den Mund. Doch Elisa ließ ihn nicht zu Wort kommen.

»Kein Problem, Frau Meinhardt.« Und an Drieß gewandt: »Willst du auf mich warten, oder …«

Drieß zog sein Handy aus der Tasche.

»Ich rufe mir ein Taxi.«

Elisa sah ihm an, dass er sauer war. Sie legte ihm eine Hand auf die Schulter und schlug die Augen auf. Der alte Trick wirkte perfekt. Sofort entspannte sich Julians Blick.

»Kein Problem, Elisa. Sehen wir uns vielleicht heute Abend?«

»Wieso?«

»Ich habe zwei Theaterkarten.«

Elisa war es viel zu wichtig, jetzt schnell wieder zu Frau Meinhardt zu gehen, als dass sie lange hätte mit Drieß diskutieren wollen. Sie nickte kurz, obwohl sie nicht sicher war, ob sie schon wieder mit ihm ausgehen mochte.

»Dann bin ich um halb acht bei dir.«

Julian war um die Ecke verschwunden, bevor Elisa irgendetwas erwidern konnte. Na ja, sie könnte schließlich später immer noch absagen. Jetzt kam es erst einmal darauf an, was Frau Meinhardt ihr noch erzählen wollte.

Die war inzwischen wieder erstaunlich gefasst. Sie hatte den Zeitungsartikel mit Elisas Foto auf den Knien.

»Dieser Mann, den Sie da gerettet haben – ist das der Mörder? Ich wusste ja gar nicht, dass es um Tommi ging.«

»Die Polizei glaubt, dass er der Mörder ist. Ja.«

»Sie klingen skeptisch, während Sie das sagen.«

»Ich bin nicht ganz so sicher. Deshalb wollte ich ja auch mit Ihnen sprechen. Was können Sie mir noch über Tomas Strecker sagen? Hatte er Feinde?«

»Er war so ein freundlicher, liebenswerter Mensch. Ich kann mir das kaum vorstellen. Ich hätte ihn wirklich am allerliebsten immer in meiner Nähe gehabt.«

»Wie haben Sie sich denn kennengelernt?«

»Beim Gassigehen. Das kommt Ihnen sicher komisch vor, wo ich doch gar keinen Hund habe …«

»Mit einem Tierheim-Hund, nehme ich an?«

»Woher wissen Sie das?«

»Tomas Strecker hat das oft gemacht: Menschen vor dem Tierheim angesprochen, und, es tut mir leid, Ihnen das zu sagen, dann – so ist unser Ermittlungsstand – hat er sie hereingelegt.«

»Hereingelegt«, murmelte Erika Meinhardt. »Ich fasse es nicht. Ich kann es nicht glauben. Ausgerechnet Tommi.«

Elisa lehnte sich zurück und sah sich eine Weile schweigend in dem kleinen Wohnzimmer um. Außer den beiden kleinen Sesseln gab es noch ein rotbraunes Zweisitzersofa, einen Couchtisch mit Glasplatte und ein dunkelbraunes Eichenregal, das randvoll mit Büchern gefüllt war.

»Wie viel Geld hat er denn von Ihnen genommen?«

»Er wollte ein Haus kaufen, in das ich dann mit ihm einziehen sollte. Und noch ein junges Mädchen, von dem Tomas mir erzählt hat. In die muss er wohl verliebt gewesen sein.«

Elisa war überrascht. Sie war ganz sicher gewesen, dass Tomas Strecker all seinen Opfern vorgemacht hatte, er würde sie lieben. Auch wenn sie deutlich älter waren als er. Doch bei Erika Meinhardt schien das anders gewesen zu sein.

»Wie wollten Sie denn zusammenleben – zu dritt?«

Erika Meinhardt lachte.

»Er hat immer gesagt, ich sei die Mutter, die er sich sein Leben lang gewünscht hat. Und dass wir eine richtige Familie werden könnten. Aber das mit dem Mädchen war wohl nicht so einfach.«

»Was meinen Sie?«

»Sie muss etwas Schreckliches erlebt haben.«

»Und was?«

Erika Meinhardt beugte sich ein Stück zu Elisa hinüber und sprach ganz leise.

»Tomas hat mir erzählt, sie … sie ist missbraucht worden. Und es wäre nicht leicht, mit ihr Kontakt aufzunehmen. Er hat immer wieder gesagt, er bringt sie mal mit, und dann hat er es doch nicht gemacht.«

»Wie heißt denn dieses Mädchen?«

»Das weiß ich nicht. Ich glaube, er hat es mir mal gesagt, aber ich muss den Namen vergessen haben. Oder vielleicht wusste ich auch noch nie, wie sie heißt. Ich bin nicht sicher.«

Elisa bemerkte, wie aufgewühlt Erika Meinhardt plötzlich war. Sie atmete flach und hastig.

»Sie finden das bestimmt merkwürdig, dass eine so alte Tante wie ich noch Pläne haben kann, ihr Leben ganz und gar zu ändern. Aber ich habe wirklich gedacht, zusammen mit Tomas …«

Sie schaffte es nicht, den Satz zu Ende zu führen. Elisa legte ihr ganz vorsichtig eine Hand auf den rechten Unterarm.

»Es tut mir wirklich leid für Sie.«

Elisa überlegte, was wohl besser wäre: Erika Meinhardt in dem Glauben lassen, Tomas Strecker hätte es ganz bestimmt gut mit ihr gemeint – oder ihr von all den anderen Opfern erzählen, die er auch mit seinen wohlklingenden Zukunftsplänen eingeseift und dann ausgenommen hatte?

Sie entschied sich dafür, das Weltbild der hageren Dame in ihrem gepflegten Wohnzimmer nicht noch weiter zu zerstören.

»Es könnte sein, dass ich noch ein paar weitere Fragen

habe – in den nächsten Tagen. Darf ich dann noch einmal wiederkommen?«

»Aber sicher.«

Erika Meinhardt stand auf und nahm aus einem der unteren Bücherregale ein mit Goldschrift bedrucktes Visitenkärtchen, das sie Elisa reichte.

»Und Sie können auch sehr gern anrufen.«

»Danke schön. Und alles Gute.«

Noch bevor Elisa den Motor startete, rief sie Silviu an. Diesmal hatte sie Glück. Er war sofort am Apparat und schlug vor, gleich zu ihr zu kommen. Sie freute sich. Nach allem, was Erika Meinhardt ihr gerade erzählt hatte, hatte sie das Gefühl, dringend jemanden zum Reden zu brauchen.

Sie parkte ihren Golf in der Rüdesheimer Straße und musste die Fahrertür beim Aussteigen festhalten, so sehr hatte der Wind inzwischen zugelegt. Silviu stand schon vor der Tür. Als er Elisa sah, strahlte er über das ganze Gesicht, wirkte aber im nächsten Augenblick auch ein bisschen schuldbewusst.

»Ich habe dich vernachlässigt, und es tut mir leid«, fing er an. »Keine Zeit, nicht zu erreichen, immer nur Arbeit … Bist du noch sauer?«

Elisa sah ihn an.

»Alles gut. Ich freue mich einfach, dass du jetzt da bist. Echt.«

Sie gingen zusammen das altmodische Treppenhaus hinauf. Die Wohnungstür ihrer Nachbarin aus dem dritten Stock war wie meistens nur angelehnt. Elisa war sicher, dass sie dahinter stand und spionierte. Sie war diejenige im Haus, die darauf achtete, dass der Müll richtig getrennt wurde. Und sie hielt es für ein ihr zustehendes Recht, über alles informiert zu sein, was in der Nachbarschaft vor sich ging.

»Guten Abend, Frau Glienicke!«, rief Elisa lautstark. »Geht es Ihnen gut?«

Statt einer Antwort wurde die Tür mit einem Ruck zugezogen. Silviu drehte sich um und hob den Mittelfinger.

»Die alte Kröte ändert sich nie, oder?«

»Sieht nicht so aus. Neulich hat sie mich tatsächlich gefragt, wann wir denn endlich heiraten würden. Wo du doch schon hier übernachtet hast.«

»Und?«

»Wie, ›und‹?«

»Was hast du geantwortet?«

»Gar nicht.«

»Hast du ihr ›gar nicht‹ geantwortet – oder hast du gesagt, dass wir ›gar nicht‹ heiraten werden?«

Silviu klang plötzlich etwas unsicher. Elisa lachte und freute sich heimlich darüber, dass Silviu vielleicht wirklich … Aber sie vertrieb den Gedanken schnell wieder.

»Ich habe ihr gar nicht geantwortet. Das geht sie doch echt nichts an.«

»Finde ich auch.«

In der Küche ließ Elisa sich auf ihren Lieblingsstuhl fallen. Während Silviu Kaffee kochte, berichtete sie, was sie inzwischen über Tomas Strecker und seine Opfer wusste. Und sie erzählte auch davon, wie sie auf der Station A1 eingeschlossen worden war.

Silviu legte die Stirn in Falten. Es sah aus, als wollte er etwas fragen, als es plötzlich an der Tür klingelte.

»Schon wieder Paparazzi? Soll ich meine Keule holen?«, fragte Silviu.

Elisa sah auf die Uhr. Ihr wurde klar, wer vor der Tür stehen würde. Verdammter Mist, das hatte sie völlig vergessen.

26

Julian Drieß hatte eine rote Rose dabei. Als Silviu ihn damit vor Elisas Wohnungstür stehen sah, zog er ein Gesicht, als hätte er gerade in eine Zitrone gebissen.

»Hast du den albernen Rosenkavalier bestellt?«, maulte er. Dann machte er die Tür einfach wieder zu.

Drieß klopfte von außen dagegen.

»Ach, du Schande, das habe ich ja völlig vergessen«, stöhnte Elisa. »Ich muss mich umziehen. Silviu, sei so lieb und biete Julian etwas zu trinken an, ja?«

Sie spürte, dass Silviu Drieß am liebsten einen Becher mit knapp siebzig Grad heißem Kochbrunnenwasser über den Kopf geschüttet hätte. Gern auch mit etwas Arsen angereichert.

»Silviu, bitte«, rief Elisa aus dem Schlafzimmer. »Sei nicht albern.«

Er machte die Tür wieder auf und ließ Julian Drieß herein. Elisa hörte, dass kurz darauf in der Küche Gläser klapperten. Sonst war es still. Die Männer schwiegen sich offenbar an.

Elisa sprang eilig in das erstbeste Kleid, das ihr aus dem schlecht aufgeräumten Schrank entgegenfiel: ein türkisfarbenes, mittellanges Exemplar aus einer Boutique auf der Rue, das vor sechs bis acht Jahren modern gewesen sein mochte. Sie betrachtete sich im Spiegel, streckte die Zunge heraus und zog das Kleid wieder aus. Was zum Teufel tat sie da? Das sollte doch ein Theaterbesuch werden und kein Maskenball. Sie rief nach Silviu.

»Was soll ich anziehen?«

»Was mit Bananen, wenn du mit dem Affen ausgehst«, sagte er und zog einen Flunsch.

»Er hat mich eingeladen. Und ich wollte schon lange mal ins Theater. Wie du ja weißt.«

»Tut mir leid. Ich weiß, dass ich unseren Theaterabend verpatzt habe.«

»Also. Dann sei jetzt nicht eifersüchtig, sondern hilf mir. Da ist mein Kleiderschrank. Ist irgendwas Passables drin?«

Schließlich entschied sie sich mit Silvius Hilfe für einen dunklen Hosenanzug und eine hellblaue Bluse. Sie ging in den Flur, wo Julian schon wartete.

»Sieht super aus.« Er strahlte sie an.

Silviu bekam wieder den Zitronenblick. Seine rechte Faust zuckte verdächtig.

Julian Drieß dagegen wirkte aufgeräumt und locker, als würde er gar nichts bemerken. Er bot Elisa einen Arm an, den sie aber mit Blick auf Silviu ignorierte.

Während sie ins Treppenhaus gingen, rief sie: »Du findest ja selbst raus.«

»Viel Spaß auch«, rief Silviu ihnen nach.

»Dein Freund?«, fragte Julian Drieß, als sie zusammen in seinem Porsche saßen.

»Vielleicht.« Elisa hatte keine Lust, darüber genauere Auskunft zu geben.

»›Vielleicht‹ ist gut.« Drieß lachte. »Das lässt Möglichkeiten offen.«

Elisa sah ihn von der Seite an. Machte sie gerade einen Riesenfehler? Sie könnte sagen, sie habe es sich anders überlegt, und sich einfach wieder nach Hause bringen lassen. Doch sie waren schon vor dem Hauptbahnhof. Die Stadt leuchtete ausgesprochen einladend. Heute Abend würde sie endlich mal dazugehören zur luxuriösen Seite Wiesbadens. Endlich mal mittendrin. Sie wollte es sich nicht entgehen lassen.

Als hätte er ihre Gedanken erraten, sagte Julian Drieß: »Die Vorstellung ist eigentlich ausverkauft. Aber ich habe da einen Freund, und deshalb werden wir sitzen wie die Könige. In einer dieser wundervollen altmodischen Logen direkt an der Bühne. Da stehen sonst zusätzliche Scheinwerfer, aber die brauchen sie für dieses Stück nicht.«

Sie parkten in der neuen Tiefgarage und schoben sich gemeinsam mit den anderen Gästen ins Foyer.

Drieß nickte gelegentlich einigen weiteren Besuchern zu,

achtete aber darauf, immer nah bei Elisa zu bleiben. Er hielt ihren linken Arm und führte sie elegant durch die Menge. Erst, als ein freundlich dreinblickender Herr mit einem gelblichen Schimmer im ergrauten Haar auf sie zutrat, ließ er sie kurz los und streckte die Hand aus.

»Hallo, mein Lieber. Wir teilen uns heute die Restplätze, oder?«

Elisa stockte der Atem. Die Stimme, die Frisur, die Fliege, das Lächeln: Es gab keinen Zweifel, Drieß plauderte gerade locker mit dem Ministerpräsidenten.

»Frau Lowe kennen Sie möglicherweise«, stellte der Anwalt sie vor.

»Leider bislang nicht persönlich. Aber aus der Zeitung.« Der Ministerpräsident nahm Elisas Hand. »Freut mich sehr.«

Elisa kam die Situation unwirklich vor. Stand Sie tatsächlich gerade Seite an Seite mit dem Chef ihres Bundeslands im Theater? Gehörte sie denn in diese Gesellschaft?

»Darf ich Ihnen meine Frau vorstellen?«, fragte der Ministerpräsident mit seiner Bassstimme. Eine weitere Hand reckte sich in Elisas Richtung.

»Hallo. Guten Abend.«

Elisas Blick wanderte unruhig durch das Foyer. Alle schienen so völlig selbstverständlich ihre Rolle zu spielen, als hätte das Stück schon angefangen. Man unterhielt sich in gedämpftem Ton. Es wurden Hände geschüttelt und Schultern geklopft. Ein Fotograf winkte dem Ministerpräsidenten, und er setzte sofort ein joviales Lächeln auf.

Es roch nach teuren Parfüms und bereits ein bisschen nach Sekt. Silviu würde das alles affig finden, dachte Elisa und musste plötzlich schmunzeln.

Julian Drieß nahm ihr mit einer formvollendeten Geste den Mantel ab und reichte ihn einer Garderobiere. Der Ministerpräsident sah auf die Uhr. »Wer bringt uns denn da rauf? Ausgeschildert sind diese Plätze ja wohl nicht.«

Fast im selben Moment erschien ein livrierter Angestellter des Theaters und begrüßte die Gruppe.

»Ich darf Sie zu Ihren Plätzen bringen?«, fragte er höflich.

Sie gingen bis ans Ende des mit rotem Teppich ausgelegten inneren Foyers und kamen an eine unscheinbare Tür.

»Hier hinein, bitte.«

In der Loge standen vier bequeme, nagelneu wirkende Theatersessel. Der Blick über das bis auf den letzten Platz gefüllte Haus war atemberaubend. Die Besucher unter ihnen summten wie ein Bienenschwarm. Auf dem Rang gegenüber flammten Blitzlichter auf. Dann erklang die Glocke, und kurz darauf begann das Stück.

Als es zur Pause klingelte, konnte Elisa kaum sagen, worum es in der Vorstellung eigentlich ging, so sehr hatte das Drumherum sie abgelenkt.

Julian Drieß bat sie, einen Augenblick zu warten, während er zur Bar ging. Auch der Ministerpräsident und seine Frau entschuldigten sich. Sie marschierten mit ausgestreckten Armen auf eine Menschengruppe zu, die sie begeistert begrüßte. Elisa lehnte sich an einen Pfeiler im Foyer und dachte darüber nach, ob es den anderen schon aufgefallen war, dass sie eigentlich nicht hierher gehörte.

Alle außer ihr schienen genau zu wissen, was man in so einer Theaterpause tut: Sie plauderten angeregt, mit gut dosierten Gesten. Sie hoben Gläser an und prosteten sich zu. Ständig begrüßten sich Menschen voller gestellter Freude. Wie in diesen Werbespots, dachte Elisa. Alles ist perfekt, nur schöne Menschen, keine Probleme.

Sie sah den Film direkt vor sich: ein Kameraflug über den beleuchteten Kurpark, eine Runde um das ehrwürdige Theater, unter den Arkaden entlang durch den Eingang und dann vom funkelnden Äußeren auf die strahlenden Menschen im Innern mit den glitzernden Sektperlen in elegant gehaltenen Gläsern.

Plötzlich schob sich eine ihr gut vertraute korpulente Gestalt durch die Menge auf sie zu.

»Wie schön, Sie hier zu sehen.« Professor Gruenwald deutete einen Handkuss an.

Elisa lachte. Sie fühlte sich sofort viel wohler mit einem vertrauten Menschen in der Nähe.

»Gefällt Ihnen das Stück?«, fragte Gruenwald.

»Ich glaube ... ja ...«

»Also, ich bekomme im ersten Akt oft noch gar nicht viel mit«, sagte Gruenwald, »weil ich in Gedanken noch zu sehr bei meiner Arbeit bin.«

»Das geht mir auch oft so.« Elisa war dankbar dafür, nichts Genaueres über die Vorstellung sagen zu müssen.

Jetzt kam auch schon Julian Drieß mit zwei Sektgläsern in der Hand zurück.

»Kennen Sie sich?«, fragte Elisa.

Gruenwald schüttelte den Kopf.

»Julian Drieß, Rechtsanwalt – Professor Richard Gruenwald, Psychiater«, erklärte Elisa. Die beiden Männer gaben sich höflich die Hand.

Elisa nahm einen Schluck Sekt und merkte, dass sie noch nicht viel gegessen hatte. Der Raum um sie herum begann ein bisschen zu schwanken.

»Auf Ihr Wohl.« Professor Gruenwald erhob sein Glas und stieß mit Elisa an. Sie erwog für einen Augenblick, lieber nichts mehr zu trinken. Aber andererseits wäre das auch sehr unhöflich gewesen. Also prostete sie sowohl Gruenwald als auch Julian Drieß noch je einmal zu.

Die Glocke ertönte. Die Pause war zu Ende. Sie setzte sich auf ihren Platz. Das Saallicht erlosch, die Vorstellung ging weiter. Elisa meinte kurz, einen eigenartigen Geschmack im Mund zu haben. Dann verschwamm plötzlich das Bild von den Schauspielern auf der Bühne vor ihren Augen. Erst wurde es grau, dann immer dunkler. Tiefschwarz. Sie merkte, wie sie fiel. Immer tiefer, ohne es aufhalten zu können. Kraftlos landete sie in einem schwarzen Loch.

27

Es war warm, eng, und viele Menschen redeten auf sie ein. Elisa versuchte, ins Freie zu gelangen, doch ihre Beine wollten ihr nicht gehorchen. Dazu klopfte jemand mit einem Gummihammer von innen gegen ihre Schädeldecke. Ihr Hals brannte. Als sie es endlich schaffte, ein Bein zu bewegen, stieß sie damit gegen die Wand. Sie wachte auf.

Sie war offenbar in ihrer Wohnung, aber ihr fehlte die Erinnerung, wie sie hergekommen war. Beim Versuch, sich aufzurichten, änderte sich der Rhythmus des Gummihammers in ihrem Kopf. Er konnte jetzt mühelos mit einem zweihunderter Techno-Beat mithalten. Ein Fetzen vom Abend tauchte auf: Ihr war im Theater plötzlich schlecht geworden. Drieß hatte sie nach Hause gefahren.

Sie stand stöhnend auf und ging ins Bad. Dort drückte sie einen kalten Waschlappen gegen ihren schmerzenden Kopf. Sie sah in den Badezimmerspiegel und schrie auf. Hinter ihr schien sich etwas bewegt zu haben. Lautlos, wie ein Schatten. Sie fuhr herum und stieß sich den Fuß schmerzhaft am Badewannenrand. Fast verlor sie das Gleichgewicht. Farbige Punkte tanzten vor ihren Augen. Sie stürzte in den Flur und zur Wohnungstür. Abgeschlossen. Der Schlüssel hing ordentlich am Haken an der Wand.

»Hallo? Ist da jemand?«

Aus dem Wohnzimmer war ein merkwürdiges Klirren zu hören. So als würde auf die alten Dielen getreten, und die Gläser im Schrank würden dadurch mitbewegt.

Elisa spürte, wie ihr Schweiß vom Kopf über das Gesicht lief. Sie zitterte. Das Bild, das ihre Augen lieferten, wirkte unscharf und schlierig wie durch eine Windschutzscheibe, die von abgenutzten Wischerblättern verschmiert ist.

Ganz ruhig. Die Tür ist zu. Es kann gar keiner da sein.

Sie tastete sich durch den dunklen Flur ins Wohnzimmer.

Fahles Mondlicht erhellte den Raum. Alles wirkte wie immer. Sie wollte gerade das Licht einschalten, da bauschte sich plötzlich der Vorhang vor der Balkontür. Ihr Herz raste. Sie griff nach dem erstbesten Gegenstand, mit dem sie sich verteidigen konnte: eine gusseiserne Bodenvase, die direkt neben der Tür stand. Damit rannte sie, so schnell sie es in ihrer Verfassung konnte, auf die Stelle zu, an der der Vorhang sich bewegt hatte, holte aus und – erstarrte. Ein kühler Luftzug traf ihr Gesicht. Der Vorhang wurde davon nach außen gesogen.

Ihre Balkontür stand offen.

Elisa stellte die Vase ab und umklammerte das Balkongeländer mit den Händen. Konnte auf diesem Weg jemand in ihre Wohnung gekommen sein? Bis zum Bürgersteig waren es gut zehn Meter. Man bräuchte auf jeden Fall ein Seil oder eine Strickleiter, um herauf- oder hinunterzugelangen. Der Abstand zum nächsten Balkon betrug knapp zwei Meter. Sie sah sich um. Nirgends ein Mensch zu entdecken.

Der Kopfschmerz meldete sich zurück. Außerdem wurde ihr übel. Sie ging zurück in die Wohnung, schloss die Balkontür sorgfältig von innen und setzte sich auf den Rand ihres Sofas. Mit in die Hände gestütztem Kopf versuchte sie, darüber nachzudenken, was geschehen sein könnte.

Plötzlich fiel ihr Silviu ein. Er war noch in der Wohnung gewesen, als Julian Drieß sie abgeholt hatte. Konnte er einfach vergessen haben, die Balkontür zu schließen? Noch immer schwankend stand sie auf und suchte nach ihrem Handy.

Es dauerte eine Weile, bis er sich meldete. Seine Stimme klang verschlafen.

»Elisa – was ist los?«

»Hast du, als du vorhin weggegangen bist, vielleicht meine Balkontür offen gelassen?«

Sie musste feststellen, dass ihre Stimme verwaschen und unsicher klang.

»Sag mal, bist du betrunken?«

»Also, hast du nun? Die Balkontür …?«

Silviu räusperte sich mehrmals. »Du holst mich mitten in

der Nacht aus dem Bett, um zu fragen, ob ich deine blöde Tür offen gelassen habe? – Also echt. Was soll das denn?«

»Ich bin gerade von irgendetwas aufgewacht, und da …«

»Elisa, du klingst wirklich, als wärst du total … Wart ihr noch aus nach dem Theater? Du und dieser … Star-Anwalt.« Er gab dem letzten Wort eine Betonung, die ausgesprochen spöttisch klang.

»Ich, ja … also, weißt du nun, ob du meine Balkontür offen gelassen hast, oder nicht?«

»Ich hab mich nicht um die Tür gekümmert. Wenn, dann hast du sie selbst offen gelassen. Wieso fragst du das jetzt eigentlich überhaupt?«

»Ach, ist egal.« Elisa spürte, wie eine Welle von Müdigkeit und Resignation sie forttrug. »Ich geh wieder schlafen.«

»Das ist das erste vernünftige Wort, das ich in diesem Gespräch von dir höre«, sagte Silviu. »Gute Nacht, Elisa.« Es klickte in der Leitung. Aufgelegt.

Sie wälzte sich noch lange im Bett hin und her. Als der Wecker klingelte, hatte sie das Gefühl, erst wenige Minuten zuvor eingeschlafen zu sein. Die Geräusche der erwachenden Stadt drangen von der Straße in ihre Wohnung. Kinder kreischten, Autotüren schlugen, ein Dieselmotor heulte auf, jemand hupte. Zwei Männer diskutierten lautstark das letzte Fußballspiel des FCWW – und beschrieben dabei jedes Foul so anschaulich, dass Elisa es direkt vor sich sah. Normalerweise hatte sie nichts gegen diese Morgensinfonie. Sie zeigte ihr, dass die Welt in Gang kam. Heute aber presste sie die Hände auf die Ohren und wünschte, jemand würde eine alles dämpfende Decke über sie und die Welt da draußen legen. Mit unsicheren Schritten ging sie ins Bad. Sie knipste das Licht an und stieß einen Schrei aus.

Auf dem Spiegel klebte ein riesiger Zettel. Darauf stand mit schwarzem Filzstift geschrieben: »Prüfe die Balkontür.«

Sie rannte ins Wohnzimmer, zog den Vorhang zur Seite und rüttelte an der Tür zum Balkon. Sie war fest verschlossen.

Jetzt reiß dich zusammen, Elisa.

Mit etwas ruhigeren Schritten ging sie ins Bad zurück und nahm den Zettel vom Spiegel. Sie betrachtete den Satz auf dem Papier. Seltsamerweise war es ihre eigene Schrift, in der dort »Prüfe die Balkontür« stand. Aber sie konnte sich absolut nicht daran erinnern, so etwas geschrieben zu haben.

Was ist nur los mit mir? War ich derartig betrunken gestern Abend? Ich kann mich nur an ein Glas Sekt erinnern. Vielleicht zwei.

Sie griff nach ihrem Handy, um Julian Drieß anzurufen. Es war zwar ein bisschen peinlich, aber vielleicht würde er ihr sagen können, in welchem Zustand sie gestern beim Nachhausekommen gewesen war.

Doch noch bevor sie seine Nummer wählen konnte, klingelte das Gerät. Am Apparat war Jürgen Bender, der Polizeipräsident. Er klang sehr ernst.

»Frau Lowe, waren Sie gestern bei einer älteren Dame im Arminiusweg?«

Elisa brauchte einen Moment, um zu kapieren, worum es gehen könnte.

»Wieso?«

»Nicht ›wieso‹. Waren Sie da oder nicht?« Benders Stimme klang scharf.

»Meinen Sie bei Frau Meinhardt?«, fragte Elisa zaghaft.

»Also ja. Kommen Sie bitte umgehend in mein Büro. Ich erwarte Sie.«

Elisa merkte, wie sich ein pelziges Gefühl in ihrem Mund ausbreitete. Ihre Hände wurden kalt, ihr Kopf dafür umso wärmer. Was hatte sie falsch gemacht? Sie hatte doch nur ein paar Fragen gestellt. Zu einem Fall, den die Kollegen für abgeschlossen hielten. Das mochte nicht ganz regelkonform gewesen sein, aber es war doch kein Grund, sie ins Büro des PP einzubestellen. Noch dazu in so scharfem Ton.

Der hämmernde Kopfschmerz setzte wieder ein. Plötzlich fühlte sie sich mit allem überfordert. Am liebsten hätte sie sich einfach wieder in ihrem Bett verkrochen. Aber sie zwang sich, vernünftig zu sein. Sie schaffte es sogar, eine Scheibe Toast und eine Tasse Kaffee hinunterzubekommen, bevor sie aus dem Haus ging.

Als sie mit zittrigen Fingern den Motor anließ, fragte sie sich, ob sie eigentlich fit genug war, um ein Auto zu steuern. Ihr Gesicht fühlte sich heiß an, die Konzentration fiel ihr schwer. Um sich abzulenken, schaltete sie das Radio ein.

»Und nun das Neueste aus Ihrer Region – Wiesbaden und Rhein-Main, jetzt«, kündigte der Sprecher an. »Bei einer schweren Explosion im Wiesbadener Arminiusweg ist am Morgen ein Mensch ums Leben gekommen.«

Elisa drehte das Radio lauter. Sie merkte, dass ihr plötzlich übel wurde.

»Laut Polizeiangaben handelt es sich bei der Toten um die etwa sechzigjährige Hausbewohnerin. Für die Explosion könnte eine Manipulation an der Gasheizung verantwortlich sein. Die Ermittler gehen zurzeit von einem Selbstmord aus. Mehrere Nachbarhäuser wurden durch die Detonation so stark beschädigt, dass sie evakuiert werden mussten.«

Elisa stand mit ihrem Golf immer noch in der Parkbucht. Sie hatte den Blinker gesetzt, war aber nicht ausgeschert. Schon zweimal hatte es hinter ihr gehupt. Sie kümmerte sich nicht darum. Sie stützte den Kopf in die Hände und weinte.

28

»Sie haben lange gebraucht, um herzukommen«, knurrte Bender.

»Ich habe im Radio gehört, was passiert ist«, erwiderte Elisa.

Ihr war noch immer nicht ganz klar, wie sie es überhaupt geschafft hatte, ihr Auto auf den Parkplatz am Polizeipräsidium zu steuern. Am Ende war es wohl der Wunsch gewesen, wenigstens genauer zu erfahren, was mit Erika Meinhardt geschehen war.

»Nach allem, was wir bislang wissen, hat die Frau sich aus Verzweiflung umgebracht. Und, Frau Lowe, ihr Selbstmord steht in einem höchst unerfreulichen, engen zeitlichen Zusammenhang zu Ihrem Besuch bei ihr.«

Elisa nickte nur.

»Können Sie mir erklären, was Sie mit Frau Meinhardt zu besprechen hatten?«

»Es ging um Tomas Strecker.«

»Dachte ich es mir doch.«

»Ich habe im Tierheim erfahren, dass Erika Meinhardt auch zu den Menschen gehören könnte, die von Strecker betrogen worden sind.«

»Und dann sind Sie dahin, haben ihr erzählt, dass Strecker tot ist und ihr ganzes Geld futsch. Super einfühlsam, ehrlich.« Bender verzog das Gesicht zu einer Grimasse. »Sie wissen schon, dass wir auch Polizeipsychologen für solche Fälle haben?«

»Aber sie hatte ihm noch gar kein Geld gegeben.«

»Sagt wer?«

»Hat sie selbst so gesagt.«

»Und sie war nicht entsetzt darüber, dass Strecker tot ist?«

»Doch«, antwortete Elisa kleinlaut. »Das war sie trotzdem. Weil sie ihn sehr gemocht hat.«

Bender stand von seinem Schreibtisch auf und stöhnte. Auch Elisa erhob sich von ihrem Stuhl.

»Hätten Sie in dem Fall wirklich einen Psychologen geschickt?«

Der Polizeipräsident drehte sich um und sah Elisa direkt ins Gesicht.

»Ganz sicher bin ich da nicht. Aber verstehen Sie bitte …« Er rieb sich das Kinn und blickte für einen Moment aus dem Fenster, bevor er weitersprach. »Ob ich einen Psychologen beauftragt hätte? Ich weiß nicht. Aber natürlich hätte das einer unserer Vernehmungsbeamten machen müssen und nicht die Zeichnerin vom LKA.«

»Ist das eigentlich sicher mit dem Selbstmord?« Elisas Stimme zitterte.

»Es spricht alles dafür.« Bender sah wieder aus dem Fenster, während er weitersprach. »Wichtig wäre auch, dass das nicht gleich wieder an die Presse kommt.«

»Sie haben mich doch selbst in den Fall hinein…« *…gezogen*, dachte Elisa, sprach den Satz aber nicht zu Ende.

Bender räusperte sich. Dann sagte er: »Deshalb mache ich da jetzt auch keine große Sache draus. Aber, Frau Lowe«, er drehte sich wieder zu ihr um, »bitte akzeptieren Sie, dass dieser Fall abgeschlossen ist. Machen Sie einfach wieder Ihre normale Arbeit. Ihre *gute* Arbeit, wie ich sie gewohnt bin.«

»Ja sicher.« Elisa schluckte. »Kann ich jetzt gehen?«

Als sie allein in ihrem Büro saß, fühlte sich ihr Kopf leer an wie ein ausgehöhlter Kürbis. Wäre ein Polizeibeamter einfühlsamer mit Erika Meinhardt umgegangen als sie? Hätte es ihren Selbstmord verhindert, wenn ein Psychologe zu ihr gekommen wäre?

Elisa sah die ganze Szene wieder und wieder vor sich. Sie suchte in ihrer Erinnerung an das Gespräch mit der sympathischen älteren Dame nach Anhaltspunkten dafür, dass sie sie verstört hatte. So sehr verstört, dass sie sich etwas antun würde. Sie fand keine Antwort.

Schon kurz nach zehn Uhr. Sie hätte längst mit ihrer Arbeit an dem Gesicht des Mädchens weitermachen sollen, das um fünfzehn Jahre älter werden musste.

Sie suchte nach Merkmalen, die besonders typisch waren. Etwas, das sich mit dem Alter verstärken könnte. Auf der linken Wange entdeckte sie einen kleinen Leberfleck mit nicht ganz symmetrischer Form. Der könnte größer geworden sein, dachte Elisa. Sie färbte den Bereich etwas dunkler ein, versuchte, die neue, größere Form des Muttermals vorherzusehen.

Dann rief sie bei Bernd Wecker an. Sie kam gleich zur Sache.

»Wie ist das inzwischen mit den Eltern?«

»Oh, sor-sorry. Ich habe mich gar-gar nicht gemeldet. Die wollen nicht. Sa-sagen, sie fahren gerade in die Fe-ferien.«

»Und du hast es einfach dabei belassen?«

»Was soll ich denn machen? Zwingen geht ja kaum.«

»Aber das ist doch total ungewöhnlich. Die wollen doch ihre Tochter auch wiederhaben. Oder etwa nicht?«

»Du kannst ja mal selbst da anrufen. Aber jetzt sind sie wirk-wirklich im Urlaub, glaube ich.«

Er gab Elisa die Nummer.

»Arbeit, geh weg«, murmelte Elisa, als sie aufgelegt hatte. Sie war sicher, dass Bernd Wecker es gar nicht wirklich probiert hatte, die Eltern zu überzeugen. Wie konnte man es *nicht schaffen*, ein Elternpaar ins Präsidium zu bestellen, das seine Tochter verloren hatte?

Es klopfte. Zu Elisas Überraschung war es Silviu, der sie besuchte. Sein Gesichtsausdruck war ernst. Er wirkte besorgt.

»Tut mir leid, dass ich letzte Nacht abweisend zu dir war«, begann er.

»Unsinn. Mir tut es leid.«

Sie stand auf. Silviu kam auf sie zu und nahm sie in den Arm.

»Ich war gerade im Arminiusweg. Das ist vielleicht …«

»Du weißt davon?« Elisa riss erschrocken die Augen auf.

»Was meinst du?«

Elisa merkte, dass sie rot anlief. Trotzdem versuchte sie, nicht zu verraten, was wirklich in ihr vorging.

»Ich meine … du weißt, dass da eine ältere Dame umgekommen ist? Also …«

»Nun komm schon, das läuft ja schon ewig im Radio. So wie du gerade reagiert hast, muss da noch was anderes sein. Kennst du die Frau?«

Silviu legte den Kopf schief und betrachtete Elisa. Sie hatte das Gefühl, von seinem Blick durchleuchtet zu werden. Verdammt, er machte seinen Job gut. Ihr wurde klar, dass sie ihn nicht würde belügen können.

»Okay – ich erzähle dir, was ich mit der Sache zu tun habe. Aber nur, wenn es wirklich bei dir bleibt. Wenn du versprichst, es nicht weiterzugeben.«

»Ehrenwort.« Silviu hob die Hand.

Es tat gut, alles zu erzählen. Und Elisa ließ nichts aus. Sie berichtete Silviu von all den einsamen Menschen, die anscheinend auf Tomas Strecker hereingefallen waren. Sie erzählte von seiner zweiten Identität als Peter Goland, von der Liste mit Frauen aus dem Datingportal, die die Polizei noch nicht einmal anschauen wollte. Und schließlich kam sie bei Erika Meinhardt an.

»Ich mache mir solche Vorwürfe.« Sie merkte, dass ihre Augen feucht wurden. Silviu schien es auch zu bemerken. Er strich ihr vorsichtig über die Wange. Dann nahm er sich einen der Besucherstühle, rückte ihn näher zu Elisa und setzte sich.

»Erstens«, sagte er schließlich, »bin ich ganz sicher, dass kein Polizist einfühlsamer mit der alten Dame gesprochen hätte als du. Aber zweitens und vor allem: Wer sagt denn, dass das wirklich ein Selbstmord war?«

»Die Polizei.«

»Ja toll – ohne Ermittlung und sofort, nachdem es passiert ist. Ich finde, so wie du die Meinhardt beschreibst, passt vor allem die Art und Weise nicht ins Bild.«

»Wie meinst du das?«

»Ich meine: Wenn sie wirklich so verzweifelt war über den

Tod von Tomas Strecker, dass sie Selbstmord begeht. Dann doch nicht so. Eine Gasexplosion – das ist unglaublich gefährlich. Dabei hätten auch andere sterben können. Völlig rücksichtslos. Traust du ihr das zu?«

29

Es war, als würden sie durch eine ganz andere Stadt fahren. Am Tag zuvor, neben Julian und im Porsche, hatte Elisa das Gefühl gehabt, sich durch eine schillernde Metropole zu bewegen und selbst zu ihrem Glanz beizutragen. Auf der Kühlerhaube hatten sich die Lichter der Rue gespiegelt, das Fauchen des Motors hatte zum Sound des Reichtums beigetragen, der außerdem aus dem Blubbern hubraumstarker Motorräder und dem satten Klang teurer Musikanlagen zusammengesetzt war. All das hatte sie beeindruckt. Sogar die Autohupen hatten einen vornehmen Beat gehabt.

In dem stumpfen Lack von Silvius altem C4 spiegelte sich gar nichts. Und durch die verschmierten Fensterscheiben fielen ihr die schmutzigen Straßenränder und brüchigen Häuserfassaden plötzlich ins Auge. Wo war der Glanz vom Vorabend? Wo bin ich eigentlich zu Hause?, fragte sich Elisa. Welches ist meine Welt? Und welches ist das echte Wiesbaden? Ist es glitzernd oder graubraun? Duftet oder stinkt es? Sie musste an Gruenwald denken, der ihr etwas von Menschen mit gespaltener Persönlichkeit erzählt hatte. Konnte auch eine Stadt eine gespaltene Persönlichkeit haben?

Oder war sie selbst dabei, verrückt zu werden? Die letzte Nacht in ihrer Wohnung empfand sie noch immer als verstörend.

Silviu steuerte den Arminiusweg an. Die riesige Lücke, in der zuvor das Haus von Erika Meinhardt gestanden hatte, war nicht zu übersehen. Rot-weißes Absperrband und ein Warnschild sollten ungebetene Besucher vom Betreten des Grundstücks abhalten. Silviu ignorierte beides. Elisa folgte ihm.

Es stank nach verkohlten Balken und verschmortem Plastik. Sie kletterten über Berge von Schutt und gelangten schließlich an die Stelle, an der einmal Erika Meinhardts Wohnzimmer gewesen sein musste.

»Hier habe ich gestern noch mit ihr gesessen«, sagte Elisa leise.

Silviu nickte. Er schob ein paar Steine zur Seite.

»Die Explosion soll sich in der Küche ereignet haben«, erklärte er, »da, wo die Gastherme installiert war. Aber von dem Raum ist absolut nichts mehr übrig.«

»Was machen Sie denn da?« Eine zornige Stimme durchbrach die Stille in der Ruine.

Elisa drehte sich um.

»Oh, Entschuldigung. Frau Lowe … Ich dachte, irgendwelche Schaulustigen wären einfach hereingekommen. Aber trotzdem – es ist gefährlich hier. Das kann alles einstürzen.«

»Sie haben recht.« Elisa gab Robert Marcuso die Hand. »Darf ich vorstellen: Silviu Thoma – Robert Marcuso, Brandermittler. Sie sind ganz allein hier? Ohne Team?«

»Der Fall liegt recht einfach. Jedenfalls nach erster Einschätzung. Suizid aus Verzweiflung. Gasleitung angesägt, dann ins Bett gegangen – bumm.«

»Sie war also im Schlafzimmer, als es passiert ist?«, fragte Silviu.

»Ja, im ersten Stock.«

»Und wodurch wurde die Explosion ausgelöst?«

»Wissen wir noch nicht. Aber das geht schnell. Wenn das Gas-Luft-Gemisch die richtige Konzentration hat, dann genügt der Funke im Lichtschalter.«

»Aber den müsste dann doch jemand bedient haben«, warf Elisa ein. »Und sie kann es nicht gewesen sein, wenn sie oben im Bett lag.«

Der Brandermittler grinste. »Ich weiß schon, warum man Sie intern als die neue Allzweckwaffe vom LKA bezeichnet. Sie sind überaus clever, Frau Lowe.«

Silviu zog missbilligend eine Augenbraue hoch. Auch Elisa hatte das Gefühl, dass etwas Ironisches in diesem »Kompliment« lag. Sie beschloss, lieber nicht näher darauf einzugehen.

»Also, so ein Schaltfunke«, setzte der Brandermittler fort, »der kann natürlich auch automatisch ausgelöst werden. Vom

Thermostat der Heizung zum Beispiel. Oder beim Anspringen des Kühlschranks.«

Nachdenklich blickte Elisa auf die herumliegenden Trümmer.

»Und was machen Sie jetzt noch?«

»Viel kann ich nicht tun. Ich sehe halt nach, ob irgendetwas auffällig wirkt. Aber ehrlich gesagt … Was machen Sie beide denn eigentlich hier?«

»Wir interessieren uns für den Fall.«

»Das habe ich schon gemerkt. Ich meine: Was suchen Sie in dieser einsturzgefährdeten Ruine?« Der Brandermittler klang jetzt deutlich genervt. »Ich glaube, offen gesagt, Sie sollten besser gehen, bevor Ihnen noch was auf den Kopf fällt.«

»Da passen wir schon auf.« Silviu bückte sich und schaute unter den stark verrußten Couchtisch. »Warum wird das alles hier nicht intensiver untersucht?«

»Sagte ich doch: Suizid aus Verzweiflung. Wissen Sie, wie viel wir zu tun haben?«

Robert Marcuso bückte sich ein paarmal, nahm einige verkohlte Gegenstände in die Hand und legte sie zurück auf den Boden. Dann sagte er: »Also, ich fahre jetzt erst mal wieder. Und wenn ich Sie wäre, würde ich auch sehen, dass ich hier wegkomme.«

Der Brandermittler nickte beiden noch einmal kurz zu und verließ das Gelände.

»Der hat doch gar nicht wirklich gesucht, oder?«, fragte Elisa.

»Keine Lust – oder Ansage von oben«, gab Silviu zurück. »Ich werde einfach das Gefühl nicht los, die wollen gar nichts Genaueres herausfinden.«

»Es ist meine Schuld.« Plötzlich fühlte Elisa sich einfach nur noch elend. »Hätte ich sie doch in Ruhe gelassen. Warum muss ich mich immer einmischen?«

Sie hatte das Gefühl, eine mächtige Woge würde über ihr zusammenschlagen und jedes angenehme Gefühl ersticken. Grenzenlose Traurigkeit breitete sich in ihr aus. Silviu fasste sie vorsichtig am Arm, doch Elisa schüttelte ihn ab.

»Sie ist tot, verstehst du?« Ihre Stimme klang weinerlich. »Tot. Und alles ist meine Schuld. Ich habe sie in den Selbstmord getrieben.«

»Also, rede doch keinen Quatsch«, begann Silviu, aber Elisa ließ sich nicht trösten.

»Fährst du mich nach Hause? Ich will ins Bett. Ich melde mich krank.«

Silviu versuchte noch einmal, sie in den Arm zu nehmen. Diesmal wehrte sie sich nicht.

»Wirklich – ich will nach Hause«, sagte sie.

»Wenn du meinst.«

Auf der Rückfahrt schossen Elisa wilde Gedankenfetzen durch den Kopf. Sie hatte das Gefühl, keinen davon richtig festhalten zu können. Ihre Freundin Mara kam darin vor. Mara, die in der Psychiatrie saß und offenbar weit davon entfernt war, ein normales Leben führen zu können.

Auch daran trage ich die Schuld. Ich bringe einfach Unglück, dachte Elisa plötzlich. Ich treibe Menschen in den Abgrund. Dann wurde das Gedankendesaster in ihrem Kopf etwas klarer – die dunklen Wolken verzogen sich. Natürlich hatte sie nicht alles richtig gemacht. Aber so viel Schuld, wie sie sich gerade eingeredet hatte, trug sie nun auch wieder nicht. Sie holte tief Luft und fühlte sich ein bisschen besser. Da wurde sie plötzlich nach vorn in ihren Sicherheitsgurt geschleudert. Silviu hatte hinter einem Stauende scharf bremsen müssen.

In einiger Entfernung stand ein Omnibus quer zur Fahrbahn. Schulkinder standen auf dem Bürgersteig. Ein verbeulter Kleinwagen wurde gerade zur Seite geschoben.

»Ist kein Wunder, dass immer mehr Unfälle mit Bussen passieren«, schimpfte Silviu. »So wie die am Personal sparen. Die Fahrer sind müde, ungeübt – und dann haben sie auch noch eine Horde Kinder an Bord, die sie ablenkt.«

Elisa hörte nicht richtig zu. Ohne Vorwarnung war die schwarze Wolke in ihren Kopf zurückgekehrt. Wie durch einen Schleier sah sie Krankenwagen und Polizei kommen. Das

Blaulicht mischte sich mit dem Rot der Sparkassenwerbung zu einem violetten Kreisel. Sie schloss die Augen, aber die Farben des Kreisels wurden nur noch intensiver.

»Elisa, was ist los mit dir?«, hörte sie Silviu fragen. »Bist du wirklich krank?«

Sie gab sich einen Ruck.

»Ich glaube, ich lege mich gleich hin. Wenn wir hier endlich weiterkommen.«

Von hinten näherte sich eine Polizeisirene. Silviu fuhr ein kleines Stück an den Rand. Aber als der Polizeiwagen vorbeizog, setzte er den C4 direkt dahinter und gab Vollgas.

Elisa riss vor Schreck die Hände nach oben und stützte sich am Armaturenbrett ab. Silviu aber raste ungerührt dem Polizeiauto bis zur Unfallstelle hinterher und fuhr danach auf der jetzt auffallend leeren Straße weiter.

Schon fünf Minuten später standen sie bei Elisa vor der Tür.

»Soll ich noch mit raufkommen?« Silviu sah Elisa zweifelnd an. »Du bist so seltsam heute. Irgendwie so, als wärst du gar nicht richtig hier.«

»Wie bitte?«

Elisa rieb sich die Augen mit den Handrücken. »Nein, ich bin nur müde, glaube ich. Du musst nicht mitkommen.«

»Dann schlaf dich aus.«

Elisa nickte. Plötzlich stand Silviu direkt vor ihr und nahm sie in die Arme.

»Pass auf dich auf«, murmelte er. »Ich hab so ein komisches Gefühl gerade.«

»Ach Quatsch.« Elisa befreite sich aus Silvius Griff und boxte ihm in die Seite. »Ist schon alles klar mit mir. Ich leg mich jetzt ein bisschen hin.«

Das Treppenhaus wirkte seltsam fremd auf sie. Hatte da schon immer die neongrüne Fußmatte gelegen? Mechthild Glienickes Tür stand wie üblich einen Spaltbreit offen. Aber woher kam der Fliegenschwarm, der Elisa fast die Sicht nahm? Sie wedelte mit den Armen. Hinter ihr schien Frau Glienicke etwas zu rufen, aber Elisa achtete nicht darauf. Hastig schloss sie ihre Wohnung auf. Wenigstens drinnen war offenbar alles wie immer. Sie ging ins Schlafzimmer, ließ sich aufs Bett fallen und war in wenigen Augenblicken eingeschlafen.

Erst als ihr Handy klingelte, wachte Elisa wieder auf. Das Sonnenlicht, das durch ihr Fenster fiel, blendete sie. Aber sonst fühlte sie sich endlich wieder besser. Sie nahm das Telefon und erkannte auf dem Display, dass Julian Drieß sie anrief.

»Hey, Elisa«, begann er. »Schon alles vorbereitet für heute Abend?«

»Heute Abend?«

»Na, der Ball des Sports. Sag nicht, du hast das vergessen.«

Sie fasste sich an die Stirn. Auch das noch. Vielleicht könnte sie einfach sagen, sie fühle sich nicht gut, und zu Hause bleiben.

»Ach ja, Julian …«, setzte sie an.

»Ich freue mich tierisch darauf, weißt du. Das wird grandios.« Julian Drieß wirkte richtig euphorisch. »Der Termin des Jahres. Echt. Hast du gehört, dass sogar der Bundespräsident kommt? Zum ersten Mal. Vielleicht tanzt du nachher mit ihm.«

»Ja großartig. Weißt du, Julian …«

Er ließ sie nicht zu Wort kommen.

»Aber vor allem tanzt du hoffentlich mit mir. Ich bin fast jedes Jahr da. Aber mit dir wird das heute etwas Besonderes. Das spüre ich einfach. Ich hole dich um kurz nach sieben ab, ja?«

»Julian …«

»Alles klar, bis kurz nach sieben.«

Er hatte aufgelegt.

Elisa holte tief Luft. Sie überlegte, ihn zurückzurufen und abzusagen. Was hatte sie auf dem Ball des Sports zu suchen? Fühlte sie sich überhaupt stark genug? Andererseits war es natürlich eine einmalige Chance. Sie würde Menschen treffen, die man sonst nur im Fernsehen sah. Und es würde sie von der schwarzen Wolke in ihrem Kopf ablenken.

Mit einem Ruck stand sie aus dem Bett auf, ging in die Küche und machte sich einen starken Kaffee. Warum nicht doch die Gelegenheit wahrnehmen? Falls es ganz schrecklich wurde, konnte sie immer noch sagen, dass sie sich nicht gut fühle, und sich nach Hause bringen lassen.

30

Julian Drieß war überpünktlich, und zum ersten Mal erlebte Elisa ihn nicht ganz so cool wie sonst.

Er reichte ihr eine langstielige exotische Blume, deren Namen Elisa nicht kannte. Dazu murmelte er etwas Unverständliches, und noch bevor Elisa die Blume gegriffen hatte, rutschte sie ihm aus der Hand.

Elisa bückte sich, hob sie auf und grinste. »Nervös, Julian? So kenne ich dich gar nicht.«

Der Anwalt schien seine Fassung zurückzugewinnen.

»Natürlich«, sagte er lächelnd. »Aber nicht wegen des Balls. Alles nur wegen dir. Du siehst fabelhaft aus.« Er machte eine tiefe Verbeugung.

Elisa war sich gar nicht so sicher, ob sie sich wohlfühlte in ihrem Aufzug. Sie hatte sich für ein mittellanges schwarzes Abendkleid entschieden, das etwas nach Mottenpulver roch, weil es schon sehr lange unbenutzt in ihrem Kleiderschrank gehangen hatte. Beim Anziehen hatte sie, ungeübt, wie sie darin war, eine Strumpfhose zerrissen. Auch zum Schminken und Frisieren hatte sie sich viel mehr Zeit genommen als normalerweise und war doch nicht wirklich zufrieden mit dem Ergebnis.

Sie fand, ihre Haare wirkten zu glatt, das Gesicht zu blass und ihre ganze Haltung nicht entspannt genug. Einverstanden war sie eigentlich nur mit der Augenpartie. Dank einer leuchtend blauen Wimperntusche und dem sündhaft teuren Lidschatten-Trio wirkten ihre Augen groß und ausdrucksstark. Julian Drieß schien davon auch gefesselt zu sein, denn er schaute sie direkt an.

»Wirklich großartig, Elisa. Mann, bin ich stolz, mit dir auf den Ball zu gehen.«

Das Kompliment sorgte dafür, dass sie sich wenigstens etwas wohler fühlte. Außerdem rechnete sie es Julian hoch an, dass er ihren offenbar unrühmlichen Abgang vom gemeinsamen Theaterabend mit keiner Silbe erwähnte.

Sie verließen die Wohnung. Elisa meinte, die Blicke ihrer Nachbarn im Nacken zu spüren, als sie in den Porsche stiegen. Aber sie drehte sich nicht um.

In der Tiefgarage unter dem Bowling Green herrschte Hochbetrieb. Elisa musste an Silvius Wort »Pinguinauflauf« denken. Eine unglaublich große Zahl von Männern im Frack und mit Fliege marschierte entlang der Parkreihen zum Ausgang. Einige meinte Elisa aus dem Fernsehen zu kennen. Die Namen fielen ihr nicht ein.

»Herr Bürgermeister, guten Abend.« Julian Drieß streckte die Hand aus. Ein etwas schief lächelnder Herr mit Brille schüttelte sie und kam auf Elisa zu.

»Frau Lowe, sehr schön, Sie zu treffen.«

»Sie kennen mich?« Elisa war erstaunt.

»Wer würde die hübsche Zeichnerin vom LKA nicht kennen? Sie waren ja in letzter Zeit häufiger mal in der Zeitung. Aber ganz ehrlich – so in natura sind Sie mir viel lieber. Wie läuft die Arbeit?«

Der Bürgermeister hielt noch immer ihre Hand. Elisa gefielen die Komplimente nicht. Sie spürte, dass sie leicht rot geworden war, und fühlte sich unwohl.

»Routine wie fast immer«, antwortete sie kühl und war froh, dass der Mann endlich ihre Hand losließ.

Glücklicherweise kam gerade eine große Pinguingruppe von rechts und drängte sich zwischen Elisa und den Bürgermeister.

Julian Drieß schien auch gemerkt zu haben, dass Elisa das Gespräch keinen Spaß machte. Er bot ihr seinen Arm an und beschleunigte den Schritt.

Der erste Eindruck vom Ball des Sports enttäuschte Elisa. Bis auf das edel gekleidete Publikum bemerkte sie keinen Unterschied zu einer mittelmäßigen regionalen Messe: Es waren verschiedene Stände aufgebaut. An einigen gab es Snacks und Getränke, an anderen wurden Unterschriften für regelmäßige

Spenden gesammelt. Ein Mann, der für den Jugendsport warb, zeigte sein Geschick im Becherstapeln.

Elisa atmete tief ein. Die Luft wirkte schon jetzt verbraucht und roch nach Sekt. Julian Drieß schien auch diesmal zu verstehen, was sie empfand.

»Vielleicht erst mal ein Wasser – zur Erfrischung?« Wie aus dem Nichts hatte er zwei Gläser in der Hand und reichte eins davon Elisa.

»Es geht erst richtig los, wenn das Bühnenprogramm beginnt. Keine Sorge, das wird noch interessanter hier.«

Er führte Elisa zu einem Tisch im großen Saal. Sie hatten sich kaum gesetzt, als ein Moderator auf die Bühne kam.

»Wow«, zischte Elisa. »Der macht doch sonst große Fernsehshows, oder?«

Julian nickte. »Ist schon alles vom Feinsten hier.«

Elisa gegenüber saßen zwei Frauen, die wirkten wie direkt vom Laufsteg. Sie trugen perfekt geschnittene Blazer, die haargenau so viel vom Dekolleté zeigten, wie eben noch erlaubt war. Wenn Kellner zu ihnen kamen, beugten sie sich beim Einschenken ein kleines bisschen tiefer, als erlaubt war.

Elisa trank ihr Wasserglas in einem Zug leer. Schlagartig fühlte sie sich besser.

»Es fängt an, dir wenigstens ein bisschen Spaß zu machen, oder?«

Julian Drieß lächelte ihr zu. Der Moderator auf der Bühne pries gerade die unvergleichliche Atmosphäre des Balles und der Stadt. Elisa straffte die Schultern und begann sich umzusehen.

»Der Mann mit der Brille da drüben leitet Deutschlands größten Chemiekonzern. Der verdient in einer Woche mehr als die meisten Deutschen im Jahr«, zischte Drieß und grinste. »Und der da hat gerade ein kleines Abgasproblem. Du weißt, was ich meine, oder?«

»Hier sind die Leute, die unser Land in Wahrheit regieren, richtig?«

»Das kann man so sehen.«

Elisa winkte der Bedienung. Ein kleines Glas Champagner

würde sie ja wohl vertragen. Und sie hatte das dringende Bedürfnis, die Sache hier etwas lockerer zu nehmen. Eine schwere Hand legte sich von hinten auf ihre Schulter.

»Sie schon wieder. Immer in der ersten Reihe dabei.«

»Herr Ministerpräsident.« Elisa stand auf und gab ihm die Hand.

»Um kurz mal dienstlich zu werden …« Der Ministerpräsident kräuselte die Stirn. »Wir sind sehr froh, dass der Fall Hollerbornstraße jetzt abschließend geklärt ist. Mir ist zu Ohren gekommen, dass Sie an der Aufklärung mitgewirkt haben. Gut gemacht.«

»Aber …« Sie überlegte, ob sie widersprechen sollte, brachte ihren Satz jedoch nicht zu Ende.

»Kein ›Aber‹. Leute wie Sie, die im Hintergrund für unsere Sicherheit arbeiten, werden viel zu selten gewürdigt. Amüsieren Sie sich gut heute Abend. Viel Spaß.«

Er nickte noch kurz Julian Drieß zu und war gleich darauf schon wieder in der Menge verschwunden.

»Das hier ist Wiesbaden«, rief jemand von der Bühne, den Elisa nicht kannte. »Andere jammern auf hohem Niveau, wir amüsieren uns auf einem ebensolchen.« Der Spruch wurde mit wohlwollendem Applaus aufgenommen.

»Und jetzt zu einem unserer ersten Goldmedaillengewinner.« Die schlanken, rosigen Hälse der anwesenden Damen reckten sich noch etwas höher.

Elisa nahm einen weiteren Schluck aus ihrem Glas und merkte plötzlich, wie der Ballsaal sich zu drehen begann. Eine unangenehme Erinnerung an den Vorabend ließ sie das Glas schnell zur Seite stellen. Sie beschloss, keinen Alkohol mehr zu trinken, und griff stattdessen wieder nach ihrem Wasser.

Auf der Bühne erschien ein muskelbepackter Champion. Die Zuschauer sprangen auf und applaudierten. Elisa trank noch einen großen Schluck Wasser und versuchte, ebenfalls aufzustehen. Doch ihr Gleichgewichtssinn versagte. Sie fühlte Panik aufsteigen, sah sich um, konnte Julian Drieß aber nicht entdecken.

Die Gesichter um sie herum verschwammen. Ein Scheinwerfer verwandelte sich in eine gleißend rote Sonne. Eine Woge schien sie fortzutragen. Wo war oben, wo unten? Sie schlug mit dem Kopf auf eine Tischkante. Das Geräusch ihres umfallenden Stuhls ging im immer noch tosenden Applaus unter. Die rote Sonne erlosch.

Es wurde dunkel und still.

31

Sie wachte auf und dachte einen Moment lang, alles wäre nur ein Traum gewesen: der Ball des Sports, der Pinguinauflauf, die Damen mit den schlanken Hälsen und vor allem die gleißende Sonne, die sie verbrannt und zu Boden geschleudert hatte.

Doch dann fiel Elisa auf, dass sie nicht in ihrem eigenen Bett lag. Nicht in ihrem Zimmer. Sie blickte sich um und sah ockerfarben gestrichene Wände, an denen Wiesbadener Stadtansichten hingen. Sie meinte, sich an diese Bilder zu erinnern. Aber ihr fiel nicht ein, wo sie sie schon einmal gesehen hatte. Sie versuchte, sich aufzurichten, aber irgendetwas hielt sie zurück. Sie fühlte sich erschöpft. Die Augen fielen ihr zu. Das Licht erlosch.

Im Traum war sie plötzlich wieder auf dem Ball. Sie suchte nach ihrem Begleiter. Doch Julian Drieß war nicht zu entdecken. Sie ging an endlosen Reihen lächelnder Männer mit Frack und Fliege vorbei. Aber keines der Gesichter war das richtige. Auf einmal erkannte sie wenigstens eine Stimme. Der Klang war wohltuend, vertraut. Aber dann konnte sie die Stimme doch nicht einordnen. Wer war der Mann, der sie jetzt gerade fragte, wie es ihr ginge?

»Gut«, hörte sie sich sagen. »Es ist ein schönes Fest.«

Sie sprach – aber sie hatte das Gefühl, gar nicht selbst zu bestimmen, was sie sagte.

Musik ertönte. Doch es war nicht die Big Band der Bundeswehr, die sie auf dem Ball gehört hatte. Es waren sphärische Klänge, die hypnotisierend auf sie wirkten. Näherte sich jemand? Griffen Arme nach ihr? Wieder Dunkelheit.

Als Elisa das nächste Mal aufwachte, schien es gerade Nacht zu sein. Das Zimmer war dunkel, nur durch ein Fenster schimmerte blasses silbernes Licht herein.

Ihr Körper schmerzte.

In ihrem Inneren brannte etwas wie Feuer. Und die Flammen schienen auch Löcher in ihre Gedanken zu fressen. Ihre Erinnerungen wirkten unsortiert. Sie sah das explodierte Haus von Erika Meinhardt vor sich. Doch vom ersten Stock ragte der Theaterbalkon herunter, in dem sie mit Drieß gesessen hatte. Sie schüttelte sich und merkte, dass etwas sie im Bett festhielt.

»Hilfe.« Ihre Stimme klang kraftlos, krächzend. Sie räusperte sich.

»Hilfe, wo bin ich hier?«

Plötzlich Schritte. Ein metallisches Geräusch, die Zimmertür öffnete sich, und gelbes Licht vom Flur fiel in den Raum.

»Kann ich Ihnen helfen?«

Der Mann, der gerade hereingekommen war, trug eine weiße Hose, ein weißes Sweatshirt und hellbraune Wildlederschuhe.

Elisa versuchte noch einmal, sich im Bett aufzurichten. Sie bemerkte, dass es Riemen an Armen und Beinen waren, die sie daran hinderten.

»Warum bin ich gefesselt?«

»Zu Ihrem eigenen Schutz. Sie haben – wie soll ich sagen – um sich geschlagen. Auch mit dem Kopf.«

Elisa erschrak. Kalter Schweiß perlte auf ihrer Stirn.

»Dann ist das hier … ein … eine …«

»Sie sind in der Klinik. Richtig.« Der Mann lächelte. »Aber keine Angst, in der allerbesten. Es wird Ihnen bestimmt bald besser gehen.«

»Was ist denn mit mir?«

»Das wird Ihnen der Professor erklären. Morgen.«

»Muss das dranbleiben?« Elisa hob einen Arm, soweit sie es trotz der Fesselung konnte.

»Wir haben wirklich Angst, dass Sie sich verletzen, wenn Sie noch einen Schub bekommen.«

»Schub?« Elisas Stimme erreichte eine unnatürliche Höhe. »Was für ein Schub?«

»Fragen Sie das bitte den Professor.« Der weiß gekleidete

Mann wandte sich zum Gehen, drehte sich dann aber noch einmal um. »Möchten Sie etwas zum Schlafen haben?«

Elisa verabscheute Medikamente. Sie hatte noch niemals freiwillig Schlafmittel genommen. Der Entführer, der sie und Mara vor zwanzig Jahren gekidnappt hatte, hatte Medikamente an den beiden Kindern getestet. Noch immer verursachte ihr schon der Anblick einer Pillenschachtel oder einer Spritze die nackte Angst.

»Auf keinen Fall irgendwelches Zeug«, sagte sie. »Wann kommt denn der Professor?«

»Morgen früh. Gute Nacht, Frau Lowe.«

Der Mann ging und ließ Elisa zurück. Ihre eben noch einigermaßen geordneten Gedanken gerieten plötzlich ins Trudeln wie die Kugeln in der Lottotrommel. Sie versuchte, eine Kugel festzuhalten, doch sie entglitt ihr. Sie merkte, dass sie schrecklichen Durst hatte, und setzte an, noch einmal zu schreien, als die Tür wieder aufging. Der Pfleger hielt ein Glas in der Hand.

»Sie möchten bestimmt etwas trinken, Entschuldigung«, sagte er.

Elisa nickte. Das Wasser war sehr kalt und schmeckte frisch. Gerade fiel aus ihren Gedanken eine Lottokugel, in der sich Silviu spiegelte. Sofort danach purzelte alles kreuz und quer durcheinander. Elisa schlief wieder ein.

Als sie das nächste Mal aufwachte, fühlte ihr Kopf sich von innen pelzig an, als hingen Teppiche an der Schädelinnenseite. Was war mit ihr geschehen?

Klinik, fiel ihr ein. *Ich bin in einer Klinik.*

Aber warum? Sie erinnerte sich weder daran, krank geworden zu sein, noch einen Unfall gehabt zu haben.

Plötzlich ging die Tür auf, und Professor Gruenwald trat ein. Was für ein Glück, dachte Elisa. Selten hatte sie sich so sehr über ein vertrautes Gesicht gefreut.

»Professor, was ist los mit mir? Wo bin ich überhaupt?« Ihre Stimme klang eigenartig tonlos. Sie merkte, dass sie nach den richtigen Wörtern suchen musste.

»Frau Lowe, was machen Sie denn für Sachen?« Gruenwald lächelte sie an. »Das kann ich Ihnen jetzt aber abnehmen, oder?«

Er öffnete die Schlaufen, mit denen sie ans Bett gefesselt worden war.

»Was … ist … mit … mir?«

»Sie hatten einen Zusammenbruch. Und Sie zeigen eine schwere halluzinatorische Störung. Wissen Sie, was das bedeutet?«

Elisa fühlte sich vollständig verunsichert. »Einen Zusammenbruch?«

Sie versuchte, in ihrer immer noch ungeordneten Erinnerung zu kramen. Männer mit schwarzen Anzügen tauchten auf. Ein Medaillengewinner, die Big Band der Bundeswehr. Auf einmal hatte sie den Eindruck, wieder den gleißenden Deckenscheinwerfer zu sehen.

»Bin ich etwa auf dem Ball des Sports umgekippt?«

Gruenwald lachte sein sympathisches Lachen, bei dem der Bauch auf und ab wippte.

»Sehen Sie, das meinte ich gerade mit der halluzinatorischen Störung. Zum Beispiel bilden Sie sich anscheinend ein, auf dem Ball des Sports gewesen zu sein.«

»Aber …«

»Hören Sie, Frau Lowe. Einer meiner Mitarbeiter hat Sie auf der Straße gefunden. Zum Glück. Wer weiß, was Ihnen passiert wäre …«

»Aber ich war doch wirklich …«

»Frau Lowe, wissen Sie, wer zum Ball des Sports eingeladen wird?«

»Nicht so genau.«

»Vorstandsvorsitzende, Politiker, Spitzensportler und Prominente. Schauspieler, Sänger, Moderatoren. Ich zum Beispiel nicht.« Gruenwald schaute sie freundlich an. Seine Augen blitzten. »Normalsterbliche haben da keine Chance.«

»Ich bin mir aber doch ganz sicher …«

Elisa litt mehr und mehr darunter, dass ihre Stimme nicht

klang wie gewohnt. Wenn ich mich selbst so hören würde, würde ich mir auch nicht glauben, dachte sie. Sie sah Gruenwald flehend an.

»Wir werden versuchen, Ihnen zu helfen, indem wir eine Reihe von Tests machen. Ich denke, wir finden heraus, woher Ihre Wahnvorstellungen kommen. Und dann können wir uns auch bald um eine Therapie kümmern.«

»Bald?« Elisa spürte, wie blankes Entsetzen in ihr aufstieg.

»Frau Lowe, das ist gerade das Wesen von Halluzinationen, dass die Betroffenen sich ganz sicher sind, bestimmte Dinge gesehen oder erlebt zu haben.«

Elisa richtete sich ein Stückchen auf. Konnte es sein, dass sie wahnsinnig geworden war?

»Bei Ihrer Vorgeschichte ist es kein Wunder, dass Sie …« Gruenwald zögerte.

»Dass ich verrückt geworden bin?«, flüsterte Elisa. Sie spürte, wie ihr innerer Widerstand schwand.

»Nicht verrückt. Das ist ein ganz falsches Wort. Sie sind psychisch erkrankt. Ich weiß, dass Sie in Ihrer Kindheit entführt wurden. Dann haben Sie auch noch im vergangenen Jahr quasi eine Wiederholung dieses Traumas erlebt. Es ist völlig klar, dass sich da etwas manifestieren kann, das vorübergehend …«

»Wie lange?«

»Das kann ich jetzt noch nicht sagen. Aber hier sind Sie gut aufgehoben, glauben Sie mir.«

Gruenwald nahm ihre Hand.

»Ich lasse die Fixierung jetzt weg. Aber Sie schlagen bitte nicht wieder um sich. In Ordnung?«

Elisa nickte. »Danke, Professor.«

»Nichts zu danken. Ruhen Sie sich erst einmal aus. Am Nachmittag kommt mein Oberarzt und beginnt mit den Untersuchungen.«

Er winkte ihr zum Abschied. Elisa sank zurück in ihr Bett und schloss die Augen.

32

Es war kühl im Wohnwagen, aber die Temperatur störte Verena nicht. Sie betrachtete den Schlüssel in ihrer Hand. Sollte sie wirklich aufschließen, in die Welt hinausgehen und den Auftrag ausführen?

Unter normalen Umständen hätte sie das auf keinen Fall getan. Sie hätte niemals freiwillig fremde Menschen angesprochen, erst recht nicht, um sie anzulügen und hereinzulegen. Sie hätte niemals eine Waffe in die Hand genommen, schon aus Angst, sie könnte damit etwas falsch machen und sich selbst oder einen Unbeteiligten verletzen.

Das kleine Abspielgerät stand auf »Pause«. Das Gesicht auf dem Bildschirm schien sie zu fixieren. *Sein* Gesicht. Sie versuchte wegzuschauen, doch es gelang ihr nicht. Jeder Versuch, etwas anderes zu denken als das, was er ihr befohlen hatte, führte in eine Sackgasse.

In ihrem Inneren gab es noch etwas, das sich widersetzen wollte. Eine leise Stimme schien zu sagen, dass sie im Begriff war, etwas Falsches zu tun. Etwas, das nicht nur verboten, sondern in jeder Hinsicht unrecht war. Aber wenn sie in seine Augen sah, war ihr, als würde diese leise Stimme des Widerstands einfach ausgeschaltet. Es gab einen einfachen Grund dafür: Sie wollte zu ihm. Sie wollte nichts so sehr, wie ihn endlich wiederzusehen.

»Wenn du getan hast, was zu tun ist, sind wir zusammen. Für immer.«

Sie drückte auf den Wiedergabeknopf und spielte diesen Satz noch einmal ab. Danach schaltete sie erneut auf Pause und blickte ihm in die Augen.

»Wenn du es wirklich so willst …«, flüsterte sie.

Für einen Moment fühlte sie Übelkeit aufsteigen. Sie drehte den Schlüssel in ihrer Hand hin und her. Wenn sie nicht auf ihn hören würde, könnte sie jetzt auch einfach gehen. Die Stimme des Widerstands wurde ein kleines bisschen lauter. Sie schien sich hinten in ihrem Kopf zu befinden.

Aber gleich darauf meldete sich eine andere, viel deutlichere Stimme, die alles übertönte: »Und wohin?«, fragte sie. »Wohin willst du denn überhaupt gehen, wenn du seinem Auftrag nicht folgst?«

Sie suchte in ihrer Erinnerung, aber ihr fiel kein Mensch ein, den sie treffen wollte. Ihre Eltern kamen nicht in Frage. Freunde hatte sie nicht. Die Wahrheit lautete: Da war niemand – außer *ihm*.

Noch einmal spielte sie das ganze Video ab. Es gab einfach keine Wahl für sie.

Sie würde tun, was er verlangte.

Sie legte den Schlüssel auf den Tisch und nahm die Waffe probehalber in die Hand. Dann stand sie auf und zielte mit ausgestreckten Armen auf eine Vase im Regal.

Zufrieden stellte sie fest, dass sie noch nicht einmal zitterte. Sie würde es schaffen. Sie würde tun, was zu tun war.

»Danach sehen wir uns wieder«, hatte er als letzten Satz seiner Videobotschaft gesagt. »In diesem oder einem anderen Leben.«

Sie war sich nicht sicher, wie das gemeint sein mochte. Aber sie wollte auch nicht genauer darüber nachdenken. Sie schloss kurz die Augen und lauschte auf die Geräusche der Umgebung. Durch die dünnen Wände des Wohnwagens konnte sie das Rauschen des Windes hören. Ein Vogel zwitscherte. Aber die Stimme des Zweifels ganz hinten in ihrem Kopf war verstummt.

Noch einmal stellte sie das kleine Abspielgerät an, um sich die Wegbeschreibung einzuprägen. Dann verstaute sie die Waffe in ihrem Rucksack und schloss die Tür auf.

33

Gruenwalds Besuch hatte Elisa ein bisschen beruhigt. Kurz nachdem er gegangen war, erschien ein Pfleger in ihrem Zimmer. Es war ein junger Mann mit vollem schwarzen Haar, der Elisa ausgesprochen freundlich behandelte. Und er brachte ihr ein Frühstück, das mit jedem Vier-Sterne-Hotel hätte mithalten können.

»Verstehen Sie Ihren Aufenthalt bei uns einfach als kleine Auszeit«, sagte er. »Es gibt viel unangenehmere Orte auf der Welt.« Dann stellte er neben das Frühstückstablett ein kleines Kästchen mit bunten Pillen.

Elisa betrachtete sie kritisch.

»Ich möchte eigentlich keine Psychopharmaka nehmen«, erklärte sie.

»Das müssen Sie auch nicht.« Der Pfleger nickte. »Das ist nur ein Angebot von uns. Rein pflanzliche Präparate, die ein kleines bisschen beruhigen und lockern. Aber wenn Sie nicht möchten – gar kein Problem. In diesem Haus ist so etwas rein freiwillig. Darauf legen wir großen Wert.«

Er schenkte Kaffee in eine hübsche Porzellantasse ein und reichte sie Elisa.

»Genießen Sie Ihr Frühstück. Ich komme in einer halben Stunde zum Abräumen. Oder jederzeit, wenn Sie die Klingel da benutzen.«

Er zeigte auf einen Druckknopf, der an einem langen Kabel von der Decke baumelte.

»Ich heiße übrigens Oliver.«

»Danke.«

Elisa biss in ein ofenwarmes Croissant. Wäre nicht diese seltsame Unordnung in ihrem Kopf gewesen, sie hätte sich vielleicht wirklich einigermaßen wohlfühlen können. Aber gerade jetzt hatte sie wieder den Eindruck, die verschiedenen Kugeln, die ihre Gedanken enthielten, würden wie im Schleudergang durcheinandergewirbelt. Kugeln mit Gefühlen stießen gegen solche mit Erinnerungen oder Träumen.

Elisa schlug sich gegen die Stirn, als könnte sie dadurch Ruhe in den Tumult bringen. Der Pfleger hob eine Augenbraue.

»Ich lasse Sie allein, ja? Aber wenn etwas ist, melden Sie sich bitte sofort.«

Er schloss die Tür von außen hinter sich. Warum habe ich ihn nicht gefragt, ob ich telefonieren darf?, überlegte Elisa. Doch nicht einmal dieser Gedanke ließ sich festhalten. Alles in ihrem Gehirn schien in Auflösung zu sein. Sie schloss die Augen und meinte, plötzlich wieder das strahlende Scheinwerferlicht zu sehen.

Und ich war doch auf dem Ball des Sports.

Dann schlief sie ein.

Sie hatte einen seltsamen pelzigen Geschmack auf der Zunge, als sie wieder wach wurde. Durst, dachte sie. Vor allem habe ich Durst. Sie stand aus dem Bett auf und merkte, dass ihre Beine weich waren, ihr Gang unsicher.

Was zum Teufel ist los mit mir? Werde ich wirklich verrückt?

Sie kam sich vor wie eine Betrunkene, die mit äußerster Willensanstrengung an ihr Ziel zu gelangen versuchte. Endlich erreichte sie die Tür, hinter der sie das Badezimmer vermutete. Sie stieß die Tür auf und tastete nach dem Lichtschalter. Es war tatsächlich das Bad. Sie beugte sich über das Waschbecken, ließ kaltes Wasser in ihre hohlen Hände laufen und trank es gierig aus. Als der Durst nicht mehr ganz so schlimm war, wusch sie ihr Gesicht mit dem kalten Wasser und ließ es noch eine ganze Weile über ihre Unterarme laufen.

Der Weg zurück in ihr Zimmer fiel ihr schon etwas leichter. Sie atmete tief durch, gab sich einen Ruck und drückte auf die von der Zimmerdecke herunterhängende Klingel. Fast augenblicklich stand der Pfleger in der Tür.

»Was kann ich für Sie tun? – Oh, sehr gut. Sie sind aufgestanden.«

»Ja, aber mit Müh und Not.«

Elisa sank in einen der kleinen Besuchersessel, die in ihrem Zimmer standen.

»Ich will den Professor sprechen. Gruenwald. Er soll herkommen. Bitte.«

»Das ist heute leider nicht möglich. Der Chef ist außer Haus.«

»Dann will ich gehen.«

»Tut mir leid. Aber in Ihrem Zustand ...«

»Was für ein Zustand?« Elisas Stimme wurde lauter. Sie merkte, dass sie wütend wurde. »Was habe ich überhaupt? Was soll ich hier? Als der Professor hier war, war ich noch so benebelt, dass ich gar nicht richtig nachgefragt habe. Und jetzt ...« Sie suchte krampfhaft nach den richtigen Wörtern. Noch immer klang ihre Stimme fremd, als spräche eine ganz andere.

»Morgen können Sie gern mit Professor Gruenwald sprechen. Heute sollten Sie sich einfach ausruhen. Ich kann Ihnen ein leichtes Mittagessen anbieten.«

»Ich pfeife auf Ihr leichtes Mittagessen. Ich will hier raus. Ich bin doch nicht ballaballa. Was soll dieser Zirkus überhaupt?«

Sie merkte, dass sie hektisch sprach, fand selbst, dass ihre Sätze hysterisch klangen. Etwas Warmes rann ihre Wangen hinunter. Warum weinte sie? Es schien ihr unmöglich, sich zu beherrschen.

»Ganz ruhig, ganz ruhig.« Der Pfleger reichte ihr ein Glas Wasser. »Es ist alles gut.«

Er griff in seine Kitteltasche und holte das Kästchen mit den Pillen heraus, das Elisa schon am Morgen gesehen hatte.

»Möchten Sie nicht vielleicht doch?«

»Nein, verdammt noch mal.«

Eine dunkle Welle der Verzweiflung überrollte sie. Wieso musste ihr so etwas passieren? Wieso gerade ihr Kopf, auf den sie sich doch bis dahin immer hatte verlassen können? Sie hatte in ihrem Leben doch mehr als eine Situation gemeistert, die ausweglos schien, und trotzdem war sie nicht durchgedreht. Was war diesmal anders?

»Ich würde gern telefonieren«, flüsterte sie.

»Tut mir leid. Das kann ich nicht erlauben.«

»Wie bitte?« Elisas Stimme überschlug sich und klang plötzlich schrill.

»Kaum etwas gefährdet den Erfolg der Therapie mehr als Telefonate. Wir sind hier in allem sehr großzügig. Nur das gestatten wir auf keinen Fall.«

»Und wie kann ich …« Elisa hatte das Gefühl, ihre Stimme würde ersterben. Und noch immer kam ihr eigener Tonfall ihr fremd vor. »Wie kann ich dann überhaupt mit der Außenwelt …«

Der Pfleger betrachtete sie mit ernster Miene.

»Frau Lowe, wir wissen noch nicht, was Ihren Zusammenbruch verursacht hat. Wir wissen auch nicht, wodurch Ihre Halluzinationen hervorgerufen werden. Aber eines hat Professor Gruenwald ganz klar angeordnet: Wir dürfen Sie jetzt nicht einfach mit der Außenwelt in Kontakt treten lassen. Womöglich ist ein solcher Kontakt für Sie sogar lebensgefährlich. Bitte haben Sie Geduld.«

Der Pfleger lächelte. »Ich lasse Ihnen doch etwas zu essen bringen. Haben Sie einen Moment Geduld.«

Geduld, Geduld, Geduld. Das war offenbar sein Lieblingswort. Und es war genau das, wovon Elisa gerade am wenigsten spürte. Doch bevor sie noch etwas sagen konnte, war der Mann verschwunden, und die Tür fiel hinter ihm ins Schloss.

Sie sah sich in dem Zimmer um. Die Stadtansichten an den Wänden zeigten den Landtag, den Markt und eine Szenerie, die möglicherweise am Biebricher Rheinufer spielte: Frauen mit großen Hüten flanierten eine Uferstraße entlang.

Warum gehe ich nicht einfach? Was soll ich hier?

Elisa suchte erneut nach Ordnung in ihrer durcheinandergewirbelten Gedankenwelt. War sie wirklich verrückt? Würde sie sich draußen nicht zurechtfinden?

Was soll schon passieren? Ich probiere es.

Sie schloss kurz die Augen und überlegte, ob sie ihre Wohnung finden würde. Die Aufgabe schien ihr schwer, aber nicht unlösbar zu sein. Sie trat ans Fenster. Man konnte den Kurpark sehen und viele Menschen, die darin spazieren gingen. Ich kann einfach ein Taxi nehmen, dachte sie. Oder einen der Menschen draußen ansprechen und um Hilfe bitten. Wenn sie dafür bezahlte, würde sich gewiss einer finden, von dessen Handy aus sie telefonieren durfte. Sie sah, dass ihre Handtasche neben dem Krankenbett auf dem Boden stand. Das Portemonnaie war noch darin.

Also los.

Sie gab sich einen Ruck, schulterte die Tasche und ging zur Tür. Beim Hinunterdrücken der Klinke fiel ihr auf, dass sie kaum einen Widerstand spürte. Sie stutzte. Dann zog sie kräftig. Ging diese Tür nach außen auf? Sie hatte nicht darauf geachtet. Sie drückte die Klinke so weit hinunter wie möglich. Dann stemmte sie sich mit aller Kraft dagegen. Nichts tat sich. Sie spürte, wie ihr Herz schneller schlug. Noch einmal drückte sie die Klinke hinunter. Es ging viel zu leicht. Kein Widerstand.

Diese Klinke war eine Attrappe. Die Tür konnte man mit ihr nicht öffnen. Falls das von innen überhaupt möglich war, dann nur mit einem Mechanismus, den sie nicht kannte. Sie drehte sich um und lehnte sich mit dem Rücken an die Tür. Ihre Beine gaben nach. Sie sank zu Boden. Dann begann sie, hemmungslos zu weinen.

34

Die Pistole in der Tasche gab Verena ein Gefühl der Sicherheit. Während sie durch die Stadt ging, strich sie mit den Fingern über das glatte, kühle Metall.

Alles kam ihr fremd vor, verändert. Doch die Stimme, die noch kurz vor ihrem Aufbruch versucht hatte, sie zurückzuhalten, meldete sich nicht mehr. Verena war selbst erstaunt darüber, wie sicher sie sich fühlte.

Sie überquerte den Parkplatz vor dem Tierheim und blickte kurz noch einmal zurück. Hinter der kleinen Birkengruppe war nichts mehr von dem Wohnwagen zu sehen. Er hatte das Versteck wirklich erstaunlich gut gewählt.

Die Route, die sie gehen musste, hatte sie sich sorgfältig eingeprägt. Wahrscheinlich würde sie länger als eine Stunde brauchen, aber das machte ihr nichts aus. Eine Familie kam ihr entgegen. Die Eltern trugen ein Tier in einem blauen Transportkäfig aus Plastik. Die zwei Kinder, die hinter dem Käfig hergingen, weinten. Verena hatte plötzlich Lust, diese Menschen anzusprechen und zu fragen, was sie so traurig machte.

»Mir geht es gut, und das verdanke ich nur dir«, flüsterte sie.

Ein warmes Gefühl zog durch ihren Körper. Sie war sicher, wenn sie ihre Aufgabe erfüllt hatte, würde sie *ihn* wiedersehen. Er hatte es ihr versprochen. Deshalb hatte sie jetzt auch keine Zeit für die fremde Familie. Sie lächelte den traurigen Kindern für einen Augenblick zu und ging schnellen Schrittes weiter. Weder die Kinder noch ihre Eltern schienen Verena zu bemerken. Sie hätten sonst sicher erstaunt geschaut – beim Anblick des extrem blassen Mädchens mit den völlig verfilzten blonden Haaren und dem starren Blick.

Ohne nach links oder rechts zu schauen, lief sie jetzt die Mainzer Straße entlang. Fußgänger waren kaum unterwegs. Eine Männergruppe wartete an der Bushaltestelle.

Einer von ihnen rief etwas, das so klang wie: »Wo ist die denn ausgebrochen?«

Die anderen lachten.

Verena dachte an die Attentäter, von denen in letzter Zeit so oft berichtet wurde. Ob sie ähnlich empfanden wie jetzt sie? Der Moment der Vernichtung war ganz nah. Sie wusste, was sie zu erledigen hatte, und sie würde den Auftrag ausführen.

Wieder griff sie in ihre Tasche und strich über das kühle Metall der Pistole. Es war ein angenehmes Gefühl, zu wissen, was zu tun war. Klare Ansage, eindeutiges Ziel.

Und den Weg kannte sie wirklich gut.

35

Die Tür ging auf, und Elisa, die noch immer auf dem Boden davor saß, wurde unsanft ins Zimmer geschoben.

»Mittagessen«, rief eine fröhliche Stimme. »Was machen Sie denn da unten?«

»Warum bin ich eingesperrt?« Elisa rieb sich den Rücken, der gerade von der Tür getroffen worden war.

Der Mann, den Elisa bis dahin noch nie gesehen hatte, ging auf ihre Frage nicht ein. Er lächelte sie mit einer Höflichkeit an, die so aufdringlich gespielt war, dass jede Parfümerieverkäuferin im Luisenforum ehrlicher gewirkt hätte.

»Ich hoffe, Sie mögen Fisch? Ich habe hier ein, wie ich glaube, sehr leckeres Filet von der Wisperforelle, dazu etwas frisches Marktgemüse …«

Elisa sprang auf und lief in Richtung Türöffnung. Doch der Mann war schneller. Er schaffte es sogar, das Tablett mit dem Essen abzustellen, bevor er Elisa mit festem Griff am Arm packte.

»Lassen Sie mich sofort los!«, schrie sie.

Doch der Griff des Pflegers war geübt und unnachgiebig. Er zog Elisa ins Zimmer zurück und drückte die Tür zu.

»Warum wollen Sie denn gehen? Wir sorgen für Sie. Alles wird gut.«

»Es *ist* schon alles gut. Ich bin überhaupt nicht krank.«

»Das können Sie sehen, wie Sie wollen. Aber wenn der Chef sagt, es ist gefährlich, Sie nach draußen zu lassen, dann ist das für mich Gesetz. Also: Hier ist Ihr Essen, bitte sehr.«

Der Lächler machte etwas, das wohl eine höfliche Verbeugung sein sollte. Elisa fühlte sich verhöhnt.

»Der Chef sagt, dass ich hierbleiben muss?« Elisa spürte, wie sich das dumpfe Pochen in ihrem Kopf wieder verstärkte. »Sie meinen, Professor Gruenwald hat angeordnet, dass ich nicht rausdarf?«

»Ja.«

Sie setzte sich auf die Bettkante.

»Und telefonieren?«

»Nein.«

Sie nahm etwas von dem Mittagessen. Es war vermutlich wirklich gut. Doch Elisa kam es vor, als müsste sie auf Pappe herumbeißen.

»Ich will, dass Gruenwald so schnell wie möglich zu mir kommt.«

»Ich werde es ausrichten. Aber wann der Herr Professor Zeit hat, weiß ich natürlich nicht.«

»Sie können dann getrost wieder gehen.«

Elisa hatte plötzlich das dringende Bedürfnis, den dauerlächelnden Pfleger loszuwerden.

»Wie Sie wünschen.«

Der Mann verschwand. Elisa aß noch ein paar Bissen und schenkte sich Wasser aus einer großen tiefblauen Flasche ein, die auf dem Tablett stand.

Sie wurde müde und legte sich ins Bett. Warum machte sie es nicht einfach, wie Gruenwald gesagt hatte? Warum sah sie das Ganze nicht als kurze Auszeit?

Sie spürte, wie ihr Körper sich entspannte. Eine Art kühler Nebel breitete sich in ihrem Kopf aus. Sie wurde eins mit dem Nebel, atmete gleichmäßiger. Die dunklen Gedanken liefen noch kurz wie eine Reklame-Leuchtschrift an ihr vorbei. Die Schrift flackerte und verblasste. Dann trieb Elisa mit dem Nebel davon.

36

Verena hatte das Gefühl, durch einen Tunnel zu gehen. Den kalten Wind, der ihr in der Bierstadter Straße entgegenblies, spürte sie kaum. Ihre Bewegungen waren abgehackt und hölzern. Nach mehreren Wochen im Wohnwagen hatten ihre Beinmuskeln nur noch wenig Kraft. Aber selbst die Schmerzen in den verkrampften Oberschenkeln drangen nur ganz schwach in ihr Bewusstsein vor.

Erst als plötzlich laute Musik ertönte und sich mit dem Hupen mehrerer Autos mischte, schrak sie auf. Gerade war sie an der Kreuzung Rosenstraße angekommen. Und diese Kreuzung war von großen dunklen Limousinen zugestellt. Eine Gruppe von etwa dreißig bis vierzig Menschen tanzte auf der Straße. Die Musik dazu kam aus einem voll aufgedrehten Autoradio und klang türkisch.

Das Hupen rings um die Kreuzung schwoll an. Am Straßenrand schimpfte ein Passant auf die Feiernden.

Eine Frau versuchte, ihn zu beruhigen: »Nun lassen Sie die Menschen doch ein bisschen Spaß haben. Man heiratet nur einmal im Leben.«

»Aber doch nicht mitten auf der Kreuzung. Was die für ein Chaos anrichten.« Der Mann hob drohend seinen Spazierstock.

Verena hatte Mühe, die Situation zu erfassen. Sie zögerte. Sollte sie einen Umweg in Kauf nehmen, um der Menge auszuweichen? Doch dann ging sie, ohne nach links und rechts zu schauen, mitten durch die Hochzeitsgesellschaft hindurch. Sie war fast in der Rosenstraße angekommen, als sie mit einem tanzenden Paar zusammenstieß.

»Hey, pass auf!«, rief ein dunkelhaariger Mann von etwa dreißig Jahren. Verena wollte schnell weiterlaufen, doch er fasste sie am Arm. »Komm, tanz mit.« Sie schüttelte nur hastig den Kopf.

»Heute ist der beste Tag in meinem Leben«, rief der Mann.

»Nun sei nicht so.« Noch immer hielt er Verena fest, die verzweifelt versuchte, sich loszureißen. Plötzlich ertönten Polizeisirenen.

»Ach nein, die Spaßverderber!«, rief jemand von weiter weg.

Das Autoradio wurde leiser gedreht, Motoren angelassen. Der Griff um Verenas Arm lockerte sich, und sie nutzte diese Chance. Doch es mochte an ihrer allgemeinen Schwäche gelegen haben oder an der Aufregung. Beim Weitergehen geriet sie ins Straucheln und fiel der Länge nach auf den Asphalt. Sie hatte noch versucht, sich mit den Armen abzustützen, und spürte einen stechenden Schmerz im linken Handgelenk.

Aber was viel schlimmer für sie war: Sie hörte ein metallisches Klirren und sah, wie ihre Pistole über den Boden rutschte.

»Scheiße, welcher Idiot hat denn eine Kanone dabei?«, brüllte eine Männerstimme.

Die Türen des Streifenwagens, der gerade die Kreuzung erreicht hatte, öffneten sich. In blitzartiger Geschwindigkeit löste sich die Hochzeitsgesellschaft auf. Die großen Autos brausten in alle Richtungen davon. Verena blieb allein zurück, die Pistole lag etwa zwei Meter von ihr entfernt im Rinnstein.

Alles aus, dachte sie. Verzweifelt rappelte sie sich auf. Tränen liefen über ihr Gesicht. Ein Beamter kam auf sie zu.

»Wurden Sie angegriffen?« Er sah Verena besorgt an.

»Nein – überhaupt nicht«, antwortete sie mit brüchiger Stimme. »Ich …«

»Haben Sie sich verletzt, brauchen Sie einen Arzt?«

Der Schmerz in Verenas linkem Handgelenk nahm zu. Aber sie biss die Zähne zusammen. »Nein. Ich habe … wir haben … ein bisschen getanzt, und ich bin … gestolpert.«

»Aha.« Der Polizist klang nicht wirklich überzeugt. »Gehören Sie denn auch zu der Hochzeitsgesellschaft?«

Verena nickte zaghaft. Sie wagte nicht, in Richtung des Rinnsteins zu blicken, wo ihre Pistole lag. War die Waffe noch da, oder hatte ein anderer Beamter sie längst entdeckt?

»Also gut.« Der Polizist setzte eine strenge Miene auf. »Wenn

Sie Ihre Freunde wiedertreffen, dann sagen Sie ihnen, dass man so etwas anmelden muss, wenn man eine ganze Straße blockiert. Und dass wir das normalerweise nicht erlauben.«

»Ja, natürlich. Entschuldigung.« Verenas blasses Gesicht und ihr unsicheres Auftreten schienen den Mann wieder milde zu stimmen.

»Sie sind ganz sicher, dass es Ihnen gut geht?« Er runzelte die Stirn.

»Alles in Ordnung.«

Sie überwand das Zittern in ihrer Stimme, indem sie betont laut sprach.

Der Beamte zuckte mit den Schultern und drehte sich zu seinen Kollegen um. »Nur noch eine Frau da. Ich denke, die können wir getrost laufen lassen.«

»Hast du die Personalien?«, fragte ein Kollege.

Verena spürte, wie ihr das Herz bis zum Hals zu schlagen begann. Was sollte sie antworten, wenn er jetzt nach ihrem Namen fragen würde? Ihre Gedanken jagten planlos hin und her.

Im Funkgerät des Polizisten knarzte es. Der Mann hielt es ans Ohr. Dann antwortete er: »Geht klar, komme gleich.« Und zu seinem Kollegen, der inzwischen neben ihm stand, sagte er leise: »Ach was – Personalien. Lass uns das hier einfach vergessen. Oder willst du da vielleicht auch noch einen Bericht schreiben? Ich habe noch drei Vorgänge abzuarbeiten. Und gerade kam der nächste.«

Er zeigte auf sein Funkgerät.

Die Polizisten nickten Verena kurz zu, stiegen in ihr Auto und fuhren davon.

Die Waffe, dachte sie. Haben sie die Waffe wirklich nicht gesehen? Sie bog betont ruhig in die Rosenstraße ein und kämpfte gegen den Drang, sich sofort umzuschauen. Sie wollte auf keinen Fall Verdacht erregen. Vielleicht kehrten die Polizisten doch noch einmal zurück. Erst als sie das Gefühl hatte, endlos weit gegangen zu sein, traute sie sich, umzukehren.

Mit zitternden Knien und pochendem Herzen bückte sie

sich und schaute in den Rinnstein. Sie konnte es selbst kaum glauben. Die Waffe lag noch immer da.

Verena sah sich hastig um. Doch niemand schien sie zu beachten. Mit zitternden Händen steckte sie die Pistole wieder ein.

Eine Viertelstunde später hatte Verena den Eingang zur Tiefgarage erreicht. Hier würde sie auf ihn warten. Dann die Pistole ziehen und ihn zwingen, sie in sein Zimmer mitzunehmen.

Er sollte nicht sofort sterben. Die Anweisung lautete: »Lass ihn die Todesangst so lange wie möglich spüren. Sieh ihm in die Augen. Koste es aus. Nutze jede Sekunde. Erledige ihn erst ganz zum Schluss.«

37

Es klopfte an Elisas Tür. Sie drehte sich im Bett um und brauchte eine Weile, bis sie sich erinnerte, wo sie war.

Erneutes Klopfen.

»Herein!«, rief Elisa.

»Die Tür ist abgesperrt«, antwortete eine gedämpfte Stimme von draußen. »Kannst du aufschließen?«

Elisa erkannte die Stimme sofort. Trotzdem durchfuhr sie ein Schauer. Damit hatte sie nicht gerechnet.

»Mara«, rief sie erstaunt. »Wie hast du mich gefunden?«

»Ich bin schon länger in diesem Laden. Sie glauben, dass ich schlafe.«

Erst jetzt fiel Elisa auf, dass es stockdunkel war. Konnte es schon wieder Nacht sein?

»Kannst du mich hereinlassen, Elisa?«

Elisa schaltete das Nachttischlämpchen ein, ging zur Tür und drückte die Klinke hinunter.

»Nein. Ich bin eingesperrt.«

»Diese Arschlöcher.« Mara sprach jetzt so leise, dass Elisa ein Ohr an die Tür legen musste, um sie zu verstehen. »Wenn sie mich hier erwischen, schließen sie mich bestimmt auch wieder ein.«

»Warte, Mara, meine Kehle ist ganz trocken. Ich nehme erst mal …«

»Halt, Elisa. Du darfst nicht trinken, was sie dir bringen. Nimm Wasser aus dem Hahn.«

»Warum das denn?«

»Sie tun da was rein. Schlafmittel, Psychopharmaka. Alles Mögliche.«

»Bist du sicher?«

»Scheiße, da kommt jemand. Ich hau …«

Mehr konnte Elisa nicht hören.

Kurz darauf wurde ein Schlüssel im Türschloss umgedreht.

Professor Gruenwald trat ein. Elisa hatte es gerade noch geschafft, sich wieder ins Bett zu legen. Das Licht war noch an.

Er sah sie über seine Brille hinweg an.

»Na, Elisa. Schlaflos?« Er legte eine lange Pause ein, bevor er weitersprach. Dabei musterte er sie genau. »Wie geht es Ihnen denn?«

»Ich will nach Hause.« Zum ersten Mal fühlte Elisa sich nicht wohl in Gruenwalds Gegenwart. Sie merkte, dass sie anfing, ihm zu misstrauen.

»Warum vertrauen Sie mir nicht mehr?«

Gruenwald sah ihr direkt in die Augen. Elisa war schockiert davon, wie gut er ihre Gedanken zu lesen schien.

»Ich will Ihnen nur helfen, Elisa. Trinken Sie einen Schluck.« Er goss etwas Wasser aus der tiefblauen Flasche in ihr Glas.

»Nein, lieber ...« Obwohl Elisa die Zunge bereits vor Trockenheit am Gaumen klebte, lehnte sie ab. »Ich müsste erst einmal ins Bad, bitte.«

»Aber sicher.« Gruenwald nickte.

Elisa ging ins Badezimmer, drehte den Wasserhahn auf und trank in langen, tiefen Zügen. Augenblicklich fühlte sie sich stärker. Sie trocknete sich das Gesicht ab und kehrte ins Zimmer zurück.

Aus einer Vitrine an der Wand nahm Gruenwald sich gerade selbst ein Glas und goss Wasser aus der blauen Flasche hinein.

»Sie gestatten aber, dass ich etwas hiervon nehme?«

Er lächelte und trank das Glas in einem Zug leer. Elisa konnte ihren verblüfften Gesichtsausdruck nicht völlig unterdrücken.

Er lachte.

»Was stellen Sie sich denn vor? Dass das Wasser vergiftet ist?« Sein Gesicht wurde ernst. »Sie merken das sicher selbst, so reflektiert, wie Sie sind, oder? Sie haben deutliche Anzeichen einer Paranoia.«

Elisa schluckte. Gerade war doch Mara bei ihr gewesen und hatte sie vor dem Wasser gewarnt. Aber wenn Gruenwald es einfach so trank ...

Mein Gott, wie dumm sie doch war. Sie wusste, dass Mara schwer traumatisiert war. Es war doch kein Wunder, dass sie unter Verfolgungswahn litt. Dass sie glaubte, man wolle sie vergiften. Und sie, Elisa, war dabei, diesen Wahnsinn zu übernehmen.

»Es tut mir leid«, flüsterte sie. »Ich bin durcheinander – irgendwie.«

»Das verstehe ich vollkommen. Wir beginnen so schnell wie möglich mit der Therapie«, sagte Gruenwald, »und wenn Sie gut mitarbeiten, können Sie auch bald nach Hause. Man kann das sehr gut ambulant weiter beobachten.«

Er stand auf und machte den Eindruck, eine der Wiesbadener Stadtansichten zu studieren. Mit dem Rücken zu Elisa sprach er weiter.

»Wir müssen versuchen herauszufinden, ob es einen Auslöser für Ihre Wahnvorstellungen gibt. Wenn Sie mögen, erzählen Sie mir jetzt schon, womit es eigentlich angefangen hat. Gab es zum Beispiel Vorfälle in Ihrer Wohnung, die Sie sich nicht erklären konnten?«

»Woher wissen Sie das?«

»Das ist typisch für den Beginn paranoider Episoden.«

Elisa fasste sich an den Kopf. Hatte der Professor recht? Vielleicht war die Überarbeitung schuld an ihren Problemen. Oder ihr Leben in zwei Welten: die High Society mit Julian und das normale Leben mit Silviu.

»Es gab solche Dinge«, sagte sie leise. »Meine Balkontür stand offen, und ich konnte mir nicht erklären, warum. Und ich habe offenbar einen Zettel geschrieben und an den Spiegel geklebt – aber ich kann mich überhaupt nicht erinnern, so etwas getan zu haben.«

»Sehen Sie – das meine ich.« Gruenwald studierte immer noch die Stadtansicht mit dem Staatstheater, während er mit Elisa sprach.

»Ich will mit Silviu reden«, sagte sie plötzlich.

»Herzlich gern«, erwiderte Gruenwald zu ihrer Überraschung. Doch dann fuhr er fort: »Ich habe ihn gleich angerufen, als wir Sie hier aufgenommen haben, weil ich mich erinnerte, dass er Ihr Freund ist. Aber …«, er machte eine bedeutungsvolle Pause und drehte sich zurück zu Elisa, »… aber leider hat er mir einen Korb gegeben.«

»Wie bitte?«

»Er will nicht. Er hat mir gesagt … Warten Sie, ich will es genau formulieren, weil es Ihnen ja bestimmt wichtig ist zu erfahren, wie dieser Satz von ihm kam. Also, er hat gesagt: ›Eine Elisa Lowe gibt es nicht mehr in meinem Leben. Ersparen Sie mir weitere Enttäuschungen.‹ Ja, so hat er es formuliert.«

»Scheiße«, murmelte Elisa. »Musste ja so kommen.«

Sie ließ sich entmutigt zurücksinken, richtete sich aber gleich danach erneut auf.

»Dann eben Julian Drieß. Lassen Sie mich mit Rechtsanwalt Drieß sprechen. Er wird Ihnen auch sagen können, dass ich wirklich auf dem Ball des Sports war. Das jedenfalls war keine Wahnvorstellung.«

Gruenwald blieb weiter völlig ruhig und freundlich.

»Ich denke, doch, Elisa. Und ein Rat von mir: Wenn Sie die Paranoia bekämpfen wollen, dann akzeptieren Sie als Erstes, dass Sie sich Dinge eingebildet haben und vielleicht noch immer einbilden. Die Krankheit anzunehmen, ist der erste Schritt, sie zu überwinden.«

Er ging ein Stück auf ihr Bett zu und stützte sich auf dem Rahmen ab.

»Aber was Rechtsanwalt Drieß betrifft – überhaupt kein Problem. Ich rufe ihn für Sie an und bitte ihn, so bald wie möglich vorbeizukommen. Und jetzt versuchen Sie einfach, ein bisschen zu schlafen, Elisa. Bis morgen.«

Gruenwald lächelte ihr noch einmal zu, ehe er das Zimmer verließ.

Elisa lag auf dem Rücken und starrte an die Zimmerdecke. Sie wollte Professor Gruenwald gern wieder vertrauen. Aber konnte sie das wirklich?

38

Verena wusste kaum noch, wie lange sie gewartet hatte. In ihrem Magen brodelte es, ihr Kopf schmerzte, die Füße spürte sie fast gar nicht mehr. Wieder und wieder starrte sie durch das Dunkel der Tiefgarage auf den Eingang. Sie hatte viele Menschen kommen und gehen sehen, doch der, auf den es ankam, war nicht dabei gewesen.

Ein paar Leute, die sie jetzt in der Tiefgarage sah, kannte sie noch. In ihren Gedanken erschienen Bilder aus der Zeit, die sie hier verbracht hatte. Eine lange Zeit, die angenehm begonnen hatte und zum Alptraum geworden war. Der erste Tag: Man hatte sie überaus freundlich empfangen. Endlich einmal keine Vorwürfe, keine Kritik. Nur freundliche Gesichter und verständnisvolle Worte, obwohl die blutigen Wunden an ihren Armen deutlich gezeigt hatten, dass »etwas mit ihr nicht stimmte« – wie Verenas Eltern es formulierten.

Ihre Mutter war schnell nach Hause gefahren. Offenbar erleichtert, dass jetzt andere das »Problem Verena« am Hals hatten.

Man hatte Tests mit ihr gemacht, ihr zugehört, immer wieder geduldig nachgefragt. Es gab keinen Spott, keine Aufgaben, die ihr zu schwer vorkamen. Sie hätte sich sogar wohlfühlen können an diesem Ort, wenn nicht …

Das Dröhnen eines Motors unterbrach ihre Gedanken. Ein Porsche fuhr in die Tiefgarage. Wieder das falsche Auto. Genervt stampfte sie mit dem Fuß auf.

Mindestens zwei Monate lang hatte Verena geglaubt, sie würde Hilfe bekommen. Dann hatten Tage und Nächte begonnen zu verschwimmen. Etwas war mit ihr geschehen, das sie zunächst nicht begriffen hatte. Einerseits fühlte sie sich wohl und geborgen. Andererseits aber schien ihr Bewusstsein in Auflösung zu geraten. Dann hatten die Schmerzen nach dem Aufwachen begonnen. Die grässlichen Träume. Und plötzlich die Gewissheit, dass es sich gar nicht um Träume handelte. Sie wusste nicht mehr, ob es Monate oder sogar Jahre gedauert hatte bis zu ihrer Befreiung. Zeit war nebensächlich geworden.

Und allein hätte sie es bestimmt nicht geschafft.

Verena stöhnte, während sie sich erinnerte, und erschrak gleich darauf über das Geräusch. Sie sah sich um, aber zum Glück war niemand in der Tiefgarage, der sie hätte hören können. Sie versuchte, die Erinnerungen zu vertreiben, indem sie sich auf die Gegenwart und ihre Umgebung konzentrierte. Sie kannte inzwischen fast alle Autokennzeichen in der Tiefgarage auswendig. Nie zuvor war ihr aufgefallen, wie viele Wörter sich mit WI am Anfang bilden ließen: WI-TZ war sehr beliebt. Ebenso wie WI-RR und WI-LD. Es erstaunte sie, dass auch das »X« ausgesprochen angesagt schien.

Doch die trüben Gedanken ließen sich nicht vertreiben. Obwohl es inzwischen mehrere Jahre her war, schien ihr Körper noch jeden Moment des Schmerzes wiedergeben zu können.

»Ich muss mich dagegenstemmen«, murmelte sie. »Ich schaffe das.«

Ganz bewusst rief sie sich den letzten, den entscheidenden Tag ins Gedächtnis. Sie war noch gar nicht richtig wach gewesen, als eine junge Frau ihr Zimmer betreten hatte.

»Ich hau ab. Kommst du mit?«, hatte sie gefragt.

»Geht denn das – einfach so?« Verena war nicht sicher gewesen, ob sie vielleicht nur träumte.

»Nun komm schon. Ich kenne einen Ausgang. Aber allein traue ich mich nicht. Du willst doch auch weg hier, oder?«

Verena hatte nur genickt. Dann waren sie gemeinsam durch einen Flur geschlichen. Bis zu einer grünen Stahltür mit der Aufschrift: »Notausgang – alarmgesichert!«.

»Hier können wir aber nicht …« Verena hatte der Unbekannten ins Gesicht geschaut.

»Ich bin übrigens Seren«, hatte die erwidert. »Und doch,

wir können. Ich habe gestern mitgehört, dass der Alarm defekt ist und repariert werden soll.«

Verena war es gleichzeitig kalt und heiß geworden. Was würde geschehen, wenn man sie erwischte? Welche Strafe würde auf sie warten? Sie war zusammengezuckt, als Seren die Klinke hinuntergedrückt hatte und ein lautes Klicken zu hören gewesen war. Bestimmt würde doch der Alarm losgehen.

Aber es war nichts passiert. Sie waren durch die Tür gegangen und hatten sie von außen wieder geschlossen. Der freie Himmel über ihr und die Außenluft waren Verena vollkommen unwirklich vorgekommen.

»Und jetzt?«, hatte sie gefragt.

»Ich habe Freunde, die in einer WG leben. Du kannst erst mal mitkommen.«

Verena spürte, dass sie müde wurde. Die schlechte Luft und die Dunkelheit in der Tiefgarage ließen sie immer häufiger gähnen. Schon eine ganze Weile waren weder ein einfahrendes Auto noch eine Person zu sehen gewesen. Sie ging in die Knie und lehnte sich mit dem Rücken an die kühle Mauer. Etwas huschte zwischen ihren Füßen hindurch und ließ sie wieder aufspringen. Wird eine Maus gewesen sein, dachte sie. Zum hundertsten Mal umschloss sie mit der rechten Hand den Griff der Pistole.

Die Zeit würde noch kommen. Er würde kommen.

39

Schon wieder klopfte es. Elisa hatte das Gefühl, erst vor wenigen Minuten eingeschlafen zu sein. Sie rief »Herein!«, doch statt einer Antwort klopfte es erneut.

Stöhnend rappelte sie sich aus dem Bett auf und ging zur Tür.

»Elisa?« Maras Stimme.

»Du weißt, dass ich dich nicht reinlassen kann.«

»Was wollte der Alte von dir?«

»Er hat das Wasser getrunken. Es ist nicht vergiftet.«

»Und deshalb kommt er mitten in der Nacht zu dir? Der wollte bestimmt was ganz anderes. Weißt du, was ich glaube?«

»Nein«, sagte Elisa mit fester Stimme. »Und ich will es auch gar nicht wissen. Ich habe mich gerade sehr geschämt für mein Misstrauen. Ich halte viel von Professor Gruenwald. Er wird mir helfen. Und dann werde ich auch nicht mehr lange hierbleiben müssen.«

»Du hast ja keine Ahnung.« Maras Stimme erreichte eine unangenehme Höhe. »Ich will dir sagen, was er nachts mit seinen weiblichen Patientinnen …«

»Mara, hör auf. Ich lege mich jetzt wieder hin. Morgen früh kommt mein Rechtsanwalt. Ich werde einfach gesund, und dann gehe ich nach Hause. So bald wie möglich.«

»Elisa.« Jetzt klang Maras Stimme weinerlich. »Glaub mir doch.«

»Mara, ich würde dich hereinlassen, aber du weißt, dass meine Tür abgeschlossen ist. Lass uns ein anderes Mal reden, ja?«

»Elisa, bitte.«

»Nein, Mara. Keine weiteren Verdächtigungen. Schluss. Ich gehe jetzt gegen meinen Verfolgungswahn an. Sonst nimmt das hier nie ein Ende. Und es muss ein Ende haben.«

Eine Weile herrschte Schweigen. Dann flüsterte Mara so leise, dass man es durch die geschlossene Tür kaum noch hören konnte: »Mach's gut, Elisa. Dann nicht. Ich weiß ja selbst, wie man sich hier fühlt.«

Elisa kehrte in ihr Bett zurück. Doch statt einzuschlafen, wälzte sie sich unruhig hin und her. Es wurde schon hell, als sie in eine Art Dämmerzustand fiel. Und kaum verwandelte der sich in etwas, das man mit reichlich gutem Willen hätte Schlaf nennen können, wurde sie durch ein Räuspern in unmittelbarer Nähe schon wieder geweckt.

»Sie wollten mich gern sprechen?«

Julian Drieß stand an ihrem Bett. Elisa fühlte sich wie gerädert und konnte sich kaum konzentrieren. Deshalb stutzte sie auch nicht gleich wegen der seltsamen Ansprache.

»Julian.« Ihre Stimme war belegt. Sie hustete. »Nett, dass du gekommen bist.«

»Entschuldigung, kennen wir uns?«

Julian Drieß hob eine Augenbraue an.

»Ja, aber sicher doch. Wir waren sogar zusammen …«, sie zögerte kurz, »… im Theater und auf dem Ball des Sports. Du musst dich doch erinnern.«

Drieß lachte.

»Ball des Sports. Lustig. Und Sie meinen, so ein Rechtsanwalt wie ich würde da eingeladen? Sie, ja vielleicht, als Berühmtheit vom LKA. Aber ich bestimmt nicht. Also mit mir waren Sie da nicht, so viel ist sicher.«

Elisa fasste sich an den Kopf. Sie hatte das Gefühl, das Zimmer um sie herum würde sich drehen. Das konnte doch nicht wahr sein.

»Nur vorsichtshalber«, fragte sie weiter. »Sie erinnern sich auch nicht, mit mir essen gegangen zu sein? Oder ins Theater? Wir waren auch nicht zusammen bei Erol?«

»Wer ist denn bitte Erol?«

Elisa ließ sich in ihre Kissen sinken und schwieg. Das war alles völlig unbegreiflich.

In diesem Moment trat Professor Gruenwald ein. Er schüttelte Drieß die Hand.

»Schön, dass Sie so schnell hergekommen sind.«

»Kein Problem, Herr Professor.«

Elisa setzte sich erneut im Bett auf, blickte aber betreten nach unten und schwieg. Ihre Gedanken rasten. Sie konnte sich das doch nicht alles eingebildet haben. Den Theaterbesuch. Den Ball.

War es wirklich möglich, dass Gruenwald recht hatte? Dass sie unter einer Paranoia litt?

Sie sehnte sich nach einem Menschen, der ihr wirklich helfen konnte. Aber sie hatte plötzlich nicht mehr das Gefühl, dass sie diese Hilfe hier in der Klinik bekommen würde. Ganz im Gegenteil.

Und dann war sie sich doch wieder nicht richtig sicher.

Konnte es stimmen, dass Silviu nichts mehr von ihr wissen wollte?

Sie schloss kurz die Augen. Dann sah sie Gruenwald mit ernstem Blick an.

»Ich habe mich also ganz offensichtlich bei allem, was ich gesagt habe, total geirrt, Professor?«

»Ganz offensichtlich.«

Gruenwald lächelte sein wohlwollendes Lächeln, das Elisa immer so gut gefallen hatte. Plötzlich erschien es ihr falsch und aufgesetzt. Sie sprach weiter und bemühte sich um einen einsichtigen Tonfall.

»Also habe ich absoluten Quatsch geglaubt und erzählt, ja? Das ist nicht zu fassen. Tja – wirklich nett, dass Sie den Rechtsanwalt so schnell hergeholt haben. Er bestätigt ja auch genau, was Sie schon gesagt haben. Alles war Einbildung.«

Jetzt nickten die beiden Männer.

Elisa fand, dass sie etwas zu einstimmig nickten.

Raus. Ich muss hier raus, ging es ihr durch den Kopf.

»Sagen Sie, Herr Professor Gruenwald, Sie und Rechtsanwalt Drieß, Sie sind gut miteinander bekannt, oder? Sonst wäre er nicht so schnell gekommen, stimmt's?«

»Das ist richtig«, erklärte Julian Drieß lächelnd. »Wenn er ruft, komme ich gleich.« Er klopfte Gruenwald jovial auf die Schulter.

Vor Elisas Augen erschien die Szene im Theater. Da hatten beide Männer so getan, als hätten sie sich noch nie gesehen. Das konnte sie sich doch nicht eingebildet haben. Sie war auf einmal ganz sicher, dass sie sich das nicht eingebildet hatte. Und den Rest auch nicht.

Die beiden machen gemeinsame Sache. Und wer weiß, mit welchen Absichten. Ich werde hereingelegt.

Was hatte Mara in der Nacht gesagt? Sie hatte sie vor Gruenwald gewarnt.

Wenn sie damit recht hat, gibt es nur eins: Ich muss hier raus. Aber wie um alles in der Welt komme ich aus diesem Zimmer?

»Ich freue mich, dass Sie deutlich klarer zu werden scheinen«, sagte Gruenwald mit Blick auf Elisa, die mit gesenktem Kopf in ihrem Bett saß.

Sie versuchte einen treuherzigen Augenaufschlag. »Ja, ich bemühe mich«, log sie. Dann stand sie betont mühsam und wackelig aus dem Bett auf und schüttelte erst Gruenwald, dann Julian Drieß die Hand.

»Vielen Dank, dass Sie mir helfen, wieder normal zu werden«, sagte sie und stolperte dabei über ihr Nachthemd. Drieß fing sie mit einer raschen Bewegung auf.

»Oh, bitte entschuldigen Sie.« Elisa stützte sich umständlich ab, wobei sie sich in der Jacke des Anwalts verfing. »Ich bin wirklich noch recht schwach.«

»Gar kein Problem.«

Drieß und Gruenwald lächelten. Dann schloss sich hinter ihnen die Tür.

40

Es war beinahe unerträglich für Verena, wieder in diesem Gebäude zu sein. Nicht einmal der Wunsch nach Rache hätte sie von sich aus dazu gebracht, hierher zurückzukehren. An den Ort, an dem sie so sehr gedemütigt, so sehr gequält und erniedrigt worden war.

Sie meinte sogar, wieder zu spüren, wie er nachts zu ihr gekommen war. Seinen Atem, seine Haut, seine Gier. Und sie, die dem nichts entgegensetzen konnte – ans Bett gefesselt, schwach und betäubt. Dass sie von hier hatte entkommen können, schien ihr immer noch so unglaublich, so absolut unwahrscheinlich, dass sie sich selbst versichern musste, dass es die Wahrheit war.

Nach ihrer Flucht hatte sie bei Seren und ihren Freunden fast so etwas wie ein Zuhause gefunden. Sie war erstaunt gewesen über diese Welt: junge Menschen, denen Geld absolut unwichtig zu sein schien, die ganz selbstverständlich alles mit ihr geteilt hatten und gemeinsam gewohnt hatten, wo gerade Platz gewesen war.

Verena war in Frankfurt gewesen, in Berlin – später auch in Istanbul und einige Zeit in Neapel. Plötzlich aber hatten immer mehr ihrer Freunde sich für ein »bürgerlicheres« Leben entschieden. Sie hatten Partner gefunden, einige hatten Kinder bekommen.

Und als Seren schließlich vorgeschlagen hatte, nach Wiesbaden zurückzukehren, weil das doch ihre Heimat sei, hatte Verena zugestimmt. Und es war ja auch richtig gewesen: Hier hatte sie *ihn* getroffen. Den einzigen Menschen, dem sie rückhaltlos vertraute. Sie schloss kurz die Augen und rief sich sein Gesicht in Erinnerung: die sanften braunen Augen, die ruhige Stimme.

Seinen Auftrag würde sie jetzt ausführen.

»Du tust es für mich – ebenso wie für dich«, hatte er in der Videobotschaft gesagt. Sie griff nach der Pistole. Genauso war es.

Und in diesem Moment hörte sie Schritte. Der Augenblick war gekommen.

41

Elisa strich fast zärtlich über die Tasten des Mobiltelefons. Natürlich hatte sie nicht vergessen, dass Drieß es immer locker in der rechten Jackentasche trug. Sie zwang sich, zwanzig Sekunden zu warten, falls er den Verlust bemerkte und direkt zu ihr zurückkam. Aber die Tür blieb geschlossen.

Sie wählte Silvius Nummer. Er war fast sofort am Apparat und klang sehr aufgeregt.

»Elisa, was ist mit dir passiert? Nicht einmal beim LKA konnte man mir etwas sagen. Oder man wollte nicht, keine Ahnung.«

»Hat Professor Gruenwald sich bei dir gemeldet?«, fragte Elisa.

»Nein – wieso?«

»Dachte ich's mir doch.«

Er hat mich von vorn bis hinten belogen.

So schnell sie konnte, gab sie Silviu einen Lagebericht. Sie erzählte alles. Auch die Vermutungen von Mara, dass Gruenwald seine weiblichen Patienten missbrauchte.

»Dieses Gerücht gibt es schon länger. Deshalb war ich auch so wenig erfreut, dich mit ihm zu sehen. Aber es waren eben nur Gerüchte.«

»Wo hast du das gehört?«, fragte Elisa.

»Später. Wie kann ich dich da jetzt rausholen?«

»Wenn ich das wüsste. Mist, ich muss Schluss machen.«

Elisa sah, wie die Türklinke hinuntergedrückt wurde. Sie legte das Handy hastig unter ihr Bett, zog die Decke hoch und schloss die Augen.

»Ich muss es hier verloren haben«, hörte sie Julian Drieß murmeln.

»Pass in Zukunft besser darauf auf.« Gruenwalds Stimme klang genervt. »Es wäre mir gar nicht recht, wenn …«

»Hier liegt es ja. Na also.«

Elisa konnte das Aftershave von Julian Drieß riechen, als er sich neben ihrem Bett bückte und das Handy darunter hervorzog. Ihr Herz klopfte heftig. Gruenwald und Drieß hatten gerade Du zueinander gesagt. Das war der letzte Beweis, der ihr gefehlt hatte, um ganz sicher zu sein, dass sie hereingelegt werden sollte. Die beiden machten gemeinsame Sache.

Elisa hörte die Männer zur Tür hinausgehen. Sie atmete tief ein und aus, um sich ein bisschen zu beruhigen. Sie starrte auf die Bilder mit den Wiesbadener Stadtansichten. Am Biebricher Schloss blieb ihr Blick hängen. Was würde sie darum geben, von dort auf den Rhein schauen zu können. Raus. Nur raus hier. Sie konnte sich nur mühsam zurückhalten, nicht gegen diese gottverdammte geschlossene Tür zu hämmern. Das Krankenzimmer kam ihr vor wie ein Kerker. Sie spürte, dass sie kurz davor war, die Beherrschung zu verlieren.

42

Verena zog die Pistole heraus und trat aus ihrem Versteck.

»Hände hoch, keinen Mucks, oder ich knall dich ab.«

Der Mann wurde leichenblass.

»Was soll das?« Seine Stimme zitterte.

»Du weißt genau, warum. Geh vor.«

Er drehte sich Richtung Ausgang.

»Nicht da rein, du Idiot. Über die Feuertreppe. So wie du es nachts gemacht hast, wenn du zu mir gekommen bist.«

»Ich habe doch gar nichts …«

»Lüg nicht. Du hast geglaubt, ich bin betäubt von dem Zeug, das ihr ins Wasser mischt. Aber ich war wach. Ich weiß alles. Und wenn du jetzt nicht sofort über die Feuertreppe auf die Station gehst, dann drück ich ab.«

»Verena, bitte …«

»Los, mach schon!«

Sie durchquerten die Tiefgarage.

»Auf welche Station denn?«

»Na, welche schon? Dahin, wohin du mich auch immer gebracht hast. Wo einen keiner hört. Wo niemand reinkommt außer dir und deiner Clique. Wo ihr so viel *Spaß* hattet. – Oder wahrscheinlich immer noch habt«, ergänzte sie nach einer kurzen Pause.

Sie drückte ihm die Pistole in den Rücken. Ihre Sinne waren aufs Äußerste geschärft.

Sie hörte jedes Schnaufen, während er schwer atmend vor ihr das enge Nottreppenhaus hinaufstieg. Es roch nach feuchtem Beton. Plötzlich wirbelte er mit einer Geschwindigkeit herum, die Verena ihm bei seiner Körperfülle nicht zugetraut hatte, und schlug nach ihrem Arm mit der Pistole.

Doch sie brauchte nur Millisekunden, um zu reagieren. Obwohl nicht viel Platz war, wich sie seinem Angriff aus, duckte sich, richtete die Pistole auf seine linke Hand, mit der er sich am Geländer festhielt, und drückte ab. Der Knall war nicht so laut, wie sie erwartet hatte. Sein Schrei war dafür umso markerschütternder. Blut tropfte von der verletzten Hand.

»Jetzt weißt du, dass ich es ernst meine«, sagte Verena. Sie war selbst erstaunt darüber, wie ruhig und sicher ihre Stimme klang.

43

Die Tür sprang unvermittelt auf. Elisa, die außer dem Nachthemd, das sie trug, in dem ganzen Zimmer kein einziges Kleidungsstück gefunden hatte, sprang erschrocken von der Bettkante hoch. Die Decke, die sie sich über die Beine gelegt hatte, rutschte auf den Boden.

Gruenwald taumelte in ihr Zimmer. Seine Augen waren weit aufgerissen, die Gesichtshaut fahl, sein Hemd blutverschmiert.

»Professor ...« Elisa erstarrte mitten im Satz. Ihr Blick fiel auf Gruenwalds linke Hand beziehungsweise das, was von ihr übrig war.

Eine junge Frau trat hinter Gruenwald ins Zimmer und deutete mit der Pistole, die sie hielt, auf das Bett.

»Hinlegen«, befahl sie. Danach erst schien sie Elisa zu bemerken.

»Ist das dein nächstes Opfer?«

»Hör zu ...«, begann Richard Gruenwald.

Aber sie ließ ihn nicht ausreden.

»Spar dir deine Erklärungen.«

Sie drückte die Pistole an Gruenwalds rechte Schläfe. Elisa starrte die Frau an. Sie hatte ihr Gesicht irgendwo schon einmal gesehen, aber es wollte ihr nicht gleich einfallen. Dabei kam ihr diese Person so ungeheuer bekannt vor. Wie war das möglich?

»Ich mache das für Tomas«, erklärte die junge Frau jetzt.

»Na sauber«, stöhnte Gruenwald. »Tomas Strecker. Dieser miese Erpresser, der ...« Er brach mitten im Satz ab. »Das Arschloch ist doch tot.«

Verena zuckte zusammen, als hätte sie der Blitz getroffen.

Elisas Gedanken rasten. Was hatte diese Frau mit Strecker zu tun? Warum nannte Gruenwald ihn einen Erpresser? Und wohin gehörte das Gesicht der Frau?

Plötzlich fiel es ihr ein. Die Erkenntnis traf sie wie ein

Schlag. Sie kannte dieses Gesicht. Da war der kleine Leberfleck. Wie hatte sie das vergessen können? Sie hatte dieses Gesicht gezeichnet. Nicht genauso, wie es war. Aber sehr ähnlich. Die Frau mit der Pistole sah nur immer noch aus wie ein Mädchen. Zwar hatte ihre Haut erste Falten bekommen, aber die Züge wirkten irgendwie unfertig, unerwachsen, weich. Es musste die seit Jahren vermisste junge Frau sein, die Elisa mit dem Zeichenstift hatte altern lassen.

»Verena?«, fragte sie.

Verena fuhr herum.

»Woher kennen Sie mich?«

»Die Polizei sucht Sie.«

»Sie sind von der Polizei?«

»Ich bin Phantombildzeichnerin. Ich habe versucht, Sie so zu malen, wie Sie heute aussehen könnten.«

»Warum das denn? Habt ihr sonst nichts zu tun?«

»Die Polizei ... Also – Ihre Eltern suchen Sie doch bestimmt auch.«

»Die bestimmt nicht«, antwortete Verena bitter.

Sie zielte immer noch mit der Pistole auf Gruenwald. Dem Professor standen Schweißperlen auf der kalkweißen Stirn.

»Er braucht einen Arzt«, sagte Elisa.

»Das Schwein braucht gar nichts.« Verena hustete. »Was ist mit Tomas passiert? Wieso ist er tot?«

Gruenwald antwortete nicht. Elisa schaute Verena in die Augen. Sie bemerkte ein nervöses Flackern in ihrem Blick. Und Verzweiflung. Verzweiflung, wie sie nur durch jahrelanges Leid erzeugt wird.

»Tomas Strecker wurde ermordet.«

»Nein.« Verena schrie regelrecht auf.

Elisa sah, dass sie die Augen schloss. Es war eine Chance, wenn auch nur eine winzige. Aber sie durfte sie nicht verstreichen lassen. Sie musste den Moment nutzen, in dem Verena unaufmerksam war.

Mit aller Kraft warf sie sich auf Verenas rechten Arm. Ihren Kopf rammte sie der jungen Frau in die Brust. Elisa spürte einen dumpfen Schmerz, und ihr wurde schwindelig. Aber sie hatte gut gezielt. Die Pistole fiel scheppernd auf den Boden und rutschte unter dem Bett hindurch auf die andere Zimmerseite. Ein Gefühl der Erleichterung durchzog Elisa. Es war fast geschafft.

Jetzt nur noch fliehen. Einfach raus hier ... Doch dann geschah etwas, womit sie nicht gerechnet hatte.

Mit einer Energie, die Elisa ihm niemals zugetraut hatte, sprang Gruenwald auf. Er hechtete über Elisas Krankenbett. Trotz seiner Körperfülle und trotz der Verletzung an seiner Hand war er blitzschnell auf dem Boden und schaffte es, die Waffe an sich zu nehmen.

»Keine Bewegung!«, brüllte er. Er zielte abwechselnd auf Verena und Elisa. »Ihr geht beide da rüber. Gesicht zur Wand. Wer sich umdreht, wird auf der Stelle erschossen.«

Elisa war sich vollkommen sicher, dass er es ernst meinte. Sie wagte nicht den kleinsten Mucks. Neben ihr hörte sie Verena schwer atmen.

Gruenbergs Schritte bewegten sich Richtung Ausgang. Dann fiel die Tür ins Schloss. Sie waren allein. Allein und eingesperrt.

44

»Warum hast du das Schwein gerettet?« Verena schaute Elisa mit vor Zorn funkelnden Augen an.

Elisa fiel keine vernünftige Antwort ein. Was hatte sie dazu gebracht? Hätte sie sich nicht denken können, dass es so ausgehen würde? Dass sie jetzt beide in der Falle saßen?

»Was hat er mit Ihnen gemacht?«, fragte sie schließlich. »Und was war mit der Erpressung durch Strecker?«

Verenas Antwort kam erstaunlich prompt und kühl. »Missbraucht. Genau wie die meisten anderen jungen Patientinnen. Ist er dir nicht an die Wäsche gegangen?«

»Nicht, dass ich wüsste.« Sie stockte. »Aber Mara hat gesagt ...«

»Wer ist Mara?«

»Meine Freundin. Sie ist auch hier.«

»Ach, du Scheiße.«

Beide blieben für eine Weile still.

»Und Tomas Strecker? Was hat der mit Ihnen zu tun?«

»Das geht dich gar nichts an.« Verena sprang auf und machte den Eindruck, sich auf Elisa stürzen zu wollen.

»Entschuldigung.«

Verena schaute an die Decke. Ihr Blick wechselte von abgrundtiefem Hass zu bodenloser Trauer.

»Was soll's«, sagte sie schließlich. »Wenn wir hier schon zusammen auf unser Ende warten, kann ich dir auch alles erzählen. Wo soll ich anfangen?«

»Wie Sie ...« Elisa zögerte. »Wie du Tomas kennengelernt hast, vielleicht?«

»Ich habe ab und an Hunde ausgeführt.«

Elisa nickte. Die übliche Masche also.

»Er hat mich angesprochen. Er ist der einfühlsamste, liebste ...« Eine Träne rollte ihr über die Wange. »Ist er wirklich tot?«

»Ja.«

»Und wer hat ihn umgebracht?«

»Keine Ahnung. Die Polizei hat jemanden verhaftet, aber ich bin mir nicht sicher, ob es der Richtige ist.«

»Wen hat die Polizei verhaftet?«

»Einen psychisch kranken Mann, der am Tatort stand und gesagt hat, er hätte dort einen Pitbull gesehen.«

»Einen echten Pitbull – oder diesen Autoaufkleber, mit dem viele rumfahren?«

»Wie kommst du denn darauf?« Elisa war verblüfft. Auf die Idee mit dem Aufkleber war sie nicht gekommen. Und, soweit sie wusste, auch niemand bei der Polizei.

»Na ja«, begann Verena, »unser feiner Herr Professor – der hat nicht nur diesen alten Mercedes, den du vielleicht kennst, sondern auch noch einen Golf GTI – auch so ein Fast-Oldtimer. Als ich noch dachte, er meint es gut mit mir, bin ich da ab und an eingestiegen. Er hat mich zum Essen eingeladen. Und mir Komplimente gemacht. Ich war so dumm … Egal jetzt. Was ich sagen will: Gruenwald hat einen schwarzen Golf. Ich glaube, der steht auf diese Klapperkisten. Vielleicht sammelt er die. Und auf dem Golf ist so ein Aufkleber.«

»Ein Pitbull-Aufkleber?« Elisa konnte es nicht fassen.

»Genau. Vom Vorbesitzer, nehme ich an.«

Für eine Weile vergaß Elisa fast, dass sie eingesperrt waren. Wie einfach die Lösung war: Franke hatte wirklich einen Pitbull gesehen. Keinen echten, sondern nur einen Aufkleber. Den Aufkleber auf Gruenwalds Auto. Gruenwald war am Tatort gewesen. Und das hieß, er hatte Tomas Strecker ermordet. Auch das Motiv war klar: Gerade hatte Gruenwald doch gesagt, dass er von Strecker erpresst worden sei.

»Verena, hast du Tomas Strecker erzählt, dass der Professor seine Patientinnen missbraucht?«

»Ja. Er ist der Einzige, der das weiß – wusste.«

»Könntest du dir vorstellen, dass Tomas den Professor erpresst hat?«

»Tomas? Nein.«

Verena rieb ihre Hände aneinander. Elisa sah ihr an, dass sie nicht ganz sicher war.

»Na ja, vielleicht … Aber Gruenwald hat es doch auch verdient, der widerliche Kerl.«

»Ich urteile nicht darüber. Ich überlege, wie es abgelaufen sein kann.« Elisa lehnte sich zurück. »Das passt zusammen: Strecker erpresst Gruenwald. Gruenwald tötet Strecker. Gruenwald merkt, dass ich mich für den Fall interessiere. Deshalb macht er sich an mich heran.«

»Bestimmt nicht nur deshalb«, unterbrach Verena sie. »Wenn Richard Gruenwald eine Frau sieht, will er sie … Genau wie sein Freund, dieser Julian.«

»Den kennst du auch?«

Ihr Gespräch wurde von einem lauten Knall unterbrochen. Die Tür flog auf. Silviu stand im Zimmer.

Elisa rannte zu ihm und fiel ihm in die Arme.

»Wie hast du uns gefunden? Gott sei Dank. Wie hast du das geschafft?«

»Sie hat mich hergebracht«, sagte Silviu und deutete auf den Flur.

Dort stand Mara und lächelte. Aber sie wurde kurz darauf wieder ernst. »Wo ist das Schwein hin?«

»Gruenwald?«, fragte Elisa.

»Wer wohl sonst?«, fragte Mara.

»Ich nehme an, geflohen«, erklärte Verena.

»Den schnappen wir uns.« Silviu zog seine Jacke aus, gab sie Elisa und nahm ihre Hand.

Dann rannten sie durch den Flur und das Feuertreppenhaus. Verena und Mara folgten ihnen.

»Aber der kann überall sein«, keuchte Elisa.

»Nein.« Verena war erstaunlich ruhig, obwohl auch sie gerannt war. »Er braucht jemanden, der seine Hand versorgt, ohne unangenehme Fragen zu stellen.«

»Gibt es hier in der Klinik so etwas wie eine Erste-Hilfe-Station?«, fragte Silviu.

Mara nickte. »Kommt, ich weiß, wo die ist.«

Sie durchquerten das elegante Foyer und versuchten, sich so selbstverständlich wie möglich zu geben, um niemanden Verdacht schöpfen zu lassen. Elisa hatte kurz das Gefühl, die Frau am Empfang riefe ihnen etwas hinterher, aber sie drehte sich gar nicht erst um.

Sie waren gerade im Gang mit der Erste-Hilfe-Station angekommen, als ihnen Professor Gruenwald auch schon entgegenkam. Als er die Gruppe erblickte, loderte Zorn in seinem Gesicht auf.

»Was macht ihr hier?«

»Geben Sie auf, Gruenwald!«, rief Silviu. »Es ist vorbei.«

Richard Gruenwald zögerte keine Sekunde. Er riss die Tür zu einem Behandlungsraum auf und lief hinein. Sofort danach war zu hören, wie von innen abgeschlossen wurde.

»Na prima.« Mara grinste. »Jetzt hat er sich selbst eingesperrt. Spart uns die Arbeit.«

Silviu holte sein Handy aus der Tasche.

»Am besten ist es wohl, wenn du deine Kollegen anrufst und ihnen alles erklärst.«

45

Elisa hatte den Wiesbadener Polizeipräsidenten Jürgen Bender selten so skeptisch erlebt.

»Wirklich Gruenwald?«, fragte er. »Für den hätte ich meine Hand ins Feuer gelegt.«

»Ich doch auch«, erwiderte Elisa. »Ich war ja dumm genug, ihn über all unsere Ermittlungen wunderbar auf dem Laufenden zu halten.«

»Und was hat Gruenwald Ihnen angetan?«

»Er hat mich in seiner Klinik eingesperrt. Und behauptet, ich leide an Wahnvorstellungen. Wahrscheinlich war er auch vorher in meiner Wohnung und hat Dinge gemacht, die mich glauben lassen sollten, dass ich durchdrehe.«

»Zum Beispiel?« Jürgen Bender schien immer noch nicht überzeugt.

»Zum Beispiel behauptet er, ich sei gar nicht auf dem Ball des Sports gewesen, sondern habe mir das nur eingebildet.«

Man konnte förmlich hören, wie Bender nachdachte.

»Das hat er wirklich gesagt?«

»Ganz sicher. Und er mischt irgendetwas in das Wasser, um seine Patienten ruhigzustellen. Oder damit ich auf dem Ball plötzlich ohnmächtig werde.«

»Also, das mit dem Ball des Sports – da haben Sie auf jeden Fall recht, Elisa. Ich habe Sie gesehen.«

»Waren Sie auch da? Das wusste ich gar nicht.«

»Nein, im Fernsehen habe ich Sie bewundert.« Bender lachte. »Sie sahen großartig aus. Wenngleich – ein bisschen zu hübsch für die Wiesbadener High Society. Die hat nach meiner Auffassung mehr Geld als Geschmack. Aber das ist natürlich Ansichtssache. Wie auch immer. Wo ist denn Professor Gruenwald jetzt?«

»Eingesperrt in einem seiner Behandlungsräume.«

»Ich schicke jemanden, um ihn abzuholen. Wir nehmen

den Mann ins Verhör. Also, wenn Sie da wirklich recht hätten …«

»Danke.«

Sie mussten nicht einmal eine Viertelstunde warten, bis fünf Beamte und Polizeipräsident Bender in der Klinik erschienen. Sie kamen gemeinsam mit einem Mann, der sich als kaufmännischer Direktor vorstellte und einen sehr gestressten Eindruck machte.

»Das sind doch alles nichts als vage Vermutungen«, schimpfte der Mann, wurde aber sehr schnell still, als er die ausgeprägten Blutspuren auf dem Teppich und am Türgriff des noch immer verschlossenen Behandlungszimmers sah.

»Was zum Teufel ist denn hier …?«, fragte er.

»Hier verschanzt sich Ihr Chef, um seiner gerechten Bestrafung zu entgehen«, erklärte Elisa. Sie konnte eine gewisse Genugtuung im Tonfall nicht unterdrücken. Noch immer ärgerte sie sich darüber, dass sie auf Gruenwalds charmante Art hereingefallen war.

»Haben Sie einen zweiten Schlüssel für den Raum?«, fragte Bender. »Oder gibt es einen Generalschlüssel?«

»Es gibt nur einen Generalschlüssel, und den hat der Chef. Ob für diesen Raum hier noch ein eigener Schlüssel existiert, weiß ich nicht.« Der kaufmännische Direktor klang hochnäsig und blasiert.

Elisa stellte sich vor, wie er unter dem Carport seines Nordenstädter Winkelbungalows den Audi TT putzte.

»Sie können uns die Tür also nicht aufmachen?«, fragte sie.

Der Mann streckte seine Hand nach der blutverschmierten Klinke aus, zog sie aber gleich wieder zurück. Einer der Polizisten streifte sich einen Plastikhandschuh über und versuchte, die Klinke hinunterzudrücken, jedoch ohne Erfolg.

»Eindeutig abgeschlossen«, murmelte er.

»Dann aufbrechen«, befahl Bender.

»Also, ich weiß nicht …« Der kaufmännische Direktor verschränkte die Arme vor der Brust. »Brauchen Sie da nicht einen richterlichen Beschluss?«

»Gefahr im Verzug«, erklärte Bender trocken. »Wir müssen da jetzt rein. Könnte ja auch sein, dass medizinische Hilfe nötig ist.« Er deutete auf die Blutspur. »Dann wäre es sogar unterlassene Hilfeleistung, die Tür nicht aufzubrechen.«

»Warten Sie, vielleicht kann ich doch einen Schlüssel beschaffen.«

Plötzlich klang der Direktor süßlich. Er zog sein Handy aus der Tasche und schaffte es, dass schon drei Minuten später eine der gepflegten Empfangsdamen mit einem Schlüssel erschien.

»Sieh an«, knurrte Bender.

Er gab einem der Polizisten ein Zeichen. Sie schlossen auf und gingen mit gezogenen Waffen zu zweit in den Raum. Alle, die draußen warteten, hielten den Atem an. Eine Weile herrschte völlige Stille.

Dann hörten sie Bender rufen: »Sorry – aber hier ist niemand.«

Wie gemeinsam von einem Katapult abgeschossen drängten alle in das Behandlungszimmer. Von Richard Gruenwald war nichts zu sehen.

46

»Wo um alles in der Welt kann der sein?«

Elisa konnte es einfach nicht glauben. Silviu schaute aus dem Fenster.

»Viel zu hoch. Außerdem verschlossen«, sagte er. »Und ich habe noch keinen gesehen, der aus dem Fenster springt und es danach wieder von innen schließt.«

»Witzig«, knurrte Bender. »Elisa, sind Sie ganz sicher …«

»Hören Sie.« Elisas Stimme klang scharf. »Ich bin nicht verrückt oder so. Ich habe mir das nicht eingebildet. Und ich bin doch auch nicht die Einzige, die gesehen hat, dass Professor Gruenwald hier reingelaufen ist. Alle hier sind Zeugen.« Sie deutete auf Mara, Verena und Silviu, die im Kreis um sie herumstanden. »Außerdem haben Sie die Blutspur gesehen.«

»Schon gut«, murmelte Bender. Er betrachtete den Linoleumboden in dem Behandlungszimmer. »Hier sind auch noch ein paar Blutspritzer. Aber nur wenige.«

Silviu deutete auf ein weißes Schränkchen an der Wand. »Da ist Verbandszeug drin. Ich denke, der Professor hat seine Wunde versorgen können, bevor er abgehauen ist.«

»Und wie – bitte schön – soll er von hier abgehauen sein?«

Einer der Beamten kroch auf allen vieren unter eine Behandlungsliege, die an der Wand gegenüber dem Verbandsschränkchen stand.

»Hier, Chef. Da ist eine Luke.«

Zwei Polizisten zogen die Liege von der Wand. Hinter der Luke öffnete sich ein dunkler Schacht.

»Unglaublich. Das ist wie ein militärischer Geheimgang. Und ich dachte, das gibt's nur am Rheinufer in Kastel.«

»Kennen Sie die Geschichte dieser Klinik?«, fragte Elisa.

Alle schüttelten die Köpfe.

»Aber das könnte schon eine Kaserne gewesen sein – früher, oder?«

»Oder ein Lazarett«, sagte Silviu. »Das würde gut passen. Da haben die auch Geheimgänge eingerichtet, um notfalls fliehen zu können. Wetten, dieser führt direkt in die Tiefgarage?«

»Lassen Sie es uns probieren. Aber vorsichtig«, befahl Bender.

Der Gang war erstaunlich leicht begehbar. Eine Eisentreppe führte bergab, und tatsächlich gelangten sie schon bald an eine Stahltür, die direkt in die Tiefgarage führte.

»Bingo. Ich gebe eine Fahndung nach seinem Mercedes raus«, sagte der Polizeipräsident, doch Silviu tippte ihm auf die Schulter.

»Können Sie sich sparen. Der steht gleich da drüben.«

»Mist. Hat er noch ein Auto?«

»Ja, das mit dem Pitbull«, sagte Elisa.

Bender schaute sie überrascht an.

»Da gibt es noch ein paar Dinge, die ich Ihnen erklären muss. Aber versuchen Sie erst mal herauszufinden, ob auf Professor Gruenwald oder sein Unternehmen ein schwarzer Golf GTI zugelassen ist.«

47

»Kein Golf, der auf Gruenwald zugelassen wäre. Überhaupt kein zweites Auto. Auch nicht auf die Klinik.« Jürgen Bender sah wütend aus.

»Julian Drieß?«, fragte Elisa. Sie stand mit dem Polizeipräsidenten, Mara, Verena und Silviu im Foyer der Klinik.

»Drieß haben wir verhaftet. Aber der sagt kein Wort. Klar, als Anwalt weiß er, dass er das Recht hat zu schweigen und dass das auch nicht gegen ihn verwendet werden kann. Es ist wohl sogar die beste Verteidigung.«

Die Beamten, die Bender mitgebracht hatte, waren bereits auf dem Rückweg in die Dienststelle. Der kaufmännische Direktor brachte ein Tablett mit Wassergläsern.

»Ist da auch nichts drin?«, fragte Elisa.

Mara lachte. »Das wär's noch. Hier in aller Öffentlichkeit den PP vergiften.«

»Dir geht es besser, oder?«

Elisa wurde plötzlich klar, wie vertraut sie sich mit Mara fühlte. Als kleine Mädchen waren sie beste Freundinnen gewesen. Dann kam die Entführung. Danach die schreckliche Zeit, in der Mara in dieser Klinik offenbar gequält worden war.

»Ich habe den Gruenwald schon lange hinters Licht geführt. Nach ein paar Wochen war mir klar, dass mit dem Wasser, das er auf Station verteilt, etwas nicht stimmt. Ich habe es weggegossen und Wasser aus dem Hahn getrunken. Und wenn er nachts gekommen ist, bin ich im Gegensatz zu den anderen aufgewacht. Da hat er sich nicht getraut … Du weißt schon.«

Bender sah auf das Display seines Handys.

»Dachte ich's mir doch«, schimpfte er. »Das Auto mit dem Pitbull-Aufkleber ist auch in der Nähe von Erika Meinhardts Haus beobachtet worden. Und zwar kurz vor der Explosion.«

Elisa spürte, wie ihr Gesicht heiß wurde. Sie kämpfte mit den Tränen. »Hätte ich sie nur niemals besucht. Bestimmt hat

Gruenwald befürchtet, sie würde mich auf die richtige Spur bringen.«

»Elisa, Verzeihung – aber schreiben Sie sich nicht zu viel zu.« Jürgen Bender legte ihr einen Arm auf die Schulter.

»Wenn Gruenwald das war – wofür einiges spricht –, dann hat er befürchtet, *die Polizei* könnte auf die richtige Spur gebracht werden. Nicht Sie persönlich, Elisa Lowe, oder?«

Sie nickte zaghaft.

Bender sprach weiter: »Und außerdem sind Sie ganz und gar nicht die Einzige, die auf die feinen Herren hereingefallen ist. Kollege Engeholm zum Beispiel hat Rechtsanwalt Drieß den Kontakt zur Familie Siering vermittelt. Er hat auch geglaubt, da wolle jemand einfach nur helfen.«

Plötzlich fiel Elisa etwas ein. Sie ging auf den kaufmännischen Direktor zu. »Wo ist Lukas Franke?«

Der Mann sah unschlüssig aus. »Ich weiß nicht, ob ich Ihnen …«

Bender mischte sich ein. »Ja, Sie dürfen Frau Lowe das sehr wohl mitteilen. Sie wissen, dass Herr Franke als Tatverdächtiger mit einer Ausnahmegenehmigung des Ministeriums bei Ihnen untergebracht ist. Ich ermächtige Sie ausdrücklich, uns sofort zu ihm zu bringen.«

Er drehte sich zu Elisa um.

»Wenn ich auch nicht so genau weiß, warum Sie ihn sprechen möchten.«

»Franke hat von dem Pitbull gesprochen«, sagte Elisa leise. »Wir haben alle falsch gedacht. Wir haben ihn missverstanden. Nur weil er uns nicht erklären konnte, was er genau gesehen hat. Dabei ist es bemerkenswert, dass er auf den Autoaufkleber geachtet hat. Aber wenn wir ihm jetzt sagen, dass wir ihn verstanden haben – vielleicht weiß er mehr. Vielleicht sogar das Kennzeichen. Ich traue ihm das zu.«

»Gut, gehen wir.«

48

»Ich würde das gern allein machen«, sagte Elisa, als sie vor Frankes Zimmertür angekommen waren.

»Und ich glaube, ich kann nicht mehr«, stöhnte Verena plötzlich.

Niemand hatte auf sie geachtet. Erst jetzt, als sie auf dem Boden zusammensackte, wurde die Gruppe um sie herum auf die junge Frau aufmerksam.

»Ich rufe einen Krankenwagen«, sagte Bender. »Und – wenn es sein muss, Elisa, gehen Sie allein zu Franke. Aber seien Sie vorsichtig. Sie erinnern sich bestimmt an das letzte Mal?«

Elisa fasste sich an die Nase.

»Man sieht doch eigentlich nichts mehr, oder?«

Der kaufmännische Direktor und auch Mara schauten die beiden verständnislos an.

»Nein, wirklich. Ich habe keine Angst vor Franke. Und wenn ich ihm jetzt sage, dass ich ihn endlich verstehe, dann tut er mir auch nichts. Wir wissen ja inzwischen alle, dass er kein Mörder ist, oder?«

»So, wie es aussieht, bleibt tatsächlich nur die Körperverletzung in Ihrem Büro übrig.«

»Ich stelle keinen Strafantrag«, sagte Elisa knapp. »Machen Sie die Akte zu. Und lassen Sie mich jetzt da rein.«

Bender nickte. »Sie haben wohl recht. Aber wenn doch etwas sein sollte, brüllen Sie sofort los.«

Elisa betrat Frankes Krankenzimmer. Der Mann saß am Fenster und starrte in den Kurpark.

»Herr Franke, erinnern Sie sich an mich?«

Er drehte sich wortlos um. Elisa erkannte an seinem Blick, dass er sich genau erinnerte.

»Ich möchte mich bei Ihnen entschuldigen«, sagte sie.

Lukas Frankes Ausdruck wechselte von kalter Abneigung zu echter Verblüffung.

»Ich war zu dumm, Sie zu verstehen. Kein Wunder, dass Sie sich geärgert haben.«

»Aber … ich … habe … Sie … geschlagen.«

Frankes Sprache klang noch schleppender, als Elisa sie in Erinnerung hatte. Sie sah die blaue Wasserflasche neben seinem Bett. Kein Wunder. Sie ging ins Bad und goss ihm ein Glas Leitungswasser ein.

»Trinken Sie lieber das hier. Das Zeug in den blauen Flaschen benebelt einen nur«, erklärte sie.

Franke trank einen Schluck und sah sie an.

»Ich weiß jetzt, was Sie mit dem ›Pitbull‹ gemeint haben. Er war hinten auf dem Auto, richtig?«

Franke nickte heftig.

»Erinnern Sie sich noch? Können Sie das Bild vorholen? Das Bild von dem Auto?«

Auf dem Nachttisch lagen ein Block und ein Kugelschreiber. Elisa fing an, ein Auto von hinten zu zeichnen.

»Schwarz«, murmelte Franke.

Elisa nickte und malte die Kotflügel schwarz. Dann begann sie, das Pitbull-Emblem auf die Heckscheibe zu malen.

»Sehr gut.«

Lukas Franke klopfte mit der Hand auf den Tisch. Jetzt kommt es drauf an, dachte Elisa. Sie zeichnete die Stoßstange. Danach die Heckleuchten.

»Zu … groß«, korrigierte Franke sie. Mit ein paar geschickten Strichen ließ Elisa die Leuchten kleiner wirken. »Besser.«

Zum ersten Mal zeigte Lukas Franke so etwas wie ein Lächeln. Er schaute Elisa ins Gesicht. Sie lächelte zurück. Dann fügte sie ein Rechteck über der Stoßstange ein und setzte die Buchstaben »WI« ein. Franke kniff die Augen zusammen.

»Erinnern Sie sich?«, fragte Elisa vorsichtig. *Ihn jetzt bloß nicht frustrieren. Jedes negative Gefühl kann alles verderben.*

Aber Franke blieb gut gelaunt. Er schüttelte nur den Kopf. Dann schaute er an die Decke und wieder zu Elisa zurück. Schließlich sagte er: »Rüdesheim.«

»Eine Rüdesheimer Nummer?«

Elisa war elektrisiert. Wie viele schwarze Golf GTI mit Rüdesheimer Kennzeichen konnte es geben? Sie schrieb »RÜD« auf ihre Zeichnung, und Franke nickte zustimmend. Dann machte sie noch den Bindestrich und sah ihn fragend an.

Wieder sah Lukas Franke an die Decke.

»Mehr … weiß … ich … nicht«, sagte er schließlich. »Entschuldigung.«

»Sie müssen sich überhaupt nicht entschuldigen.«

Elisa stand auf.

»Sie haben uns ganz enorm geholfen. Und noch etwas: Sie kommen hier raus. Und zwar schon sehr bald. Das verspreche ich Ihnen.«

Sie gab Lukas Franke die Hand und rannte hinaus auf den Flur.

49

Es fühlte sich eigenartig an auf dem Beifahrersitz neben Silviu: so vertraut, als wäre alles wie immer, und doch andererseits wie die Rückkehr nach einer langen Reise. Wie die Rückkehr in eine verloren geglaubte Welt.

Silviu lenkte den C4 gerade aus der Tiefgarage in das helle Sonnenlicht vor dem Bowling Green. Er schien ihren Blick zu bemerken.

»Ich bin sehr froh …«, begann er.

Sie ließ ihn nicht ausreden, sondern sagte sofort: »Ich auch.« Dabei strich sie ihm mit dem Handrücken über die rechte Wange.

Silviu lächelte. Dann schaute er etwas ernster und meinte: »Wäre nur gut, wenn sie den Kerl jetzt auch kriegen würden.«

Sie fuhren auf den Hauptbahnhof zu. In Elisas Erinnerung tauchte die Fahrt im Porsche von Julian Drieß auf. Silviu schien etwas Ähnliches zu denken.

»Und? Vermisst du dein Leben in der Upperclass?« Er klang etwas spöttisch.

Sie streckte den Mittelfinger aus. »Ganz und gar nicht. Ich habe keine Ahnung, wieso mich das beeindrucken konnte. Heute glaube ich, mir wird schon schlecht, wenn ich diese Mischung aus Sekt, Schweiß und Parfüm nur riechen muss.«

Silviu lachte. Doch er wurde sofort wieder ernster.

»Hier im Auto riecht auch irgendetwas komisch. Ist dir das schon aufgefallen?«

»Ja – so ein Herrenduft. Ich dachte, du nimmst das jetzt vielleicht.«

»Gott bewahre. Aber ich kenne das Zeug. Das ist was Teures. Wo kommt das her?« Silviu drehte seinen Kopf nach links und rechts.

»Ich weiß, wer so riecht«, sagte Elisa plötzlich. Ihre Stimme stockte. Das konnte nicht sein. Das durfte nicht …

Sie wollte sich umdrehen, um auf die Rückbank zu schauen, da spürte sie auch schon etwas Kaltes am Hinterkopf.

»Gutes Näschen, Frau Lowe.«

Sie schrie auf, doch Gruenwald drückte ihr die Waffe nur fester an den Schädel.

»Schnauze halten. Und Sie, Herr Thoma, fahren jetzt ganz brav auf die Autobahn Richtung Rüdesheim. Sonst hat Ihre hübsche Freundin gleich ein Loch im Kopf. Verstanden?«

Elisa wagte nicht mehr, sich umzudrehen. Sie versuchte, Gruenwalds Gesicht im Rückspiegel zu erkennen, doch der Winkel stimmte nicht. War er wirklich so ruhig, wie er sich gab? Seine Stimme hatte den gewohnten Singsang-Tonfall. Er wirkte total gelassen – als spräche er über einen interessanten Patienten oder ein gutes Essen.

»Und wohin soll ich fahren?«, fragte Silviu.

Elisa sah, dass seine Fingerknöchel ganz weiß waren, so fest umklammerte er das Lenkrad.

»Das erfahren Sie früh genug. Ich darf erst einmal um die Handys bitten, damit hier niemand heimlich die Bullen ruft.«

»Ich habe keins. Das haben Sie mir in der Klinik weggenommen. Schon vergessen?«

»Aber Sie doch bestimmt, Herr Thoma. Ein bisschen plötzlich, bitte.«

Silviu griff erst in seine rechte Hosentasche, dann in die linke, danach wieder in die rechte, und schließlich schüttelte er den Kopf.

»Muss ich in dem Geheimgang verloren haben, sehr ärgerlich.«

Gruenwald wechselte mit der Pistole an Silvius Nacken.

»Wenn das ein beschissener Trick von Ihnen sein sollte, können Sie was erleben.«

»Sie können mich gern durchsuchen, *Professor*«, sagte er mürrisch. »Blöd genug, dass es weg ist.«

»Rechts ab«, kommandierte Gruenwald. Er zielte jetzt wieder auf Elisas Kopf. »Schalten Sie mal das Radio ein.«

Elisa gehorchte. Es war ein Infokanal eingestellt, und eine

Reporterin berichtete gerade über die weiteren Verzögerungen beim Neubau der Schiersteiner Brücke. Aber kurz darauf war noch etwas zu hören: das typische pulsierende Knattern, das ein Mobiltelefon hinterlässt, wenn es sich in der Nähe eines Lautsprechers befindet.

»Sofort her damit!«, brüllte Gruenwald, der das Geräusch natürlich auch erkannt hatte.

Er schlug Elisa mit der Pistole so heftig ins Genick, dass sie mit dem Kopf auf dem Armaturenbrett landete. Ein stechender Schmerz schoss in ihre Nase. Silviu erkannte die Lage und gab mit einem verzweifelten Blick das Handy heraus. Gruenwald machte ein Fenster auf und warf das Gerät in hohem Bogen hinaus.

»Noch so ein Versuch, und ihr seid beide tot«, schimpfte er.

Seine Stimme klang plötzlich vollkommen anders. Er wirkte eher beleidigt als zornig, fast wie ein trotziges Kind. Er ist verrückt, dachte Elisa. Der Professor ist selbst geisteskrank. Direkt danach gewann er jedoch seine Ruhe wieder.

»Und jetzt nach Eltville am Rhein, bitte. Ehemalige Staatsweingüter – das sagt Ihnen etwas, oder?«

50

Schon zehn Minuten später zeigte ein Hinweisschild die Ausfahrt Eltville-Nord an. Elisa dachte fieberhaft über einen Fluchtplan nach.

Könnte sie, falls sie an einer Ampel halten müssten, die Autotür aufreißen und wegrennen? Aber was würde Gruenwald dann mit Silviu machen? Sie war sich nicht mehr sicher, wie brüchig die äußerliche Ruhe des Professors war. Er schien zu allem fähig zu sein. Falls er nun plötzlich durchdrehte und schoss? Silviu machte den Eindruck, ebenfalls fieberhaft über Fluchtmöglichkeiten nachzudenken.

»Wir sollten besser ›Mitte‹ rausfahren, oder?«, sagte er.

»Natürlich nicht, Sie Idiot!«, fauchte Gruenwald. »Hier raus. Mitten durch die Stadt, das könnte Ihnen so passen. Und dass das gleich klar ist: Wenn einer von euch Mätzchen machen sollte, um Hilfe rufen, die Tür aufreißen oder so – dann *peng*. Kapiert?«

Um seiner Drohung Nachdruck zu verleihen, stieß er Elisa nochmals heftig die Mündung der Pistole in den Nacken.

»Haben wir verstanden«, sagte sie. Die gerade erst entstandenen Fluchtpläne lösten sich in nichts auf.

Das gelbe Ortsschild verriet, dass sie Eltville erreicht hatten.

»Ziemlich bald, auf der rechten Seite«, erklärte Gruenwald.

Silviu nickte nur. Dann lenkte er das Auto in die Einfahrt des verwahrlosten Grundstücks mit dem baufälligen Rest der Staatsweingüter. Es war eine große, heruntergekommene Ruine mit Graffiti an den Wänden. Auf dem Grundstück war kein Mensch zu sehen. Der Dachstuhl zeigte deutliche Spuren eines Brandes.

»Weiter nach hinten«, kommandierte Gruenwald. »Zu dem Nebengebäude.«

Sie hielten vor einem Tor aus Metall, das schief in seinem

Rahmen hing. Gruenwald stieg aus, ohne die Pistole von Elisas Kopf zu nehmen.

»Aufmachen«, sagte er zu Silviu.

Das Tor quietschte unwillig. Rost rieselte aus den Angeln zu Boden.

Sie gelangten in eine kleine Halle, in deren Mitte ein schwarzer Golf GTI mit Rüdesheimer Kennzeichen stand. Auf der Heckscheibe waren noch die Rückstände eines großen Aufklebers erkennbar.

»Ging schlecht ab – das Pitbull-Ding, oder?« Elisa konnte sich die Frage einfach nicht verkneifen. Gruenwald schnaubte wütend.

»Aber natürlich gut für Sie«, sprach Elisa weiter, »dass ich so blöd war, Ihnen unsere Ermittlungsergebnisse zu verraten. Sonst hätten Sie den Aufkleber einfach drangelassen, oder?«

Gruenwalds Miene wechselte zu einem höchst selbstzufriedenen Ausdruck.

»Was ich bis jetzt nicht verstehe, ist, dass Sie das Haus der alten Dame einfach so in die Luft gesprengt haben. Wie Sie Erika Meinhardt ermorden und noch mehr unschuldige Menschen in Gefahr bringen konnten. Hatten Sie da gar keine Skrupel?«

»Eine interessante Frage.« Gruenwald klang jetzt wieder ganz wie der Professor in seiner Vorlesung. »Ich habe mich selbst beobachtet und bin erstaunt darüber, wie leicht es fällt, so etwas zu tun. Deshalb habe ich jetzt auch mit Ihnen kein so großes Problem.« Er lachte. »Mit Ihrem Ableben, meine ich.«

Er zeigte mit der Pistole in die hintere Ecke der Halle.

»Gehen Sie jetzt bitte schön hintereinander nach da hinten. Sie werden feststellen, dass die Staatsweingüter dort sogar einen privaten Brunnen gebohrt haben.«

Elisa spürte, dass ihr schlecht wurde. Sie griff nach Silvius Hand. Sie war eiskalt.

»Sie wollen uns nicht einfach …?«, begann sie.

»Töten?«, ergänzte Gruenwald. »Doch. Genau das habe ich vor.«

»Sie werden ja wahrscheinlich fliehen wollen«, wandte Silviu ein. »Da könnten wir Ihnen doch auf jeden Fall noch als Geiseln nützlich sein.«

Wieder lachte Gruenwald. »Wie sie doch am Leben hängen, die Menschen. Lassen Sie mich einen Moment lang überlegen. Was könnte es mir bringen, wenn Sie mich jetzt zum Flughafen begleiten? Ich glaube nicht, dass ich die hier«, er wedelte mit der Pistole, »in den Sicherheitsbereich mitnehmen darf.«

Gruenwald schüttelte den Kopf und schob die Unterlippe vor.

Elisa und Silviu waren an dem Loch im Boden angekommen, das Gruenwald als privaten Brunnen bezeichnet hatte. In ungefähr zwei Metern Tiefe schimmerte Wasser. Es roch modrig.

»An den Rand«, befahl Gruenwald. »Und umdrehen.«

Silviu und Elisa sahen sich an. Sie wussten beide, dass Richard Gruenwald skrupellos genug war, um abzudrücken. Es gab nur noch eine Chance. Hauchdünn zwar, aber weil es die einzige war, mussten sie es probieren.

Silviu blinzelte. Dann sprangen beide genau gleichzeitig in die Tiefe. Noch im Fallen hörten sie den Knall der Pistole.

51

Sie tauchten unter und wurden sofort von einem Sog erfasst, der sie zur Seite zog. Kurz darauf fanden sie sich in hüfttiefem, stinkendem Wasser wieder.

»Von wegen Brunnen.« Silviu spuckte aus.

»Das ist ekelhaft. Wo sind wir?«, fragte Elisa.

Auf einmal begann Silviu zu lachen. »Wir stecken in der Scheiße. Wortwörtlich. Aber ganz ehrlich – wir haben so ein tierisches Glück gehabt.«

Er tastete sich zum Rand des Kanals. Elisa folgte ihm. Auf dem schmalen Sims daneben konnte man in gebückter Haltung gehen.

»Das ist die Kanalisation?« Elisas Augen gewöhnten sich schrittweise an die Dunkelheit.

»Genau. Und da vorn geht es auch schon raus.«

Sie stiegen eine metallene Leiter hinauf. Silviu drückte den Gullydeckel nach oben. Gleißendes Sonnenlicht begrüßte sie. Und der Schrei einer jungen Frau mit Kinderwagen, die gerade noch vor dem Gully stoppen konnte.

»Haben Sie ein Handy?«, fragte Silviu.

Die Frau reichte ihm mit zitternden Händen ihr Smartphone. »Ist das ein Überfall?«

»Ach Quatsch. Wählen Sie die 112 und geben Sie mir das Gerät.«

Nachdem er aufgelegt hatte, lächelte Silviu. »Sie haben ihn schon. Ist voll in die Falle gefahren. Es gibt nur drei schwarze GTI mit Rüdesheimer Kennzeichen.«

Epilog

Ein halbes Jahr später im Wiesbadener Landgericht, Saal 0.002, 9.00 Uhr

Elisa hätte eigentlich erst in zwei Stunden als Zeugin kommen müssen, aber sie wollte sich die Vorführung der Angeklagten einfach nicht entgehen lassen.

Der Saal war bis auf den allerletzten Platz gefüllt. Silviu stand in einem Pulk aus Kameraleuten und Fotografen, die ebenfalls angespannt warteten. Wegen der vielen Besucher war die Luft schon jetzt zum Schneiden.

»Man sollte mal ein Fenster aufmachen«, sagte Elisa zu einem der Journalisten, die neben ihr standen.

»Die fallen doch raus, wenn man sie öffnet.« Der Reporter lachte. »Kein Witz – Fehlproduktion aus China.«

Elisa verdrehte die Augen. »Das ist nicht wahr, oder?«

»Doch. Vielleicht sind die Dinger inzwischen auch ausgetauscht worden. Aber dann sollen sie wahrscheinlich trotzdem zubleiben – wegen der Klimaanlage.«

Im nächsten Moment wurde es totenstill. Nur noch das Klicken der Auslöser war zu hören, Blitzlichter flackerten.

Ein Wachmann kam die Treppe herauf, die zur Haftzelle führte. Hinter ihm wurde Gruenwald gebracht. Sein Gesicht war blass. Er hatte abgenommen im Knast. Für den Bruchteil einer Sekunde traf sein Blick Elisas. Er kniff die Lippen zusammen. Dann begrüßte er seinen Rechtsanwalt.

Der Nächste war Julian Drieß. Er machte den Eindruck, noch gar nicht begriffen zu haben, dass er nicht als Anwalt in den Saal kam, sondern als Angeklagter. Jovial lächelnd nickte er den Umstehenden zu. Dann begann er, in einer Akte zu blättern.

Zum Schluss brachten sie Dr. Siebenfeld. Elisa wusste bereits, dass er als Erster ein umfassendes Geständnis abgelegt hatte. Weder Gruenwald noch Drieß hatten die geringste

Chance gehabt, zu leugnen, dass in der Klinik systematisch junge Frauen betäubt und missbraucht worden waren. Siebenfeld hatte auch bestätigt, dass Gruenwald von Strecker erpresst worden war und dass der Professor daraufhin gesagt hatte, er würde dieses Problem schon beseitigen. Als man Gruenwald im Verhör darauf angesprochen hatte, hatte der Professor völlig gelassen geschildert, wie er vorgegangen war. Er hatte sich mit dem Erpresser zu einer angeblichen Geldübergabe verabredet. Als Tomas Strecker dann erschien, hatte er das Fenster auf der Fahrerseite geöffnet und ihm noch höflich einen »guten Tag« gewünscht. Danach hatte er ihn einfach aus nächster Nähe erschossen und in der Hollerbornstraße liegen lassen.

Die Richter betraten den Saal und forderten Kameraleute und Fotografen auf hinauszugehen.

Elisa folgte Silviu vor die Tür. Er stellte seine Kamera ab und nahm sie fest in die Arme.

Sie hörten einen Fotografenkollegen telefonieren.

»Ich hab die miesen Hunde alle drauf. Braucht ihr die Namen? Also der Dicke heißt Gruenbaum, der Zweite …«

Elisa löste sich von Silviu und drehte sich um.

»Gruenwald«, sagte sie.

Der Fotograf nahm das Telefon vom Ohr und schaute irritiert.

»Wald – nicht Baum«, erklärte Elisa.

»Sind Sie sicher?«

»Aber so was von«, sagte sie.

Vor dem Zuschauerraum im Gericht stand noch immer eine Schlange. Es hatten mehr Menschen den Prozess verfolgen wollen, als Plätze im Saal vorhanden waren. Ein älterer Herr mit Brille und Glatze drehte sich zu Elisa um. Sie erkannte ihn sofort.

»Foaschba, net?«, rief er. »Allmäschdschäa im Himmel. Und des macht äna, der en Doktortidel hat. Foaschba.«

»Professor sogar«, sagte Elisa. »Aber das sagt eben gar nichts aus über einen Menschen.«

Danksagung

Liebe Wiesbadener, seien Sie stolz auf sich und Ihre Stadt. Sie haben allen Grund dazu. Ich danke den vielen unter Ihnen, die auf meine Fragen geantwortet, mir ihre Türen und sogar ihre Herzen geöffnet haben. Es ist schön, Sie in meiner Nähe zu wissen.

Außerdem gilt mein Dank meiner Lektorin und allen anderen Mitarbeitern des Emons Verlages für die wundervolle Zusammenarbeit.

Vielen Dank sei auch den Lesern des ersten Bandes mit Elisa Lowe (»Die Schatten von Wiesbaden«) gesagt. Sie haben mir durch ihre Sympathie und ihre vielen Ideen den Ansporn gegeben, weiterzumachen.

Nicht zuletzt aber danke ich meiner Liebsten für ihre Geduld, ihre vielen fabelhaften Einfälle und für ihr untrügliches Gespür, wann ich einen Kaffee, einen Tee oder einfach eine Pause nötig habe.

Stephan Reinbacher

Stephan Reinbacher

DIE SCHATTEN VON WIESBADEN

Broschur, 208 Seiten

ISBN 978-3-95451-728-2

Ein dunkler Park, zwei kleine Mädchen, ein eiskalter Entführer. Nach zwanzig Jahren glaubt Phantombildzeichnerin Elisa vom LKA Wiesbaden, sie habe das Trauma ihrer Kindheit überwunden. Doch dann skizziert sie nach den Angaben einer Zeugin einen Mann, dessen Gesicht sie in die schlimmste Zeit ihres Lebens zurückwirft. Wider jede Vernunft macht sie sich auf die Jagd nach ihm und setzt dabei ihr Leben aufs Spiel.

»Ein mitreißender Thriller.« Frizz

www.emons-verlag.de